Novi Cives

主编 _ 张燕玲　张　萍

今　日　批　评　百　家

我的批评观

JINRI PIPING BAIJIA
WODE PIPINGGUAN

GUANGXI NORMAL UNIVERSITY PRESS
广西师范大学出版社
·桂林·

图书在版编目（CIP）数据

今日批评百家：我的批评观 / 张燕玲，张萍主编．
桂林：广西师范大学出版社，2016.1
ISBN 978-7-5495-7223-6

Ⅰ．①今… Ⅱ．①张…②张… Ⅲ．①中国文学－
当代文学－文学评论－文集 Ⅳ．①I206.7-53

中国版本图书馆 CIP 数据核字（2015）第 221963 号

广西师范大学出版社出版发行
（广西桂林市中华路 22 号 邮政编码：541001
网址：http://www.bbtpress.com）
出版人：何林夏
全国新华书店经销
广西大华印刷有限公司印刷
（广西南宁市高新区科园大道 62 号 邮政编码：530007）
开本：787 mm × 1 092 mm 1/16
印张：26.75 字数：350 千字
2016 年 1 月第 1 版 2016 年 1 月第 1 次印刷
印数：0 001~4 000 册 定价：68.00 元

目　录

南　帆

1998年

低调的乐观　◎南　帆

我的批评观　◎陈晓明

通向传统和理性之路　◎郜元宝

批评的使命　◎王　干

文学批评的“有用”与“无用”　◎孟繁华

九十年代批评家　◎李洁非

陈晓明

郜元宝

王　干

孟繁华

李洁非

南 帆

本名张帆，1957年出生。现供职于福建社会科学院，任研究员。福建师范大学特聘教授、博士生导师。已经出版学术著作、散文集多种。曾获学术奖项、文学奖项60余种。

低调的乐观

南 帆

我们所置身的文化圈内部，文学批评扮演了一个苦恼的角色。“批评的时代”是另一个文化圈的重大事件，我们周围的批评没有资格分享这种荣誉。谁愿意相信，20世纪中国的文学批评可能成为某种文化里程碑？许多人根本没有听到批评的发言——批评缺席了。批评家仿佛从未出现在公众的视野之中。也许，更为严重的情况出现在批评内部：一些批评家似乎丧失了必要的信心，他们对于批评的前景忧心忡忡。批评家的脸上时常浮现出悲观的表情，自嘲成为一种无奈的策略。他们习惯地说，批评已经“失语”，陷入了“危机”——“失语”或者“危机”正在成为两个时髦的反面形容词。

我当然没有能力为文学批评注射强心针。我仅仅想到一个笨拙的主意：我们能否暂时抛开人云亦云的泛泛而谈，具体地描述一下批评的现状？这或许有助于释除我们的焦虑：尽管批评仍然不尽人意，但形势并不如想象的那么糟糕。至少在目前，批评家并没有理由放弃基本的自信。

第一，我们首先听到的一个怪罪经常是：现在的批评论文晦涩难解。甚至一些老资格的批评家也加入了摇头叹气的行列。不可否认，不少生吞活剥的批评论文很难赢得足够的耐心和尊重。然而，是不是还存在了另一种可能？——交流的中断也可能归咎于读者的贫乏。如果读者对于20世纪以来的一系列重要学派一无所知，那么，一大批生疏的概念术语的确会产生难以负担的重量。很长一段时期，我们对于世界文化的演变不闻不问，阅读的困难部分是这种态度的后遗症。如今，我们还有理由让这样的后遗症成为嘲笑批评的依据吗？学科逻辑不可能让所有的批评论文都像流行歌词一样亲切动人。批评家有义务谦虚地倾听来自学术同行的严格挑剔，但是，他们没有必要在一大片茫然不解的眼光面前自惭形秽，害羞地四处道歉。

第二，在我看来，“危机”形容的是一个学科即将瘫痪：这个学科的概念、范畴开始失效，学科逻辑无法正常地延续，传统的学术视域不可能接纳种种崭新的事实，如此等等。文学批评已经滑到了分崩离析的边缘吗？的确，某些批评仍然保留了颐使气指的遗风，种种专横独断的结论经常让人想到了恫吓，老式政治话语残存的威慑力构成了这种批评咄咄逼人的潜台词。相反，另一些批评开始沦为令人反感的广告术，过份的赞誉代替了严肃的分析与阐述；批评家甚至使用一些夸张的言辞为作品指定一个并不恰当的位置。这种批评一部分来自不负责的友情，另一部分是商业气氛的产物。大众传媒一旦分享了作品的销售利润，这种批评可能在某些圈子之内愈演愈烈。然而，我们没有理由将这一切视为批评的全面陷落。一部分批评家的素质问题并不意味着这个学科的瓦解，这就像一部分作家的素质问题也不意味着文学的崩溃一样。事实上，学科的理论框架和固有逻辑恰恰是个人素质的超越，不必将种种局部的溃疡当成一个学科即将解体的表征。我们可以将“危机”看作一种有益的警示之语，但我们不必过份地夸张这种警示以至于吓着了自己。

第三，批评是对于一个时期历史文化的积极参与。批评的意义、功能、方法以及范围只能置于这个时期的历史文化之中给予考察。不可能设想，我们能够在某一个幸运的时刻突然找到了文学批评的完美形式。完美的批评只能参照特定的文化语境，而不是参照拟想之中现成的理念。这就需要持续不断的实践、质询和试验。过多地纠缠于时间序号弊多利少，例如肯定魏晋时期而轻视明、清，或者褒扬20世纪的80年代而鄙薄90年代。事实上，批评的成就更多地体现为批评家多大程度地参与了这个时期的文化对话。我们不必为批评形式的持续演变而不安。这并非进退失据的表象，相反，这毋宁说是对于历史文化的转型表现出清醒的认识。

根据上述三个方面，我宁可对于批评保持低调的乐观。这并不是证明，眼下的批评已经完成了自己的宏大设想；低调的乐观意味着，批评的状况的确有所改善，而且，我们还有可能为进一步的改善添砖加瓦。

同期声（1998年第1期）：

作家与批评家　◎南　帆

边缘的阐释——评南帆的文学思想　◎余岱宗

陈晓明

1959年2月生，福建光泽县人，1990年获中国社会科学院文学博士学位。曾在中国社会科学院文学研究所工作10多年。2003年起在北京大学中文系任教授、博士生导师。2012年起受聘教育部“长江学者奖励计划”特聘教授。主要研究方向为中国当代文学和后现代文化理论等。发表论文、评论近400篇，出版有《无边的挑战》（1993）、《德里达的底线》（2009）、《中国当代文学主潮》（2009）等30多部著作。

我的批评观

陈晓明

多年前，罗朗·巴特在法兰西学院就职演说中，他没有花多少篇幅去表达他的学术观点，而是大谈文学和权势的关系。这个人终其一生都痛恨权势，在他后来名满巴黎的年月，他本来可以利用权势，但他没有这么做。远离权势，作为一个自由的、依靠自己的话语力量生存的批评家，巴特始终保持着批评家应有的自尊。不用说，我欣赏这种自尊，并且以此作为我的批评的基本品格。

当然，批评观很大程度上建立在文学观上。对于我来说，文学当然不是风花雪月的佐料，不是工具和传声筒；同时，我也不认为文学只有回到纯粹的语言形式才是最高境界。当然，文学就是文学，它必然要有自身不断创新的意识，没有相当水准的语言句式、叙述方法、结构和修辞，就难以有文学存在的独特依据。但文学毕竟表达了对社会、历史和现实的理解，没有相当的思想力度，不能发掘新的经验，也难以造就有力量的作品。我愿意在不断综合的意义上来理解文学，我更乐意去发现文学中的新经验和艺术的丰富性。

批评是一项智力活动，一种敏锐的艺术感觉与复杂的知识的融合。批评既是知识的运用，也应是知识的创造，停留在陈旧的知识水准上的批评，并以此来显示老成持重，那是中国当代批评惰性十足的根源。在批评知识的运用方面，我的过去和现在以及将来，都在破除狭隘的本土主义神话。所谓“中国人只能说中国的话”等等，在我看来，说这种话的人，只能是自欺欺人的井底之蛙，拉大旗做虎皮的投机分子。

我不赞成90年代批评缺席的这种说法，缺席的是那些无所事事的人，是那些忙于在红地毯上漫步的人，是那些从来就没有出席的人。90年代不少的批评家在做切实的研究工作，大多数人熟视无睹，是因为他们一直在袖手旁观。人们对这些没有这个头衔、那个桂冠的青年一代批评家很不以为然，他们的名字后面没有这个长、那个长，他们无法在这个“评奖委员会”、那个“工程”中占据一席委员之地，在这个以权势为轴心的社会，他们的权威性当然大打折扣。但人们如果认真阅读过这些人的文字，如果不带偏见，我想人们可以得出公正的结论。不少人怀恋80年代的文学批评，我想那时的文学批评借助整个文学大势而意气风发，如果认为那时的文学批评较之现在的批评要技高一筹，那就只能说是偏见比无知更可悲。

批评必须锐利、自由，面对文本是我最快乐的时刻。随心所欲的读解，令人信服的推论，横贯中西的思绪，无所畏惧的论断，这是我所欣赏的批评风格。中国的批评家与作家关系太近，这是我的困扰。作家期待喝采，在把批评家降低为吹鼓手的同时，也把作家自己变为掩耳盗铃的愚人。我是一个看重友情的人，经常在友情和文本之间行走，使我疲惫不堪。我不会说“吾更爱真理”那种大话，但我无疑希望我的每一次写作经受得住世人的拷问。

17年前，苏珊·桑塔格在一篇论及罗朗·巴特的文章中写道，巴特把现前的文学时代称作是“一个从容启示的时代”。桑塔格赞叹道：“能够说出这种语句的作家真是幸福呀。”我不敢指望我们能够生长在这样的文学时代，但我从内心希望，当代批评能够一步步走向“从容启示的时代”。

同期声（1998年第2期）：

直接现实主义：广西三剑客的崛起 ◎陈晓明

英姿勃发的文化挑战——陈晓明和他的文学批评 ◎孟繁华

郜元宝

1966年出生，1982年考入复旦大学中文系，1992年博士毕业留校任教至今。现为复旦大学中文系教授，博士生导师。先后涉足海德格尔研究、中国现代文学史研究、当代文学评论、现代汉语与现代文学关系研究、鲁迅研究等领域。2002年获“冯牧文学奖·青年批评家奖”，2003年获唐弢青年文学研究奖，2009年获“第八届华语文学传媒大奖”。2014年入选教育部“长江学者奖励计划”特聘学者。著有《鲁迅六讲》《郜元宝讲鲁迅》《鲁迅精读》《遗珠偶拾：中国现代文学史札记》《汉语别史》《小批判集》等专著和论文集。

通向传统和理性之路

郜元宝

1993年全国文艺理论年会上，某批评家情绪激昂地说，批评界集中了中国头脑最优秀的人物，大家应该自豪而不必气馁。这个问题我没想过，不敢妄断然否，但有一点可以肯定，在这些人物身上如果集中了“优秀”，那么缺点势必也会以同样强烈的形式暴露出来。现代多数搞文学批评的人，身心成熟阶段，尤其中小学教育横跨60至80年代，主要是70年代。这个知识极度匮乏时期给大家留下了严重的先天不足。我们不轻信，可也很少正面建设。固然都很勤奋，但真正的创造又有几何？批评者必须对世事有阐释学所谓“先行把握”，否则如何批评别人。批评工作展开时，“先行把握”和对象一起被照亮，这就构成批评的全部。我们缺的就是这“先行把握”，头脑“空空如也”，临时抓来许多观念、标准、方法，结果可想而知。

自然不该由我们负全部责任，都在现时代这种传统破碎的准无依的天命中，谁也不能例外。想要有所作为，或许只有两条路可走：自觉皈依传统，坚守平正清明的理性。

最大的问题是恢复传统。知识界今天一切鲁莽灭裂，漂泊无据，都可解释为传统不存。但传统不在过去落脚，而须由今天的“此在”开出新路，这个大概没有异议。和创作一样，破碎的传统中，批评也很容易掉进意义的黑洞。失却可以依靠的传统，缺乏对话语境，没有“闻其风相悦而解”的共同想像空间，批评就像是茅屋为秋风所破，一无遮拦。大家站在户外，没法从容地坐而论道，流言碎语，固随风而逝，对牛弹琴，也劳而无功。此种苦痛，我辈算是尝遍。但恢复传统，文学批评似乎也比其他人文学科更有可为的余地，毕竟它是最灵活快捷的一种精神活动。

批评中真诚的情感可贵，但健全的理性尤其不可一日或无。同样由于现时代天命所限，批评总夹带着太多义气声势，情绪充沛非原则蕴藉不厚，长于论辩而多失理据，元气稍有积蓄，不久即发泄一空。80年代的批评便是如此。文章是好文章，就是少了理性的深味细察。总喜欢在气势上下功夫，雄辩滔滔，必欲使读者为之气抑，这大概是受了孟子、韩愈的启发，但也深受其弊同，即满足于造势，忘记理性应该远离这样那样的势，应该坚守从容镇定宽厚平和的反思态度。鲁迅当年曾告诫“点火的青年”：对于群众，“在引起他们的公愤之余，还须设法注入深沉的勇气，当鼓舞他们的感情的时候，还须竭力启发明白的理性，而且还得偏重于勇气和理性，从此继续地训练许多年”，“国民倘没有智，没有勇，而单靠一种所谓‘气’，实在是非常危险的”，这话好像就是对今天而言。他讲的“勇气”和“理性”，是原始发露的情感的沉淀与升华，也就是文化精神意义上的“传统”。

我希望批评能够成为通向传统与理性的道路。

这是“我的批评观”吗？太简单了，顶多算透过批评对眼前生活的一瞥。记得刚开始学习写评论时，倒常想追究“批评观”什么的，现在这冲动是无影无踪了。然而也无伤大雅。批评，就是始终关心着批评以外的“某事”，不是担心自身哪个部位得不得劲。

过年听广播，北京天文台“又”发现一颗对地球有潜在威胁的行星，但并不讲明“潜在威胁”究竟怎样，算是把“潜在”的语义用足了。这在以往是难以想象的，但神经过敏如我者竟然麻木得不像话，还端端正正坐在这里对付“我的批评观”的卷子。有关身外的“终极问题”，人类的兴趣实在有限得很。对具体批评而言，“什么是批评”，或许也有“终极”意味，但比之离地球若干“天文单位”的那颗小行星又将如何？我们其实只关心眼前。失掉眼前，不上别人的当就上自己的当。就说文学吧，眼前迫切问题太多太多了，“我的批评观”之类还轮不上呢。

同期声（1998年第3期）：

也许只有一句两句　◎郜元宝

尴尬人做尴尬事——批评家的批评　◎黄燎宇

王 干

江苏泰州人，扬州师院（现为扬州大学）中文系毕业，文学创作一级。评论家、作家、书法家。历任《文艺报》编辑、《钟山》杂志社编辑，江苏作家协会创作室副主任，江苏电视台《东方》文化周刊主编、人民文学出版社《中华文学选刊》主编。现任中国作家协会《小说选刊》副主编，中国书法篆刻研究所教授。 1979年在《雨花》开始发表小说。1990年加入中国作家协会。著有《王干随笔选》《王蒙王干对话录》《世纪末的突围》《废墟之花》《南方的文体》《静夜思》《潜京十年》《在场》《王干最新文论选》《隔行通气》等学术专著、评论集、散文集。先后倡导推进过新写实、新状态等文学思潮，策划过《大家》等文学刊物。2010年作品《王干随笔选》获第五届鲁迅文学奖（2007—2009）（散文杂文类）。

批评的使命

王 干

从事文学批评至今，快有十五个年头了。但从来没有像今天这样清醒地意识到批评的使命是如此的沉重。这种使命感一方面来自职业的驱使，作为一个文学批评的工作者，作为一个文学的研究者，他所必须坚持的立场、所必须保有的原则和所必须承担的义务就构成了他特有的使命；另一方面则来自作为一个健全人生和健全人性所必须拥有的基本理想，弗洛姆在《占有还是生存》一书中说得好："我们人生来就有一种要求真正地生存的深刻愿望：去表现我们的能力、有所作为、与人联系在一起以及摆脱利己欲的约束。"

我想我所以选择文学批评确实是"一种真正地生存的深刻愿望"，是想"有所作为"，因为文学评论能够表现我的某种能力（有时觉得是我的全部能力），与人发生联系（至少文学评论让我与作家不可避免地联系在一起），但关键还在于能帮助我摆脱利己欲的约束。弗洛姆在表述"利己欲"这一概念时进一步论述道："战争和苦难比和平生活更能唤起人的牺牲精神，在和平时期最为盛行的则是自私自利的行为。"而和平时期的文学批评则体现了某种牺牲精神，一个真正的批评家必须克服自私自利的行为之后，才有可能肩负起批评的使命和责任。

批评的牺牲精神特性的形成在于文学批评具有某种"战争性"，这种战争是看不到硝烟、枪林弹雨的，这种战争是批评家与作家之间的精神对峙造成的。文学批评的外部环境必须是和平的、自由的，但文学批评的内在结构则必须有某种紧张和对抗，这种紧张不是人际关系的紧张和对抗，而是来自两股精神力的较量，是征服与反征服的格斗。一个作家的作品在完成之后必然蕴育着某种征服力，它是对读者阅读结构的设想和模拟，是营造"请君入瓮"式的精神圈套，而批评家就在于破解这个圈套，以自身的理论和思想的力量来对作品进行征服。由于批评天生的滞后性（产生在作品之后），批评某种程度上是一种攻城，批评者就是攻城的战士，他要穿过语言的枪林弹雨，顶着语词的硝烟，去突破作家精心设立的防线。或许，一颗流弹飞来，将他击中，他因此便倒在城墙的脚下，后来者踩着他的尸骨，继续前行。这是我们在攻城的战役中经常见到的情形，而现在我则联想起批评家的精神历程，想起批评家的使命——文学繁荣的牺牲者。

回到世俗的层面上，批评家是一个随时随地与利己欲决裂的人，当他在“攻城”的过程中，征服了这部作品，他或者发现了一个优秀的作家或者发现了一个优秀的作品，他是一个伟大的人梯，伟大作品的传世是和作者连在一起的，批评家是注定要被淹没和遗忘的。这有点像某种昆虫，在献出生命的汁液之后死去。如果批评家发现了一部“皇帝新衣”式的作品，他必须无私地揭露未穿衣服的真相，而这种揭露又是一种与利己欲做斗争的结果，因为他不仅会得罪那个没穿衣服的人，更重要的还会得罪那些人云亦云的围观者，批评者同样付出了代价，他可能牺牲了朋友甚至同道。对他的谴责会用各种各样的方式表达出来，“没穿衣服就是一种巨大的创造，人的天体就是一件伟大的新衣”，“是你的眼中没有衣服”，“泼脏水！低能！”，这时候的批评家甚至会被不明真相的人视作一个不谙世事的好事者和顽童（难怪《皇帝的新衣》的揭发者是个小孩子），陷入前所未有的尴尬。

也就在这个时候，批评家才会充分显示出他的理想和抱负，他必须坚持真理，坚守批评的疆土，他可以倒在批评的岗位上（岗位这个和平岁月里的常见词在此时如此地悲壮），但不能退却，因为他是肩负使命的人，他是文学的清道夫。

同期声（1998年第4期）：

在风中言语 在风中倾诉——关于《桃色嘴唇》这部奇作的一些札记 ◎王 干

在不能逼近的距离外守望——王干论 ◎葛红兵

孟繁华

山东邹县人，文学博士，现为沈阳师范大学特聘教授，中国社会科学院、吉林大学博士生导师，中国当代文学研究会副会长。长期从事中国当代文学研究和评论工作。主要著作有《1978：激情岁月》《梦幻与宿命》《中国20世纪文艺学学术史》（第三部）、《想象的盛宴》《传媒与文化领导权》《众神狂欢》（中文、韩文、英文版）等20余部；与人主编有《百年中国文学总系》《中国百年文学经典》《共和国文学50年》《当代文学关键词》《中国当代文学发展史》等；主编有《90年代文存》《先锋写作文丛》《短篇王》书系、《布老虎中篇书系》等；在《中国社会科学》《文学评论》《文艺研究》《光明日报》《文艺报》等报刊发表理论、评论文章400余篇。获“华语传媒文学大奖·年度批评家奖”、鲁迅文学奖等文学奖项多种。现主要从事现当代文学和前沿文化研究。

文学批评的“有用”与“无用”

孟繁华

利奥塔在《后现代状况——关于知识的报告》中，对今天求知的驱动力做了愤懑的描述：“现在受过专业训练的学生、政府人员或高等学术机构提出的问题不再是‘这是真理吗’，而是‘这有用吗’。在知识商业化的观念里，等于在问‘这是否有市场’；以权力增长的眼光看，问题就成了‘这有效益吗’。”在文学批评领域内，驱动力虽然没有堕落到如此地步，其原因是批评实在难以产生市场效益，而不是出于有太多的维护它的愿望。但是，将批评作为一个有用之学，在批评领域却由来已久，包括批评在内的文学活动，都需联系现实解决问题。自50年代开始，意识形态领域内的许多问题，都是文学批评出面来解决的。于是，文学批评就成了一个非常有用的领域。50年代初，《文艺报》在讨论高校文艺学教学问题时，提出的主要问题之一就是不联系现实和实际，著名文艺理论家吕荧先生开始还想不通，认为写文章那个人根本就听过他的课。其实根本就不用听课，因为他们说的压根就和文艺理论没太多的关系。

这样，文学批评就和“有用”结下了不解之缘，“文革”自不必说，粉碎“四人帮”之后，拨乱反正、正本清源，文学批评都是功不可没的。到了90年代，批判商业化神话，倡导人文精神，也肇始于批评领域。文学批评正面反面的业绩都不难列出清单，而且都与“有用之学”密切相关，所以说到底，我们对文学批评功能的理解至今并没有发生革命性的变化。至于中国“后学”，貌似面目不清，其实它的有用更落实到了实处，它要解决的是个人的“文化身份”，表达的是已然拥有的“文化资本”。从有用这一点来说，中国的“后学”同“前学”除了使用的符号不同，也差不到哪里去。因此，“我的批评观”有多少是“我”的，还是可以怀疑的。当然，将批评视为有用之学与百年来中国受制于艰难时世大有关系，我们总在谈论文学之外的事情也培育了包括批评家在内的文学家的情感方式和需要，文学随时代起落沉浮就无可避免，创作和批评也就难免有“高级时尚”之嫌。不要说我辈，胡风、冯雪峰的批评观应该说是成熟的，但有些时候他们那个“我”也是做不了主的，冯雪峰批判肖也牧，胡风批判朱光潜、冯雪峰，与那个时代在很大程度上保持了“文化同一性”，这和他们在潜意识中把批评作为“有用之学”的理解是大有关系的。

80年代以前，文学批评作为显学一枝独秀，它的“有用”也让普通人肃然起敬。90年代文学批评失去了“身份感”，普通人把目光和心情转向了公牛队主场、巴黎世界杯，在中国也呈上了雅尼的故宫演唱会、各大影院的《泰坦尼克号》，鲁迅文学奖、茅盾文学奖也仅仅成了业内人士的事情。构成批评界主打阵容的五六十年代出生的人，努力通过新的知识背景改造文学批评，但西学如旋转木马，不日翻新，而我们又大都浅尝辄止，不肯走得太远，内心深怀与现实脱离关系的恐惧。因此，学得“新学”，也总是惦记着应用，相对稳定的、能够变成“知识”的批评总也形不成风气，这可能是我们面临的最大的问题。

“有用之学”使我们习惯从情感和市场出发讨论问题。提起知名的批评家，我们首先想到的是他的立场和态度，是他在什么问题上有著名的论辨，这种状况一直延续到今天。这当然也有它合理的一面，现实存在的诸多问题，批评家的参与是非常重要的，对社会不公正、非正义等现象的批判是不能放弃的。但是，批评作为一个知识的领域，也促使我们思考它不那么“现实”的一面。对现实的介入培育着我们的情怀，而对现实的“疏离”，则培育着我们关于知识的积累和兴趣，这时，于现实说来它可能是“无用”的。

同期声（1998年第5期）：

生命之流的从容叙事——王小波的小说观念与文学想象 ◎孟繁华

喜剧时代的悲剧精神——论孟繁华的文化批评与文化选择 ◎摩 罗

李洁非

1960年生于合肥市，1982年从复旦大学中文系毕业，先后就职《瞭望》杂志和《文艺研究》编辑部，1987年到中国社会科学院文学所工作，现为该所当代文学研究室主任。1979年发表第一篇文艺评论。历年来出版各类专著、文集近30部。获有首届"冯牧文学奖·青年批评家奖"、第五届"鲁迅文学奖·报告文学奖"、第十三届"华语传媒文学大奖·年度批评家"等奖项。

九十年代批评家

李洁非

九十年代批评家一般很忙碌，资深批评家或风头正健批评家尤其忙碌。他们频繁接到作品讨论会请柬而后出席之（其中最孚人望者也许会在一天之内辗转于两个以上的会场），其实若说他们都非常热衷于此也并不真实，但在努力推辞后，事实证明他们是上述一类场合中所不可缺少的。

九十年代批评家工作勤奋，效率似也普遍较高。时下作家多如牛毛，出版社、刊物竞争极为激烈，且加上物利诱导、广泛“换笔”而使从写作到出版（发表）周期急遽缩短，总之，作品的量较诸以往在成十倍、十数倍地增长（尤以长篇小说为甚），它们多半是要送到批评家们的青眼底下邀其盼顾的，而批评家则在人员非但不曾增加反倒因各种原因而一天天减少的情况下，对如此繁重的阅读应付裕如，且以会议发言或书评等形式给予作家、出版方以满意的答复，可见他们工作之勤奋，以及效率的惊人提高。

九十年代批评家在文坛的权重，若跟五六十年代甚至八十年代比恐怕是削弱了很多，他们不再一言九鼎、颐指气使，像施恩对武松那样打作家的杀威棒。不过，他们究竟还有一些用武之地，比如参加评奖委员会，以投票方式创造文学史（尽管不是每个人都承认这样创造出来的文学史，但终究还是有不少大小作家竭诚地挤进行列之中），又比如搞命名仪式、揭竿仪式或排座次仪式，宣布某种激流某种流派的诞生并委任若干作家为其马军头领、步军头领，自己则充教主，也是愿打愿挨的无害游戏。

九十年代批评家与人为善、心慈手软、温柔娴淑，颇能体恤作家创作之艰，故而多言其成功，鲜摘其败笔。偶然亦有不肯宽容或性喜寻衅者，认准一二位头面作家发难，倒也生出几桩公案，充作文坛内外谈资。

九十年代批评家心理有些不平衡。一则文坛功利色调愈重，作家拿批评家当敲门砖的行径不单日益普遍，且较以往更不加以掩饰，一旦达到目的就将批评家一脚踢开，令批评家失落、切齿。二则批评家在名利两方面与作家的差距都在不断而迅速地拉大，为人做嫁衣裳之叹遍及评坛。

九十年代批评家四面受敌——作家们交头接耳、窃笑不已地彼此调侃：批评家的看法对你有意义吗？一向自称“幕后英雄”的编辑家也公然提出挑战：批评家无所作为，我等不得不取而代之了。

九十年代批评家胸怀祖国、放眼世界，动辄神聊全球性命题。

九十年代批评家不忌空谈，脱离实际并非缺点，反之竟是时髦。

九十年代批评家有些在“中心”品尝“边缘”滋味，有些在“边缘”演绎“中心”主旋律。

九十年代批评家有的“缺席”，有的“失语”。

九十年代批评家后继有些乏人。

九十年代批评家顾不上思考批评观。

同期声（1998年第6期）：

文化论评（信札） ◎李洁非

批评的左派精神——九十年代的李洁非 ◎耿占春

荒水洁非 ◎徐 坤

1999年

张新颖

旷新年

李敬泽

洪治纲

谢有顺

王彬彬

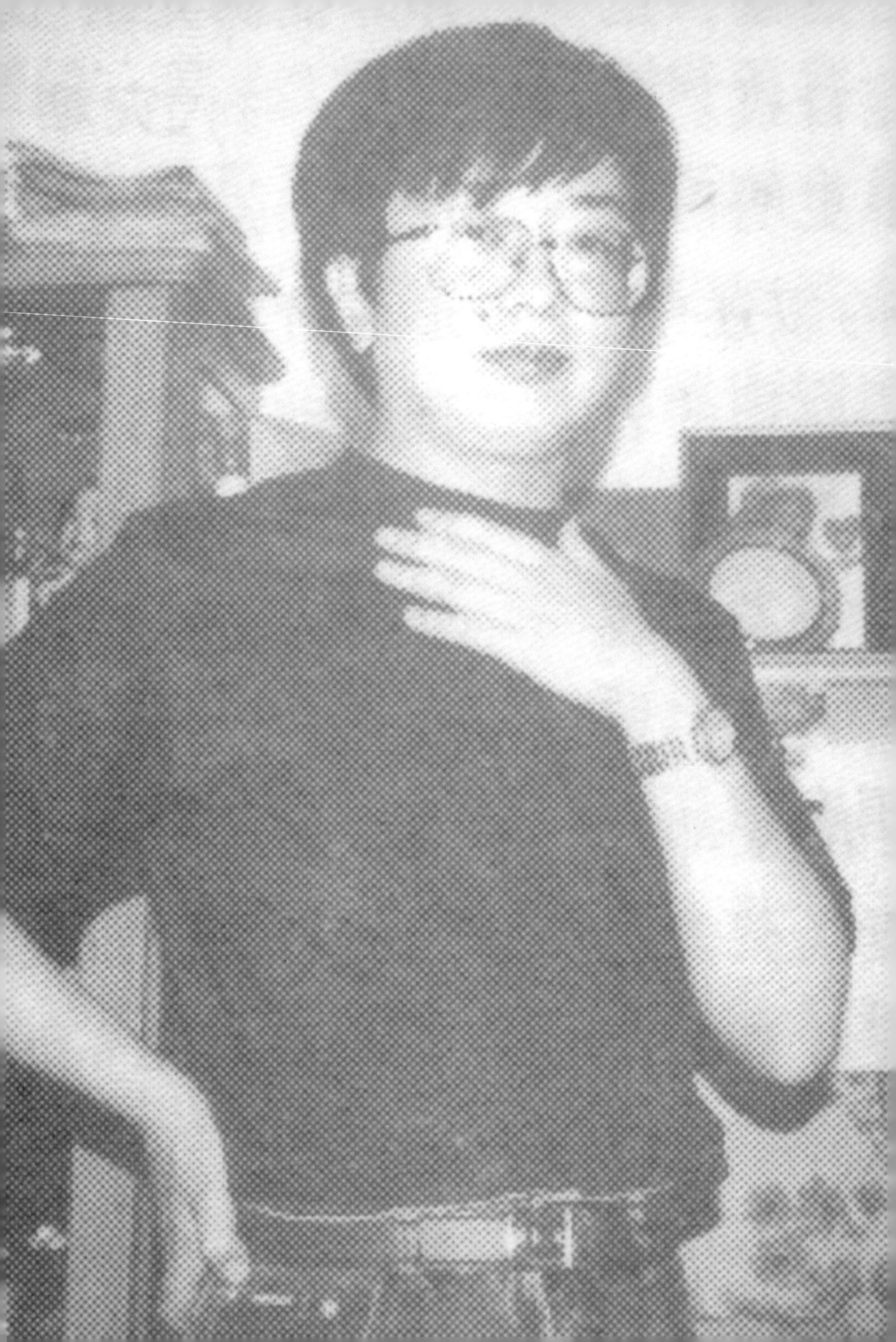

张新颖

1967年生，复旦大学中文系教授。曾任釜山大学交换教授（2002年），芝加哥大学客座教授（2006年）。获得第四届“华语文学传媒大奖·文学评论家奖”、第一届当代中国文学批评家奖、第六届“鲁迅文学奖·文学理论评论”等多种奖项。主要作品有：中国现代文学研究著作《20世纪上半期中国文学的现代意识》《沈从文精读》《沈从文的后半生》，当代文学批评集《栖居与游牧之地》《双重见证》《无能文学的力量》《置身其中》《当代批评的文学方式》，随笔集《迷恋记》《此生》《有情》《读书这么好的事》等。

说出我要说的话

张新颖

这个时候来谈“我的批评观”，对于我个人来说，也许正是最坏的时候。这本是一个老题目了，从八十年代到九十年代末，不少的师长和同道都认认真真地谈论过。可是现在我扪心自问，我的批评观是什么？却说不出个一二三来。这真是走到末路了，以至于有人说“批评家”三个字应该把“家”字去掉，只保留“批评”。这诚然是一个很好的建议，可是并不解决问题：只保留什么样的“批评”呢？建议者未必能够给出令人信服的方案，我当然更想不出来，所以我说，干脆连“批评”也一块儿去掉吧。

说这话的时候，我心里针对的只是我自己，我还没有狂妄到敢对整个行当指手划脚的程度，尽管对这个行当指手划脚的人一直不在少数。即使是我自己，也心犹不甘：如果已经走出了很可观的里程，再走不下去也就勉强算了，可现在的情形是还没走出去一两步，不过刚刚开了个头，怎么就到了末路呢？我这样说的真正意思是什么？

反复地探问过自己以后，我有点儿明白了，在那很有些情绪化的表述背后，隐含的其实是一种拒绝的态度和立场：对批评不自由的拒绝。这种态度和立场多少有些走极端的倾向：如果从事批评就意味着一定要接受这种那种不自由的话，我情愿连批评一道放弃。这样想来，倒是可以用最基本的原则来标明我的“批评观”了，那就是：说出我要说的话。

我以批评的形式要说的话，就一定不同于作品和作家要说的话。作品要说的话就是作品本身或包含在作品本身之内，作家要说的话尽可以自己说，实在不必要自己真诚地觉得自己好却一定要等着所谓批评家来替自己说出来，那等不及又憋不住的样子无论以什么样的名义掩饰都不会太好看。如果伟大的作品和作家一定要认为批评是寄生的，是寄生的就要为寄主服务，那这样的批评不要也罢。如果批评本身就存着这样的意识，心甘情愿做服务员，乃至于有时候还不免为自己的服务到位而得意的话，那就一点儿戏也没有，彻底完了。

批评的不自由除了来自批评所置身的这个日益糟糕的环境的力量之外，还来自它自身发展出来的一些成规。没有自由的表达，哪里会有批评呢？看看我们的批评吧，从词语、句式、语气、结构，能感觉到多少自由表达的精神呢？如果批评的成规和我的“说出我要说的话”的这一点最基本的个人坚持相冲突的话，我愿意我所写下的文字不被叫作批评。如果我有足够的能力并且还能保持足够的兴趣的话，我将用“说出我要说的话”这一方式努力去胀破成规的捆绑。这当然是一种理想，我过去没做到，将来也未必做得到，但我会去尝试——去尝试写下一些不仅不符合外部对批评的要求，而且也不符合批评自身要求的文字。

本来对于写作而言，自由表达的要求才是第一位的，而写作的方式和类型是这之后才产生和划分出来的。如果能够“说出我要说的话”，不是批评和批评家又有什么关系？如果“说出”的不是“我要说的话”，是批评和批评家又有什么意义？抛掉批评和批评家的帽子，顿然产生一种广阔的自由感，再伟大的作品你也可以不读了——只此一点就够欣喜的啦。相对于人的自由而言，批评家的责任是多么可怜啊。谁都可以要求批评家读作品，什么样的作品都可以要求批评家来读，批评家从来就没有理直气壮地反驳过——不读作品，怎么批评呢？对极了，不读作品，不能批评；可是不读作品，不批评也是对的吧？可是又有人说这是批评的沉默、缺席、失职等等，我觉得这说得真对，因为“说出我要说的话”另一层意思就是：不说我不想说的话。

但是且慢。“说出我要说的话”虽然低调，仍然问题丛生——“我要说的话”真的就是“我”要说的话吗？“我”是一个可靠的个体、主体、统一体吗？想“说出”就“说”得出来吗？会不会自以为在努力“说出”，“说出”的却并非“我要说的话”而又不为自己所察？会不会在挣扎着“说”却喑哑失声？

同期声（1999年第1期）：

路翎晚年的“心脏” ◎张新颖

审美批评的原创性：生存根基的畅现与心智的交流——关于张新颖的文学批评实践及其理想的通信 ◎刘志荣

旷新年

湖南湘乡人，1963年1月出生。1980年考入武汉大学，1989年考入北京大学，1996年获文学博士学位。先后在湖南省娄底师范高等专科学校（今湖南人文科技学院）、北京市文联工作。1999年到清华大学任教，现为清华大学人文学院中文系教授。出版有《1928：革命文学》《现代文学与现代性》《中国20世纪文艺学学术史》（第二部下卷）、《把文学还给文学史》《文学史视阈的转换》《新文学的镜像》《中国现代文学理论批评概念》等。

批评如何成为可能？

旷新年

工业革命之后，欧洲发生了深刻的变化，产生了巨大的危机，19世纪英国批评家马修·阿诺德深深地感觉到了这种变化和危机。他曾经说，他自己处在两个世界之间，一个已经死亡，另一个却无力诞生。对阿诺德我抱着深刻的同情。阿诺德写过一本书，叫作《文化与混乱》。他企图依靠文化的力量来克服这种危机。也正是如此，经典的问题才在19世纪和20世纪明显地凸现了出来。尽管阿诺德认为，比起创造力来，批评是比较低级的；但是针对当时的欧洲，阿诺德看来，批评应该不服从任何外在的和实际的考虑，批评应该超然地追求纯粹的知识，批评应该成为一种洞察。他在《当代批评的功能》中说，批评的任务"是只要知道世界上已经被知道和想到的最好的东西，然后使这东西被大家所知道，从而创造出一个纯正和新鲜的思想和潮流"，"批评力的任务是，'就知识的所有部门，神学、哲学、历史、艺术、科学，探寻事物本来的真面目'。于是它最后可能在理智的世界中造成一个局势，使创造力能加以利用。它可能建立一个思想秩序，后者即使并不是绝对真实的话，却也比它所取而代之的东西真实一些；它有可能使最好的思想占了优势。没用多少时间，这些新思想便伸入社会，因为接触到真理，也就是接触到人生，到处都有激动和成长；从这种激动和成长中，文学的创造时代便来到了"。在阿诺德看来，批评是创造的基础。

从19世纪末开始流行的"世纪末"这个名词，到20世纪已经成为一种弥散在我们周围的生活氛围。1900年死去的尼采宣告："上帝死了！"从而把我们领入一个虚无主义的时代。德国斯宾格勒的《西方的没落》不仅宣传了西方文明的没落，同时也把被迫卷入了西方文明的整个世界带入了没落之中。叶芝说："一切都四散了，再也保不住中心。"马克斯·舍勒说"根基的动摇”“价值的颠覆”——我们来到了一个丧失了基础的时代。这是理查德·罗蒂所说的“后哲学文化”的时代：行而上学的崩溃，认识论的崩溃，整体性的崩溃，以致经典的崩溃。在20世纪不仅再也没有人像19世纪那样去建立宏伟的体系，而且任何价值都不再具有普遍的意义。解构中心，取消深度，反对阐释，对“元叙事”持怀疑和否定，知识已经失去了传统的尊严，真理的知识已经变成了知识的无政府主义，用费耶阿本德的话说，就是“怎么都行”。后现代主义成了20世纪独特的文化景观。

在这样一个理性、权威和标准被摧毁了的“后现代”的时代，阿诺德所说的批评早已失去了立足之地。90年代，我们说“批评的缺席”。批评家成了奔走于各种会场之间的丧家野狗。批评，简单地来说，就是判断。真正的创造必须以批评作为支持，真正的创造力必然包含了辩识，也就是说，真正的创造无法离开批评。然而，在这个没有基础的时代，在这个价值倾覆的时代，在这个怎么都行的时代，批评如何可能？这样一个“后批评”的时代，真的能够给我们带来多元、宽容、平等、自由和解放吗？实际上，在一个没有批评的时代，死去的并不是权力、压迫、奴役和控制，死去的只是真理、正义、反抗和未来。因此，在我看来，“人”的重新发现和生命的重建有赖于批评的重建，而批评的重建则意味着知识的重建，一个新世界的诞生必定是一种新知识的产生。

同期声（1999年第2期）：

“历史终结”与自由主义　◎旷新年

诗可以怨　◎旷新年

“伟大时代”与“小丑之见”——我看旷新年的批评文字　◎陈福民

李敬泽

1964年出生，祖籍山西芮城县。1984年毕业于北京大学。曾任《人民文学》杂志主编，现为中国作家协会副主席、书记处书记。2000年获中国作协文学基金会“冯牧文学奖·优秀青年批评家奖”。2004年获《南方都市报》“华语传媒文学大奖·年度文学评论家奖”。2007年获“鲁迅文学奖·文学理论评论奖”。2015年获《羊城晚报》“花地文学奖·年度评论家奖”。著有理论批评文集和散文随笔集10余部。2014年出版文集《致理想读者》。

我的批评观

李敬泽

这个世界上有很多好玩的事发生，现在正在发生的这一件是——我在谈论“我的批评观”。

文学批评是一种职业，而文学阅读是生活方式——习惯、趣味、一点激情和一点怪癖。我家从前的那只猫，它总在特定的几本书上撒尿，因此它有鲜明的批评立场，但你不能说它就是批评家。在我的想象中，批评家应该是——我要是知道就好了，但我真的不知道。

所以我一直只是一个读者，这有巨大的好处，就是喜欢读就读，不喜欢读就不读下去，彻底地贯彻享乐原则。如果我看了一部作品，然后就此写一篇文章，这在文类上不幸只能归之于“批评”或“评论”，其实是野狐参禅，忽有所得，说出来与人共享喜乐。真正的批评家告诉我们的却不是如何阅读，而是如何不阅读。

当然，令人得大喜乐的作品不多，否则你就不能理解我家那只猫为什么只对几本书表示倾慕。但阅读是“习惯、趣味、一点激情和一点怪癖”，没必要把事情搞得愤世嫉俗、了无生趣。从我的窗口望去，触目皆是铁青酱紫的高楼，我幻想哪天早晨推窗一望，一场地震已将这些怪物夷平，但真的如此，看到那副景象的想必不会是我，所以，我端着杯茶，乐天知命地看日光云影在高楼上变幻游移。

如果我是作家，我就会喜欢这样有犬儒精神的读者，当然，我不是作家，所以经常对自己不满意。比如，我经常想，可惜读书少，理论底子薄，否则就真的可以当批评家了，就像第三世界的游击战士抱着卡拉什尼科夫冲锋枪梦想着拥有原子弹。本世纪的遗产除了几千枚原子弹还有上千种“理论”，两者都是理性癖疾的结果，就原子弹来说，一点残存的理性是，不到万不得已不得使用；那么一个不到万不得已不用“理论”，或到了万不得已也没有“理论”可用的读者，他的处境或许未必那么暗淡——我经常如此劝慰自己。

中国最好的读者活在遥远的过去，他们涵容、吟味，追求未“封”的境界，他们有时保持沉默，有时悄声叹赏或拍案叫绝，但他们从未想过将一朵花摘下揉碎，分析它的成分和原理，他们因此无法获得“知识”，但对他们来说，没有知识——或套用一句理论术语，“前知识”——的观花或许是更美好的生活。

——现在我终于知道了批评家应该是什么，批评就是提供知识，而批评家应该是占有知识的专家，我想他与我、与我的生活、阅读和写作都相去甚远。

——这话又说得死了，去年年底，有一次对话中，我不得不向几个朋友承认我也是一个“知识分子”，尽管当时的气氛有点“同去，同去！”的味道，尽管倾向于在“知识分子”一词的原初意义上理解这个身分，但与某些“知识”的关系无法撇清确是事实。翻检所作，时常暗自疑惑，分明已经“封”得密不透风，何以彼时竟沾沾自喜于“未封”？一个人如果论“知识”并非专家，手里却提着一兜子“知识”的残砖剩瓦，他也只好承认自己是“知识分子”了吧？

于是追思古人，有“日暮乡关”之叹。

同期声（1999年第3期）：

通往故乡的路——刘震云《故乡面和花朵》 ◎李敬泽

李敬泽：绿色批评家 ◎施战军

以常识为限——我看作为批评家的李敬泽 ◎李大卫

洪治纲

1965年10月出生于安徽省东至县。文学博士。杭州师范大学人文学院院长、教授。主要从事中国现当代文学研究与批评，曾在《中国社会科学》《文学评论》等刊物发表论文及评论近300万字，部分论文曾被《新华文摘》《中国社会科学文摘》等刊转载。出版有《守望先锋》《余华评传》《无边的迁徙》《中国新时期作家代际差别研究》等个人专著10余部，以及《国学大师经典文存》《最新争议小说选》《年度中国短篇小说选》等个人编著30余部。曾获第四届全国鲁迅文学奖、首届全国“冯牧文学奖·青年批评家奖”、广东省哲学社会科学优秀成果一等奖、首届当代中国文学评论家奖，以及《中国现代文学研究丛刊》和《南方文坛》年度优秀论文奖等多种文学奖项。

批评：自我的发现与确认

洪治纲

“为了真诚坦白，批评家应该说‘先生们，关于莎士比亚，关于拉辛，我们所讲的就是我自己’。”法郎士的这句话今天看来多少有点苍老，但这种苍老在我的眼中，像红木质地的家具一样，随着时间的推移越发显出鲜亮的光泽。是的，我所批评的，就是我自己。这没什么奇怪的。我的一切批评话语，都是为了与批评对象建立一种双向交流的审美关系，并在这种交流中发现和确认自我的阐释能力、判断能力和精神内在的审度能力。

批评不同于创作，它有着科学的成分但它又不可能不受批评家自身的方法、目的、表达过程等因素的制约，不可能不带着某种主观化成分。绝对的公正、客观、准确，只是对批评的一种遥远的幻想，只是一种无法真正企及的终极理想。我们所有的努力就是朝这个理想逼近、再逼近。我想，作为一个批评工作者，我们首先必须努力让自己站到批评对象的同一精神维度上，以平视或俯视的眼光去审度作品，而不是在一种情感交流或友情赞助中来打量创作。这是确立批评家完整独立的自我的先决条件，是维护批评自身科学性的重要前提。我们的批评之所以时常出现偏失、分裂，失去批评的有效性和尖锐感，甚至失去了批评家自身的个性特质和思想锋芒，关键就在于我们不是没有能力去阐释和判断创作，而是我们没有把自己真正地放到对象应有的精神高度上，使话语交流形成了阻隔、滞胀的失语倾向，不仅让作家觉得隔靴搔痒，连批评家自己也觉得不尽如意。

在确保批评家自我的独立性之后，我们还必须解决批评方法、审美价值和观念取向上的科学性。这是维护批评行为公正性和批评话语有效性的重要途径。很多时候，我们容易陷入自身固有的、封闭的理论定势中，以一种停滞的眼光去批评创作，就因为我们没有与文学自身的迅速发展保持审美的同步性，没有以开放迎纳的姿态去积极地修正、完善自己的批评方法和调整、充实自己的审美观念。批评在某种程度上说，就是批评家对自身话语体系不断完善和丰富的过程，是通过对创作的动态追踪，检视自己话语体系的科学性和有效性，以确认自己作为批评家在角色上的胜任程度。盲目的权威意识、指导创作的优越感以及重建创作秩序和价值标准的奢望都是我们必须警惕和克服的思想误区。

批评不要过多地企盼反响。它应该以平静的心理、苛求的姿态去观照批评对象，力所能及地在话语表述中发出自己的声音，体现自己的价值标准和审美思考。有道是：狮子从来都是独来独往，只有狐狸才会成群结队。这句话对于批评家来说，更具有隐喻的力量。

同期声（1999年第4期）：

宿命的体恤——鬼子小说论 ◎洪治纲

个人的声音及其批评智慧——我对洪治纲文学批评的一种理解 ◎李咏吟

谢有顺

1972年8月生于福建长汀。文学博士。文学创作一级作家。现任中山大学中文系教授、博士生导师，中国当代文学研究中心主任。中国小说学会副会长，广东省作家协会副主席，广东省文艺批评家协会常务副主席。出版有《文学的常道》《从密室到旷野》等著作十几部。曾获冯牧文学奖、庄重文文学奖等奖项。曾被国际经济组织达沃斯论坛评选为“全球青年领袖”。入选全国宣传文化系统“四个一批”人才和教育部“新世纪优秀人才”。享受国务院特殊津贴。

批评对什么有效

谢有顺

继续文学批评的工作，我觉得自己面临着越来越大的障碍，因为大家普遍认为，一个真正的批评家必须非常熟悉批评的对象，而且通晓艺术内部的所有奥秘。只有这样，他才能获得面对文学发言的有效资格。我在这种要求面前遇到了困难。首先，我无法充分了解自己的批评对象，比如小说，它的数量每时每刻都在大规模地增长，以我有限的时间和精力，根本不可能熟悉它的每一个角落；其次，现代的艺术面貌变得越来越复杂，尤其是叙事艺术，更是繁复多样和深不可测，要想真正通晓它谈何容易。有一段时间，我对批评的事业抱着深深的恐惧，总是觉得自己没有读足够多的书，也没有足够的智慧来应付叙事难度的挑战，以致我多遇见一次晦涩难懂的小说，恐惧就多深一层，甚至到了不敢下笔的地步。心中似乎一直有一个声音在向自己发难：你还有那么多的小说没有读，你还有那么多的叙事理论没有掌握，你还对那么多的批评资源是陌生的……

我开始考虑批评的使命、立场和局限性，并寻找缓解这种批评焦虑的途径。我发现，最伟大的批评，都不会只是文学现象的描述或某种知识背景的推演。本雅明评波德莱尔，海德格尔评荷尔德林、里尔克，别林斯基评俄罗斯文学，克里玛评卡夫卡，都算是很出名的批评了，可这类批评文字的最大特质是饱含了探查存在的热情，批评家更多的是与批评对象之间进行精神对话，借此阐释自己内心的精神图像，对美的发现，以及对未来的全部想象。没有人会否认这些批评所具有的独立而非凡的价值，它与那些伟大的思想著作一样重要。我认为它是一种理想的批评路径，因为它浸透着批评家的心灵。索尔仁尼琴曾说，文学和艺术“重述不能达到心脏的事物是徒劳的”，它补充了陀思妥耶夫斯基说过的另一句话：“美将拯救世界。”我想，索尔仁尼琴的话对批评同样有效。

沿着这样的思考路径往下走，我毅然远离了批评中属于技术主义的部分，诸如修辞、反讽、叙述风格等命题，作为学问，我尊敬它的研究者，但于我来说，它距离我的心灵却太遥远了，我更愿意相信神学家蒂利希所说的，艺术所要呈现的是“无论如何与我相关”的事物。我写作文学批评，许多的时候，是从个人对存在的理解开始进入的，结果我发现，它与对象之间的交流依然有效。这一点让我感到兴奋，我由此可以在更广阔的领域里展开对世界、对个人内部事物的追问，蒙田在说到类似的问题时，曾不无幽默地说：“多大的脚穿多大的鞋。”

除了真实地表达自己的内心外，我实在找不到更为高贵的写作理由。

克里玛在分析卡夫卡如何从完全是个人危机（出于捍卫个人写作的自由和对婚姻的恐惧）中进行写作时总结道：“卡夫卡描绘和捍卫了人类空间中最个人和内部的东西。”这是对卡夫卡最深刻的理解，也是写作所能达到的最高领域。我同样希望，写作能够缓解我内心的恐惧、矛盾和不安，带来真正的慰藉，从而描绘和捍卫属于我个人内部的事物，我的疼痛和寒冷，我的现实和梦想。批评应该也能做到这些。至于在这个过程中，是否忽略了俗常意义上的所谓批评规范，许多时候就顾不得了。每个人都在寻找对个人有效的写作方式，虽然彼此之间的方式可以不同，意义却同等重要。

同期声（1999年第5期）：

奢侈的话语——“文学新人类”丛书序 ◎谢有顺

奇迹似的谢有顺 ◎孙绍振

批评即良心——谢有顺的批评理念 ◎朱必圣

王彬彬

1962年11月生，安徽省望江县人。1978年参加高考，被中国人民解放军洛阳外国语学院（现名中国人民解放军外国语学院）录取，1982年7月毕业后到部队工作。1986年9月考入复旦大学中文系攻读中国现当代文学专业硕士学位，1989年春免试提前进入同一专业博士学位攻读阶段。1992年7月获文学博士学位。因军籍在身，回到南京军区。1999年转业到南京大学中文系任教。现为南京大学中国新文学研究中心教授、博士研究生导师。出版《在功利与唯美之间》《风高放火与振翅洒水》《往事何堪哀》《并未远去的背影》《鲁迅内外》《有事生非》《应知天命集》等著作多种。

“职业批评家”的消失

王彬彬

近些年，我一直被一位批评家盯着骂，这使我的那些长长短短的文章有了一个“最忠实的读者”。这位批评家在骂我时，时常称我为批评家，有时加上引号，有时不加。加上引号时，那是说不是真的批评家；不加引号时，则一定要论证这个称号于我如何不配。忽而把一项批评家的帽子强按在别人头上，忽而又取走，只说明此等角色把自己头上那顶批评家的帽子看得如何重了。然而，任何帽子，越被所盖着的脑袋看得重，就越像是阿Q头上那顶破毡帽了。

如果批评家意味着以文学批评为业，我确实从不认为自己是什么批评家。因此，当《南方文坛》说要在“今日批评家”栏目中也给我安排一期时，我曾对这种好意表示了婉谢。没有“批评家”这种“自我意识”的我，要谈“我的批评观”，也就很难了。不过，关于批评的零散想法，还是有一些的。姑说几点。

在我看来，批评是一种相遇，亦即批评者被对象所吸引、所打动，批评者的情思被对象所激发、所点燃，从而有一种言说的冲动，有一种表达的欲望。这种在内在冲动和欲望驱使下的言说、表达，才是真正意义上的批评。

然而，真正与作品产生一种相遇感的情形是并不太多的。这是否意味着真正意义上的批评，产生的机会也并不多？我想，是这样的。那么，不是有那种“职业批评家”在不停地批评着么？我只能说，这种几乎对每一部作品都能批评一通的“职业批评家”，是可能的，但也是可疑的。“职业性”的批评，往往成为一种工匠式的劳作。这种劳作如果说也有什么意义的话，那就是具有一种“仪式”的功效。

其实，专门以文学为批评对象的所谓“职业批评家”，在中国似乎是1949年后才作为一种文学群体出现的。在国外，从事文学批评的人，通常都具有多重身分，他同时也是政论家、社会和文化批评家，等等。他不仅面对文学作品发言，同时也对政治、经济、文化等各种问题进行批评。最近自杀的日本著名文艺评论家江藤淳，生前也是日本政治、时事论坛上的活跃分子。“批评家”的含义，在国外似乎更为宽泛，它指对政治、经济、文化等各种现象进行批评的人，而并不专指以文学批评为业者。在中国，1949年以前的数十年间，专以文学为对象的“职业批评家”，也几乎没有。

在文坛上，有一个专以文学为对象的“职业批评家”群体，这是1949年后特定的政治、经济和文化格局的产物。随着这种格局的变化，这样一种文学群体也终将消失。“纯粹”的文学批评家将越来越少，更多的人则只将文学作为自己的关注对象之一，他同时还对文学以外的现象发表看法。这意味着他不必在对一部文学作品实在无话可说时也强作解人。当批评的对象不仅仅是文学时，他便只在面对一部文学作品有言说的冲动、表达的欲望时对其进行批评，否则，他宁愿去对别的问题发言——这也可说是批评的解放。

“职业批评家”群体的存在，使得值得批评与不值得批评的作品都被加以评说，也使得好作品与坏作品一时间无从区分。“职业批评家”的消失所产生的后果是，值得批评的作品仍将受到关注，不值得批评的作品则自生自灭。这绝对是一件好事。

1999年8月25日

同期声（1999年第6期）：

政治全能时代的文学——《十七年文学：“人”与“自我”的失落》 ◎王彬彬

“守旧”的勇气——王彬彬文学批评述评 ◎汪 政 晓 华

王彬彬断想 ◎毕飞宇

2000年

张 柠

吴义勤

程文超

吴 俊

戴锦华

罗 岗

张柠

北京师范大学文学院教授，北京师范大学中国当代文学与文化研究中心主任，博士生导师。毕业于华东师范大学中文系世界文学与比较文学专业。历任广东省作家协会创作研究部研究员，中国社会科学院文学所当代文学研究室客座研究员，北京外国语大学兼职教授，中国作家协会小说委员会委员，中国图书评论学会学术委员。在《文学评论》《外国文学评论》《文艺研究》《读书》《南方文坛》《当代》，World Literature Today（U.S.A），Chinese Literature Today（U.S.A）等杂志发表学术论文100多篇；在《人民日报》《光明日报》《文艺报》《南方周末》等大众报刊发表文学时评600多篇。出版著作《叙事的智慧》《文化的病症》《感伤时代的文学》《土地的黄昏》《民国作家的观念与艺术》《文学与快乐》等15部，曾获多项国家级教学成果奖、省部级学术成果奖、国家级学会奖。

我的批评格言

张 柠

1. 努力写出令搞文摘的人无法下手的文章，让他们像一条干着急的小狗碰上了悠闲的刺猬一样。

2. 狄德罗说，批评家是躲在路边向过路人喷射毒针的野蛮人。我为这句话加两个前提：（1）过路人必须是文明人；（2）野蛮人必须是单枪匹马，而不是成群结伙。

3. 碰上道德批评家不要谈文学，要么敬而远之，要么保持缄默，最多跟他讲些黄色笑话或政治幽默故事。

4. 学院式的八股批评就像一张力不从心的破网，除了三段论这条死鱼，什么也网不住。

5. 饶舌的批评——脱口秀（Talk Show）——上下翻动的小嘴唇。

6. 逻辑是学院的，语言是传媒的。如果批评不能找到自己的语言和逻辑，它就不存在。

7. 对当代感性经验迟钝的人，不可能有自己的批评语言。他们是在用苦难、灵魂、拯救这些粗纱，织造一块陈腐的遮羞布。

8. 概述作品主题的文字，既歪曲了作品，又怂恿了懒汉。

9. 利用批评泄私愤、甚至决斗的批评者，哪怕他只干过一次，就永远也不要相信他。

10. 各种新名词是爱虚荣的批评者的时装，杂志是他们的天桥。

11. 当代文学作品形式上的不成熟，为缺乏起码艺术判断力的浑水摸鱼者提供了方便。

12. 更多的时候，编辑是盲人，伪批评家是烂竹杆子。

13. 对作品过度阐述的根源在于，一些批评者有过于发达的想象力，加上过于糟糕的视力。

14．只懂批评不懂文学的批评者最心爱的词汇：思想。

15．衡量一位诗人是否合格，要先看看他的散文；衡量一位批评者是否合格，就给他念一首无名诗人的诗。

16．作品就像一条凶险的河流，不熟悉地形的人肯定要翻船。

17．波德莱尔说“诗歌是地狱边上一朵惨白的小花”时，他是批评家。

18．批评家中的本雅明之于卢卡奇，就好比作家中的哈谢克之于昆德拉。后者的共同之处在于，总是跟读者不欢而散。

19．当一位成名的作家开始冒充大师的时候，就可以暂时不读他的作品，直到他的大师梦破灭为止。

20．如果一位作家经常写眼泪，批评者就要弄清他是伤心还是沙眼。

21．一位作家说他经常读批评文章，他在安慰你；另一位作家说他从不读批评文章，他在撒谎。

22．尊重将秘密和着酒一起吐出来的人，警惕用文字炫耀隐私的人。

23．作家面对的是生活垃圾。批评者面对的是生活垃圾中的一个特殊门类——印刷品垃圾。

24．有两种阅读：业余阅读和专业阅读。前者就像看武侠小说和电视连续剧，是一种纵欲的方式；后者给自己制造阅读障碍，本质上是自虐。

25．有人说，批评这种职业令人变态。他不知道，干任何一种职业，持续若干年之后，人就会变态。这叫劳动异化。

26．作品文本是一种异化批评阅读的力量，批评写作是对它的反动。

27．异化是批评的动力。自由是批评的梦想。

28．宁愿信任有点怪癖的形式主义者，也不要轻信貌似健康的理想主义者。这一条顺便送给编辑。

29．文学史就是形式史!有人会因此批评你搞形式主义。如果不想对牛弹琴，唯一的道路就是逃跑。

同期声（2000年第1期）：

酒的诗学　◎张　柠

批评的宽度：评说张柠　◎刘志荣

吴义勤

1966年生。江苏海安人。文学博士，二级教授，博士生导师。现为中国现代文学馆馆长、《中国现代文学研究丛刊》主编，兼任中国小说学会副会长、中国当代文学研究会副会长、中国博物馆学会文学专业委员会主任。在《文学评论》《文艺研究》《中国现代文学研究丛刊》等重要刊物发表论文200余篇，其中被《新华文摘》全文转载10余篇，由人民文学出版社等出版《长篇小说与艺术问题》等学术专著10余部，获鲁迅文学奖、庄重文文学奖、中国文联文艺评论一等奖、山东省社会科学优秀成果一等奖等省部级以上奖励10余项，入选教育部“新世纪优秀人才”、中宣部“四个一批人才”，被评为享受国务院政府津贴专家、山东省“有突出贡献中青年专家”，曾获“山东省十大杰出青年”“山东省高校十大优秀教师”“山东省首届优秀研究生指导教师”等称号。

为批评一辩

吴义勤

严格地说，我不是批评家，至少不是一个称职的批评家，我常常对“批评家”这个词感到困惑，对“批评”能成为“家”感到怀疑。照我朴实的理解，批评不是一种职业，也不可能是一种身分的标志，它只是一种针对文学的个人精神需要。说白了，批评不过是一种对文学的“说话”，是一种话语冲动的释放。当文学打动我唤起我的话语冲动和精神冲动时，我就去“批评”，并在这个“说话”的过程中获得自我实现和文学实现的双重快感；而当文学不能感动我唤起我的话语冲动时，我就闭口不说，谁也不能强迫我。我觉得，批评是自由的，那种职业性的“不得不说”或者无话找话的“硬说”是有违批评本性的。在这个意义上，我很难理解作家对批评家“失责”的指控。你的作品被遗忘、被忽略或者无人去“批评”，与批评家的“责任”有什么关系呢？批评家只能去“批评”那些他感兴趣的、他认为有价值的文本，他并没有“批评”整个文坛所有文本的“责任”。

另一个方面，批评的唯一出发点应该是文本而不是其他，如果说批评需要对什么“负责”的话，那么他要“负责”的首先是文本，其次还是文本。一个批评家可能需要有多方面的能力，但我觉得对文本的感悟力、判断力、阐释力永远是第一位的。我认为，批评根本无需对作家“负责”，我们的批评家是文学的批评家，而不是哪一个作家的批评家。我想，作家对批评家的指责实在是一个天大的误会。他们可能不知道所有的文学文本实际上都是脱离作家而存活的。正如尧斯所说，作品一面世就是脱离了作家本人的一个客观存在物，作家只是文本的半个创造者，文本的意义不是作家赋予的，而是在读者或批评家的创造性阅读中被发现和衍生的。从这个意义上说，一个作家老是盯着那早已与他无关的文本不放，是不是太自恋了呢？所谓“嫁出去的姑娘，泼出去的水”，我们的作家缺少的就是这份明智。

不仅如此。作家们还常常幸灾乐祸或义愤填膺地抱怨甚至嘲笑批评家“读不懂”他们的作品。这就更让人不可理喻了。稍有常识的人恐怕都知道，任何一个文本其实都是无法真正被“读懂”的。知道弗洛姆在《影响的焦虑》中怎么说吗？他说，“误读”是文学接受和传承的一种最本源的状态，“误读”同样是一种创造性的文化行为，人类的文明史其实就是一种“误读”史。这种“误读”自然也适用于作家对自己作品的阅读。自我感觉良好的作家们可能不知道，他们自己其实也根本不可能读懂自己的作品。伽达默尔说得很清楚，由于“语言”本身的局限性，任何思想都是无法完整地被“语言”表达的，作家的创作意图在落实到文本中时早已被异化、被扭曲、被偷梁换柱了，这就是所谓“意图谬误”。

当然，我在这里为批评辩护，并不是说批评就无可指责。批评就其本质来说，它本就是与文学背道而驰的。批评对文学实现的是归纳、概括与抽象，而文学强调的是独一无二性和不可替代性，它恰恰是反归纳、反抽象、反概括的。某种程度上，批评确实有使文学非文学化的危险。这是文学与批评关系的真相，也是一个永远无法克服的悖论。批评家们对此应该有足够的清醒，而文学也不应对批评有过高的期待。

同期声（2000年第2期）：

被怀疑的“语言”——评斯妤长篇小说《竖琴的影子》 ◎吴义勤

“先锋”的参与和守望——吴义勤的先锋小说批评论 ◎王光东 刘 明

说说吴义勤 ◎毕飞宇

程文超

（1955—2004），湖北大悟人。1979年毕业于华中师范大学中文系，1986年在该校获文学硕士学位，后在北京大学、美国加州伯克利大学取得博士学位。享受国务院特殊津贴。1973年在湖北大悟县良种场和东新公社插队务农，后历任华中师范大学中文系助教、讲师，广州中山大学中文系副教授、教授、博士生导师。1983年开始从事文学批评与研究。2003年加入中国作家协会。著有学术专著《意义的诱惑》，论文集《寻找一种谈论方式》《1903：前夜的涌动》《反叛之路》《百年追寻》。《意义的诱惑》获广东省新人新作奖，《1903：前夜的涌动》获第二届“鲁迅文学奖·理论评论奖”。

不当批评家

程文超

“批评”是什么？搞批评的人未必常常问自己。倒是不搞批评的常常会发问，并都有一套自己的想法。某些作家或读者更根据自己的想法对批评家做出要求或指责。批评家的压力之一就从这里来。

这种压力对我往往作用不大。因为我不是批评家，或者说，我不是以批评为职业的人。在我这里，“家”是否标志着某种“成就”倒在其次，因为“家”首先标志着某种分工。说你是某某“家”，首先是说你是以某某工作为职业的人。而我，只是一名教师，喝粉笔灰的那种。粉笔灰喝得多少与好坏，是我需要承担的责任。

不当批评家，就有了一份轻松和悠闲。关于批评的事儿，你可多做可少做，甚至可做可不做。没有任务，没有压力，更不为了写作而写作。事实上，近几年来，我的批评文字也真的少。

这当然不是为了逃避批评的责任。只是我对“批评”的看法不同。对我来说，批评，只是我业余时间的写作方式之一。说“之一”，是因为除了写写批评文字外，我还不时写些其他类型的文字。我搞批评，同我写其他类型的文字一样，是因为我要表达，是因为我有话要说。我要负责的，只是我的表达。

我认为，没有必要把创作、批评、理论研究等工作分得那么森严。在我看来，它们都是一种写作。巴赫金在写《陀思妥耶夫斯基诗学问题》时，你说他是在批评、是在进行理论研究还是在从事着一种创造性的写作？米兰·昆德拉在写《被背叛的遗嘱》时，你又能否说清楚，他是在写小说、是在搞批评还是在进行纯理论写作？

我喜欢“写作者”这种称谓。作家是写作者，理论大师是写作者，批评工作者同样是写作者。你所需要表达的，适合用文学的方式，你就搞创作；适合用学术的方式，你就搞理论研究；适合用批评的方式，你就解读文本；适合用无法分类的方式，你就用你独特的方式写作。比如徐坤，有时写小说，有时写批评文字，有时搞理论研究。我觉得，三者异曲而同工，都是她的创造。表达的，都是徐坤的情感与思考。

当然，这需要天分。但这是另外一个问题。我这里要说的是，写作，不以分工为前提。它的前提只是：你有东西要表达。我以为，大的写作者，无论他是搞创作、搞批评还是搞理论研究，都是对他的时代、他的时代里的世界与人生有着深刻感悟和睿智思考的人。因而读莎士比亚、托尔斯泰你能产生深邃的哲理思考，读海德格尔、福柯等人的纯粹理论写作，你又能激起对人生的诗意的激情。

于是就有了批评写作“首先面对什么”的问题。既然批评是一种写作，是要表达批评者自己的感悟、思考，那批评者首先——注意，我这里强调的是“首先”，而不是“唯一”——需要面对的，便是时代历史社会和自己的心灵。批评工作者必须首先对时代和心灵进行叩问。在这种叩问的过程中，他解读了某个或某些文本，产生了共鸣或碰撞，产生了表达的欲望，写出来就是“批评”。我反对天马行空的批评，我以为批评不进入文本是不行的。但这并不意味着进入文本的目的就只是为了谈文本。批评家可以只谈文本——如果他愿意，更可以不仅仅谈文本。在作家作品面前，批评者充其量是个对话者的角色。正如文学写作一样，批评写作也是为了表达写作者的思考。不同的只是，作家用了社会、历史中的材料而批评者用了文本作材料而已。

话说到这里便有些抱歉，我知道我说的没有普遍性。但我还是说了，因为这个栏目对我的要求是，谈“我的”批评观。

同期声（2000年第3期）：

“残花”开过之后——现代性语境与冯乃超的前后诗风 ◎程文超

批评旷野里的精神之树——试论程文超的《意义的诱惑》及其他 ◎陈晓明

吴 俊

1962年出生于上海市。一直在上海生活。1980—1990年，先后就读于复旦大学、华东师范大学，1990年获华东师范大学文学博士学位。留校任教至2007年底，调任南京大学文学院，现为文学院教授，主要从事中国现代文学研究和文学批评。出版《文学批评的向度》等各种著作约20种，发表学术性文章约300篇。曾获《南方文坛》年度优秀论文奖等约20种奖项。

发现被遮蔽的东西

吴 俊

文学批评必须面对一种重要的挑战和考验，可以归之为如何发现（批评对象中）被遮蔽的东西。这也是批评显得有价值而最为困难的地方。

表现上看来，由于媒体的触角无处不在，一切都好像变得“裸露”出来，甚至连各种各样所谓隐私也几无隐藏的可能。另一方面，炒作又日渐成为批评或与之相关的手段中的不二法门，以至习惯成自然，俨然成为批评理所当然的首选和正途。这大概是我们这个时代的文学批评所处的最显著特征性的现实氛围。

但是，批评应当具备足够的小心和明智，要避让的陷阱正在这里。事实往往如此，裸露的表象极有可能在使一切都仿佛变得一览无余的同时，实际上倒是将原本复杂的对象平面化了，一切都显得这样容易理解，批评的深度成为轻而易举就能达到的虚假目标。裸露使批评的神经趋向麻木，心安理得的懒惰取代了悸动的艺术敏感，文学批评因此久久地滞留在现象的表层，在媒体和大众的合唱中分享喜悦，获得满足。很少有人会警惕这将诱使批评变得浅薄和庸俗。堕落的征兆总是在自鸣得意的成就感中不知不觉地出现的。

与此相似，极受青睐的炒作则以其喧哗的造势不断地产生出喧宾夺主的作用和效果，所有的手段都在为一种特定的功利目的摇旗呐喊。炒作并不承诺和保证对批评负责，但它能够极度充分地利用批评的形式。在实用主义动机的支配和驱使下，炒作将毫无顾忌、淋漓尽致地极尽其所能。在这种情势中，文学批评很难做到不为所动，始终如一地保持自身的清醒和独立会变得十分困难，而身不由己地随波逐流却是最常见的现象。炒作的可怕之处在于，它能够造成一种既定而强大的事实，这种事实将剥夺你的怀疑能力，逼你缴械，甚至将你一同席卷进去。你在为虎作伥却又根本不能自觉。于是，文学批评沦为一种话语工具，它的丰富性和多元性消失了，单一的目标主宰了它的价值取向。

显然，裸露和炒作的诱惑都能构成对于文学批评的致命损害。它们看似不同的表现形态，造成的则是一致的后果，即阻碍着文学批评深层次、多向度的纵横发展，限制或磨钝了文学批评的敏锐触角，使文学批评丧失其“发现”的功能。换言之，对于文学批评的使命而言，裸露和炒作实质上是以公开凸现的表象无形中起着“遮蔽”对象的内在深刻性的作用，这就像表面上的民主能够遮蔽实质的专制一样。当然，尽管裸露和炒作并非遮蔽的绝对或唯一的根源——专制的罪魁祸首也决不是民主——但是，在裸露和炒作的时代，发现被遮蔽的东西却无疑是文学批评所必须面对的一种重要的挑战和考验。真相既已不可能轻易地浮现，那么，去蔽和发现便是最显困难而少见的品质了。由此来说，批评的本质其实并没有改变，只是现在遇到了更多的困难。文学批评的价值将视对于这种困难的克服程度而定了。

同期声（2000年第4期）：

王朔和余秋雨：我们时代的两个英雄人物　◎吴　俊

在跋涉中寻求超越——吴俊文学批评漫评　◎方克强

戴锦华

北京人。现任北京大学比较文学与比较文化研究所教授、博士生导师，北京大学电影与文化研究中心主任。曾任教于北京电影学院电影文学系，1986年曾参与主持建立中国第一个电影史论专业。1995年主持建立中国第一个文化研究机构。曾在亚洲、欧洲、北美洲的数十所大学讲学。为美国和中国香港地区数所大学东亚系、文化研究系的客座教授。从事电影史论、女性文学及大众文化领域的研究。著有专著10余部。专著及文章被译为十数种文字出版。

我的批评观

戴锦华

尽管做了多年“批评家”，但我确实从未系统地思考过自己的“批评观”。也许，我更乐于使用的一个说法是何谓批评。而对于我，与此相关的问题是何谓知识分子或曰文化人的工作。80年代中期，浸淫在结构主义符号学的电影理论之中，我热衷参与倡导的，是创作与批评，进而是批评与理论的分离。或许自觉不自觉地，是想借助结构主义的批评实践，试图为批评“正名”，试图加入20世纪“语言学转型”之后的世界潮流，“告别19世纪”。所谓“告别19世纪”，于我，便是告别批评相对创作的附庸、隶属结构，告别批评作为艺术圣殿的“清洁女佣”的经典地位；在80年代中国的历史语境中，心照不宣的是：申明批评的独立性同时是在申明知识分子工作的独立品格。于是，我更强调批评作为一种独立的“表意实践”的特征，认定作者对于作品并不具有任何阐释特权，相信作者中心的时代已被文本中心的时代所取代。“文本”于我，不是一个可以替代“作品”一词的时髦“新词”或“洋文”，而是负载着一种批评观念：不仅“文本是一个胆大妄为的歹徒”（罗兰·巴特语），而且文本常常负载着远比作者的创作初衷或理性、感性意图更繁复甚至南辕北辙的意义结构。于是，一个批评家的工作是一份创造性的发现，或者说是一次知识考古式的发掘。此间，一个批评者，是一个毋庸质疑的发现与阐释主体。

但八、九十年代之交，尤其是90年代初，我再度发现了自己的疆界或者说拒绝：首先是我自己曾在80年代热衷“将现实放入括号”的批评实践，而此时，不仅是现实再度打碎那苍白脆弱的“括号”，而且我不得不承认，对于我，所谓“将现实放入括号”，不过是将现实变为文字间的隐身人，一个无所不在的隐身人，因隐身而可以相对“安全”地“直接”评说。这并非所谓结构主义朝向后结构主义的理论演变所致。事实上，在80年代后期，意识形态批评、女性主义的进入，已使我远远偏离了结构主义自身“纯洁”的学院构造。至少对于我自己，整个80年代文化犹如一场化妆舞会。我们强调理论、批评相对于创作的独立品格，与其说是为了面对艺术家“争夺”批评的话语权，不如说是为了面对社会要求知识分子独立思考与言说的空间。于我，那是一种社会行为的“转喻”方式。但很多时候，自觉的游戏者也间或为游戏所困。当我们重申结构主义、后结构主义的论述：语言是我们所能拥有的唯一现实；任何人文学者，无论他们书写的是虚构还是真实，是小说还是历史，是新闻还是评论，究其本质，都不过是文化的说书人的叙事行为；“叙事”，是一切文化现象的本质等等，至少我的本意，在于颠覆某些主流且流行的观念，在于揭破所谓真理、真实记录背后的权力结构与文化建构过程及结果。但类似重述和揭示的结果，却常常演化为某种自觉的实践指南或行为遁词：如果我们不过是说书人，那么可供比较和评判的，便似乎只是编纂故事的技艺之高下；与文本无关，更与现实无关。然而，对我说来，重要的是，对文本及其意义结构的发现与阐释，不仅必须建筑在真正结构性地把握其“能指的展开方式”之上——说得直白些，便是建筑在对文本充分细读与体认之上；而更重要的是，认识到在文化生产与文化工业早已深刻契入创作现实的昨日与今天，没有什么文本与文本的阐释可能是独立自足的。它不可能脱离社会历史语境，不可能脱离文化的生产机制与过程，不可能脱离自始至终存在着的、与社会的互动关系。此外，一个重要甚至痛切的感悟是，不论我们是否清醒地意识到我们在今日社会中所出演的角色，不论我们是置身于学院之内，还是大众文化生产的前沿，我们的“叙事”，包括成功解构的叙事，都将或强或弱地、通过不同方式加入社会文化、意识与心理的建构过程。一个知识人的现实姿态，不是、或不仅是他/她是否出入庙堂与广场，而是他是否在他的文化实践中履行着有效的社会批判功能。对我，这是本分，是落伍之处，也是不能自已的选择。

同期声（2000年第5期）：

残雪：梦魇萦绕的小屋　◎戴锦华

酒香不怕巷子深　◎张　洁

“没有屋顶的房间”——读解戴锦华　◎贺桂梅

罗 岗

1967年生，文学博士，华东师范大学中文系教授、博士生导师，重庆大学人文社会科学高等研究院兼职教授，曾任纽约大学、香港浸会大学和台湾东海大学访问教授；研究领域为中国现当代文学与文化研究，兼及当代理论与思想史研究；著有《英雄与丑角》《预言与危机》《人民至上》《想象城市的方法》和《危机时刻的文化想象》等，编有《现代国家想象与20世纪中国文学》《90年代思想文选》《视觉文化读本》等。

“批评”的现代意义

罗 岗

1684年1月27日，在法兰西学院的一次会议上，贝洛还没有读完他的诗作《伟大路易的时代》，布瓦洛就拂袖而去。发生在17世纪末的这一戏剧性场面，被看作文学史上“古典”和“现代”之争（历史上称之为“古今之争”）的标志。然而它对文学和文学批评的象征意义，或许需要几百年的时间才能清楚地呈现出来。到了20世纪20年代，蒂博代在他的《批评生理学》一书中语出惊人地指出：这一事件之于文学和文学批评，“正如1789年7月14日之于政治历史”，因为它“标志着我们仍在经历的和我们的文学至今仍可得以立足一幕戏剧的开始。从这一天起，便提出了现代人的问题，现在，我们仍就这个问题在教育领域和艺术领域进行争论”。

无论认为蒂博代是夸大其词还是言之有据，我们都必须严肃地面对他提出的命题：现代意义上的“文学”和“文学批评”是与“现代人”的问题相伴而生的。照我的理解，“现代性”的创制过程虽然和欧洲社会世俗化进程紧密联系在一起，但它鲜明的时间意识却深深地植根于基督教的世界观中。由于拉丁古典思想不关心历时性的关系，在古典拉丁文中就没有“古代／现代”的对立词。这种意识体现在文学和文学批评上，便是始终以过去的历史或传说为创作基础，进而形成以集体传统为核心的评判标准。而新出现的“古今”之争则相当触目地标识出一种新的时间观念的萌动。那个时代的文学之所以表现出强烈的对现实的关注，当然是因为欧洲各民族在建构“现代国家”和“现代文明”（在很大程度上两者又是合二为一的）的过程中需要借助“文学”的力量，否则就很难理解贝洛的诗作为什么要献给“伟大路易的时代”。但问题并不止于此，更为关键的是“现代人”的形象借机浮出了历史的地表。在这里，“现代人”区别于那种举止高贵、冠冕堂皇的“古典英雄”，相反，文学的“现代”

图景呈现出的是“下层”人物、“低级”题材和所谓“道德败坏”的创作旨趣。正如瓦特在《小说的兴起》中指出的，笛福、理查逊和菲尔丁的小说“是与这样一些事实密切相关的：摩尔·费兰德斯是一个窃贼；帕梅拉是一个伪善者，而汤姆·琼斯则是一个私通者”。还需要强调的是，笛福和理查逊是欧洲文学史上最早的作品情节取材于现实，而非取自神话、历史、传说或先前的文学作品的大作家，他们笔下的“现实”显然不同于那些根据公认的道德和社会准则来表现的“生活场景”。

那么，“批评”在这一历史过程中扮演了怎样的角色呢？就像布瓦洛拂袖而去一样，批评始终无法正视文学和当下生活建立起来的鲜活联系。不论是过去喜欢用古典的价值，还是现在更愿意诉诸抽象的“艺术”或“审美”的标准，批评总是希望把多变复杂的文学纳入既定的阐释系统之中。这种“文学”和“批评”的收编与反收编的斗争可以说贯穿整部文学史。问题在于“批评”所扮演的角色并非由批评家的责任或素质决定，批评，特别是职业的文学批评早就成为“现代性”整体规划的一部分，把有可能溢出这个规划的“异己之物”重新吸纳进来，已经是批评的宿命。

由此，文学和文学批评显示出它们在现代社会中“悖论”式的存在。作为“现代”的产物，文学必然内在地包含了“现代”对生活合理化的要求，继而成为“现代建制”的某个有机组成部分；但另一方面，由于天然地对人和人的感性世界的敏感，文学虽然是在现代化的过程中获得了直面现实的合法性，却把更多的关怀倾注于被现代社会淘汰、遗弃的“小人物”身上，倾注在巨大变迁中的普通人捉摸不定的命运上。这就是文学必须面对的“现代人”的问题，正是这个问题的存在，有价值的文学往往以批判、置疑和反抗“现代”的姿态出现。不过，与一般理解不同的是，文学史普遍把“从德国浪漫主义文学到波德莱尔的诗歌”称作“反现代的美学现代性”，而或多或少地忽略了从笛福、理查逊到狄更斯提供的另一条“文学反抗现代”的路向。如果置放在“古今之争”的历史脉络中，可以清楚地看出，前者明显带有更多以“古”抗“今”的乌托邦色彩，拥护“现代”的浪漫主义者反对古典主义的崇古思想，却希望在理想化的中世纪新的历史时代；后者则在严峻地暴露当下生活的“阴暗面”的同时，也更深刻地揭示出“现代”内部的矛盾和分裂，以及现代“自己反抗自己”的特征。正是在后者的层面上，文学批评是否能与文学一样获得现代的意义，端赖于它敢不敢反抗自己的宿命，以及有没有对“悖论”式处境承担的勇气。

同期声（2000年第6期）：
从“晚清”到“当代”——关于“现代性问题”的几则笔记 ◎罗 岗
重建统一的个人生活 ◎王晓明

2001年

施战军

杨 扬

葛红兵

何向阳

汪 政 晓 华

黄伟林

施战军

1966年生。现为《人民文学》主编，《人民文学》外文版主编、编审。山东大学文学博士，北京大学博士后。曾任山东大学文学院教授、副院长，中国作家协会鲁迅文学院副院长。中国小说学会副会长，中国文联全国委员会委员，中国现代文学馆学术委员，南京大学文学院兼职教授。曾担任茅盾文学奖、鲁迅文学奖、新概念作文大赛等奖项的终评委。著有《活文学之魅》《爱与痛惜》《碎时光》《世纪末夜晚的手写》等作品，主编大型文学丛书10余种，100余卷。

爱与敬而远之

施战军

爱不完美的作品甚于爱华丽的创作谈，对创作谈写得总是比作品更加溜光锃亮的“大师”敬而远之。

爱包藏在作品里面的意味，对思想过剩的“杰作”敬而远之。

爱有血有肉的文字，对血肉横飞的战场和血口喷人、脑满肠肥的“指战员”敬而远之。

爱艺术良知，对让良知时时悬挂在唇齿间曝晒着而不是跳动在胸腔里温热着的“行为艺术”敬而远之。

爱听费劲的表扬，对拍着你的肩一副诚恳的表情轻松地赐予你“最优秀”的称号的人，比如他是个父兄辈中人，你写过关于其人其作的评论，也许要敬而远之。

爱“批评也是做人”的说法，对时刻牢记着“要做个真正的好人”的提醒（又“真”又“正”的“好”，难为人哪!）敬而远之。

爱想象中生机勃勃的文学生态，对被各种名目的“立场”“姿态”“新×派”“××主义”“××××写作”等切分的蛋糕小文坛敬而远之。

爱有才华有气势的批评，对恃才使气的大批判敬而远之。

爱感悟精微、文字优雅的美文式批评，对沉迷于逻辑推演或立论粗暴武断的“权威”发言敬而远之。

爱平等、爱自由、爱民主、爱科学，当然也爱国——爱“五四”精神；对机械进化论、对人身攻击、对与文学无关的业外表情和手段敬而远之。

爱羡慕别人，尤爱羡慕文学批评家中的佼佼者；对做某某或某某某第二的企图敬而远之。

爱反省自己的所思所言，爱为一时的冒失而生悔意，爱为不留余地的捧场而羞愧；对动不动就要“忏悔”“认罪”的高大召唤敬而远之。

爱商榷，对宣称永远说“不”的摇头者的头敬而远之；爱怀疑，对声言永远以某某为榜样者的标榜敬而远之；爱钦佩，对表示永远领情者的深情敬而远之；爱期待，对自认永远是泰山不老松的老态，此致敬礼，远之，祝弥坚!

爱那种“在场”的批评，在场批评未必就是跟踪批评，批评不为所有新作和所有活着的作家服务，有些作家自认为伟大的作品，有人誉词连篇也有人一言未发，后者也是“在场”的，他采取了另一种批评方式，即敬而远之。

爱读有趣的文学书，爱读允许他人说理的文学书，爱读把自己也摆进去的文学书。对只讲团结或只讲紧张只讲严肃偏不讲活泼的什么书敬而远之；对置他人于股掌或只有自己清洁高尚而整个世界都污浊堕落的什么书敬而远之。

爱不是纯净水的文学，对于把文学的梦想蒸馏过滤到纯而又纯的习性敬而远之。

爱得愉快便爱，力不从心时，最好敬而远之。

爱文学批评的发言权利，对将发言“霸权化”的现象敬而远之，对充当文坛政治发言人的人物敬而远之，对甘愿做某一个在世的作家的特制贴身小袄的批评拥抱家敬而远之。

爱吾师，更爱文学；对情不自禁地总给批评家当老师的著名作家敬而远之；对口口声声要给批评家做学生的未名作家敬而远之。

可爱，则爱；不可爱，则敬而远之。北方有句话叫“爱谁谁”，意思是“不管三七二十一”。文学让我们懂得爱，“创作总根于爱”，批评也是创作之一种。对“仇恨”的文学观，至少现在我还没有接近它的兴趣，不妨远之，以减免失敬之责。

同期声（2001年第1期）：

茹志鹃小说与中国当代文学　◎施战军

任重道远的一代批评家——施战军评说　◎陈骏涛

从兴趣出发　◎宗仁发

杨 扬

1963年生，浙江余杭人，文学博士。现为华东师范大学中文系教授、博士生导师，中国现代思想文化研究所专职研究员。2003年获上海市“曙光学者”，2005—2006年获哈佛燕京大学访问学者；2006年入选教育部“新世纪优秀人才支持计划”。2010年为台湾大学高等人文研究院客座研究员。2014年任上海市作家协会副主席，文艺理论专业委员会主任。主要研究领域为中国现当代文学。主要著作有《转折时期的文学思想——茅盾早期文学思想研究》《商务印书馆：民间出版业的兴衰》《闻一多与中外文学关系》《文学的年轮》等，主编《莫言研究资料》《中国新文学大系（1976—2000）·史料索引卷》。曾担任第三届鲁迅文学奖终评委和第八届茅盾文学奖评委。

我的批评观

杨 扬

批评对我而言，是蛰伏黑洞的未明之物。我至今都无法确切地说，批评是什么。与记忆同在的，是关于一个人从事文学批评的经历。

如果不是偶然，如果不是因为当年同窗中有那么几个不认同现状的人，如果不是因为自己的声音受到压抑而自己又偏偏希望用发表文章来证明自己，如果天地依然很窄，只有几个人可以指点文坛，那么，我想自己很可能与许多学院中的同仁一样，选一个专题，躲进资料室，在漫无边际的学问的海洋中漫游，根本无暇顾及当代文学批评。穿破所有人生壁障的努力，一直是生存现实逼迫每一个人不得不做出的选择。有的人，在强大的外力压抑下，选择的是沉默和退缩；有的人，天生一副善假于物的本领，哪里热闹哪里就有他的身影；有的人偏偏只相信自己，偏偏喜欢以自己的声音来说话。我想自己属于后一种人。批评对我而言，是一种面向当代的生活，是人生空白的补缺。面对那么多让人眼花缭乱的文坛世相，选择什么作为自己的切入点呢？我的选择来自种种偶然的催迫。一个人对你说，某某是当代最出色的诗人，而你恰好与某某同处一地，自幼嬉戏，于是你写一篇文章，陈述幼年往事；但令人吃惊的退稿催迫你又一次提笔，最后文章发表了，有人称之为批评，我想对一个自恋独处的人来说，这都是无所谓的，因为写作时确实不曾想到什么原理，既无崇高和神圣的情感，也没有创立各种学说和旗号的图谋，有的只是非常狭隘，甚至是很难启口的欲念：无非是好玩，无非是你能写我也可以写，无非是受到退稿的刺激，需要用发表文章来证明自己。这种认同的麻烦，是卡夫卡笔下那个小人物K遇到的人生烦恼，也是他耗费了毕生的精力与之战斗的敌人。人可以通过许多方式证明自己，但对每一个人而言，可供选择的方式并不那么多。很多次，我见到一些当代作家、批评家在漫谈什么时，总会联想到有那么一个未被人们认可的角色：他的文学才能不在这些作家、批评家之下，但因为种种原因，他没有被认可。这就是伍尔夫所想象的莎士比亚妹妹的处境。当一些人将批评视为崇高，将作家、批评家看得非常神秘时，我的确无力谈论这些东西。我只能选择自己作为对象，谈论种种有关自己生活经历的感想和记忆。当然，我也因此不大过问重大和神圣的问题，因为这一切与我的成长经历无关，或者说，至今我都还未遭遇这样的人生。

2001年元月于华东师大

同期声（2001年第2期）：

变化意味着什么？——90年代中国文学的变化及其自身的思想障碍　◎杨　扬

关于杨扬的文学批评　◎陈思和

批评从生命表达的质朴要求出发　◎张新颖

葛红兵

1968年生，中国创意写作学学科引进者、创建者，学者、作家。现任上海大学教授（三级），博士生导师，上海大学文学与创意写作研究中心主任、学科带头人。兼任上海市文化局决策咨询顾问、中国青联社科联理事、上海作家协会理事、中国文艺理论学会理事、中国当代文学研究会理事等。完成国家级社科项目、省部级项目及各级横向项目等20余项。在CSSCI杂志发表论文100余篇，文章被《新华文摘》《中国高校文科学报文摘》、人大复印资料等转载转发数十篇。

我的批评观

葛红兵

我们到底需要什么样的批评呢？是洋腔洋调、官腔官调、炒作附和？是唯唯诺诺、谨小慎微、老生常谈、含糊其辞？还是直言不讳、无所顾忌、敞开心扉？尼采式的狂想，巴赫金式的睿智，本雅明式的悟性，福柯式的偏执……我渴望看到这样的文字，它深深地刺痛了我，像锋利的斧锯，它深深地感染了我，像艺术作品本身一样神采飞扬，它有勇气坚持自己的主见，它无法克服自己的感动，它冲动地一遍又一遍地向世人推荐它认定的好作品，诅咒那些它所认定的坏的、让人邪恶的作品……批评应当是什么样的呢？批评应当源于对语言（文学）、色彩（绘画）、造型（雕塑）等艺术媒介的天生的敏感，源于对这个世界以及在这个世界上生活的热爱，源于内心深处的理想和这个理想与现实之间的永恒的不可调和的冲突，它深深地扎根在批评家本人的生活体验以及他对艺术作品中体现出来的生活内涵的感悟之上。但是，这样的批评文字我们真是太少见到了。我们读了太多的评委式批评、牧师型批评、哨兵型批评，它们在多大的程度上已经败坏了我们的味觉呢？想一想，当我们读到真知灼见的时候，我们常常是嗤之以鼻、不屑一顾的，由此回答上述问题就不太难。从汉语词源学上讲，“批”是“用手掌打”的意思，批评作为一种文体，在汉语语境中天生地包含着“出击”“劈杀”的动机，它应当像斧锯一样砍削在读者的身体上，让人感到头皮发麻、四肢痛楚。现在的问题是，中国批评必须和它身上的经学传统、道学气息做斗争，批评必须不断返回到个体那深深的沉痛和悲伤中去。

1999年和2000年相交之际，我的一些文章引起了争议，有的朋友说你该解释一下。怎么解释呢？对钱钟书的批评是我4年前的想法，对鲁迅的观点是3年前的，这些对我自己来说都“事过境迁”了，以前都有单篇文章发表过，把它们浓缩起来笼统地简单化地再说一遍，只是出于朋友的约稿。最近为自己编一个文集《正午的诗学》，在160万字中翻翻拣拣，最后编成35万字，照理说我的主业是文学，但是编好后“文学史理论”“文学文化思潮”“作家作品解读”“哲学人类学札记”四个部分中我最看重的却是最后的部分。对于我来说，哲学人类学更有魅力。我想它也许会允许我系统地阐明我对存在的本体论看法，这是一种更为本源的自我解释，一种可以将整个生命投掷其中的自我解释工作。最近我还出版了长篇自传体小说《我的N种生活》，这是一本研究我自己的书，我想我对作家们没有手下留情，对我自己更没有手下留情，这是我可以向朋友们解释的地方。我想朋友们总是可以理解的，朱大可兄看后说：“我喜欢这本书以及这样一种自我独白的忏悔录的方式。学院派和学理至上主义已经毁掉了生命的感受性，而它召回了一个‘六十年代人’的奇特经验。我们中的许多人都身负着灾难和苦役，但在身体写真集四处泛滥的年代，惟独灵魂的痛楚遭到忽略。这部心的写真，无疑有助于改变这种无耻景象。”这很让人感动。

有的时候，我想写作只是一种不断理解自我的方式，进而是一种对自我进行安抚的方式，当然它也是一种需要朋友承认的方式，但是前者是首要的。我希望有一天我仅仅只为我自己写作，也许这才是批评的最高境界。

同期声（2001年第3期）：

关于道德主义批评的几个问题　◎葛红兵

相对主义者葛红兵　◎戈　雪

行吟与守望——葛红兵论　◎孙德喜

何向阳

中国作家协会创作研究部主任、研究员，享受国务院特殊津贴，中国作协六、七、八届全委会委员。中宣部全国宣传文化系统“四个一批”首批人选。国家人事部“新世纪百千万人才工程”首批人选。出版有专著《人格论》（2011），理论批评学术随笔集《朝圣的故事或在路上》（1996）、《肩上是风》（1999）、《思远道》（2002）等，长篇散文《自巴颜喀拉》（2001）、《镜中水未逝》（2004）。获第二届“鲁迅文学奖·理论评论奖”、中华文学基金会第二届“冯牧文学奖·青年批评家奖”、中华文学基金会第九届庄重文文学奖、中国当代文学研究优秀成果奖、《当代作家评论》年度评论奖、《南方文坛》年度评论奖。散文、评论入选《中国新文学大系》。

我的批评观

何向阳

事实是，真的写下来，把茵蕴的情致生成的思想凝固为文字，冠以“观念”头衔，构建脚手架已然成型而只需附缀增值叠加复制的“塔”，这种建筑能力在我不为强项。所以理解同仁所言的本心而动下笔时冲着观念，写下来却是历程。对于我，何不如此!观念一旦定型，成就的却是删减，大多数时间，成型的观念并不丰满，反倒薄弱，所以警惕，极力保有“路上”的知觉。

心肠的区别应该成为一种界限。而我们常用的标准却是观念。新、旧比善、恶省事，所以理论背面往往感情苍白。设若有一种批评，对作家对文学，以心肠而非技术论，设若现在还没有这种批评，我想，会长出和养成。虽然，如今它还只是萌芽，虽然，未来的绿意如今人不知它。与任何写作一样，批评的文字写到最后也是人，是人心肠的区分，是尖锐、激越、刚烈、急切，是理解、宽容、善待、包涵，并不矛盾。最后的文字写到底，其实是人心。而“心”之修得，几乎是一辈子的功课。只是，再没有一种文字较批评这么直白，人心文字相里表。写下来，祛除任何表演粉饰或者姿态。最本色的自我，写下来，到了最后，无从掩盖。或者不可能有比批评更“残酷”的工作，它对写作者自己的锤炼严苛过任何一种写作。它言说心肠，引作界限，关乎人格，立为标准。尤其在一个智识的文字时代，它做的事是——立心。

批评是一种叙述。它以人的介入使那言说的对象物复活而为人性的。由此，批评被要求为一种人性的诉求。更多时候，批评家像是一个知识考古者，她在各门类的素材里穿梭，面对着由文字累积而成的人的历史——已消失的、被书写的、有待再度理解的、层层土型——做细腻的发掘、回溯、解悟或重读，是与古人、他人、自己同时的对话，有时候深入到哪怕一层土，都会有无尽有限对比的怵然。太多要做的事，而人生苦短。所以，也理解了那观念的拿来。

然而，不。

或者有一种人文，与那历史的故迹有着区分，它不是已然凝固成庙成观的可见的物的过去时，而是一种关于人的——正在发生正在移换正在长成的进行时，这个现在，写下来，比起过去而言，是难的。正如写物——那个静态——从来比写活动的人容易。然而这个人文才是最值得一写的，文字与它并行着成长，一同经历，却也是最容易将作者写伤了的，那太不易。用固定的文字去述写那并未固定下来的东西，在这样一个不同于以往文化概念的人文面前，多少人与我一样经受着时间的淘洗。

观念大约是最易被冲走的部分。

那么，什么才是我们的立足点？

“生命与作品相通，事实在于，有这样的作品便要求这样的生命……生命是作品的设计，而作品在生一些先兆信号预告出来。”梅洛·庞蒂这段话道出写作的苍茫宿命。事实是，这一种人、文交叠纠缠，可以互换。成型传统，却不为传统所囿。那活水清澈温和，间以厚道，然而究其实，不折中，有温度血性。河一样，中流激进，从不停息。

从未停息的，还有这个鞋沾满泥的人。那些终要沉埋进历史深水里的人、事，是这场人生拼尽全力要记下的。这人知道，如此生活，才是活着，如此写作，才是创造。对于路，她认真得很。而且，她停不下来了。

同期声（2001年第4期）：

曾卓与20世纪三四十年代 ◎何向阳

苍茫朝圣路——我所了解的何向阳 ◎鲁枢元

宿命的写作者 ◎李洁非

汪政　晓华

汪政，男，1961年8月生，江苏海安人。文学创作一级作家，中国作家协会会员。现为江苏省作家协会副主席、创作研究室主任，中国小说学会副会长，江苏省当代文学学会副会长，南京市文联副主席，南京市文艺评论家协会主席。

晓华，女，本名徐晓华，1963年生，江苏如东人。文学创作一级作家，中国作家协会会员。现为江苏省作家协会创作室副主任。

两人自20世纪80年代中期开始合作，从事文艺理论和当代文学研究，发表论文及评论300余万字，出版《涌动的潮汐》《自我表达的激情》《我们如何抵达现场》《解放阅读》《无边的文学》等，主编、参编大学、中专、高中教材多种，并获得多种文学奖项。

我的批评观

汪 政
晓 华

"今日批评家"已经越来越有一种"昨日"的感觉了。当文学不再成为社会的主要精神现象之后，当传统的纸质媒介不再是文学的唯一传播方式的时候，批评就更加难以找到自己的位置了，因此，再来谈论什么"我的批评观"的确有些可疑。

时势发展到今天，回过头再去检点这20年的批评史，会产生一些冷静的想法。人们曾经普遍认为，这20年的文学批评是自中国白话文学史发生以来最为活跃、从通行的学科标准来衡量也是一段卓有成效的文学历程。据说这其中最大的收获是批评确立了自己主体的地位，凸现了批评家的个性和创造性，开拓了一片自由的空间。如果真的如此，那当然是再好不过，也不会有今天的失落与尴尬了。而事实上，如同我们这20年经历过的许多事物一样，批评同样存在虚幻的、浮肿的、泡沫的、伪繁荣的一面。如果要我说一句判断，我觉得批评始终在追逐、在依附、在乞讨、在迎合……最是批评不自由!

我们的批评不可能摆脱对意识形态的依赖，这样的依赖既表现在对主流意识形态主动和被动的依靠上，也表现在对域外引进的意识形态的借重上，这两方面构成了这20年来批评的两重话语的霸权。我们的批评几乎没有理论上的原创，很少有批评家有意识地在自己的批评实践中去培育、催生理论之树，批评呈现出严重的哲学贫困。我们的批评摆脱不了对"方法"的迷恋，20世纪80年代曾有方法年之类的说法，这足以说明批评对方法的追逐之热忱。从自然科学到社会科学，一时间公式、图表、模型满天飞，倡导交叉，热衷边缘，一些批评文章如读天书，莫辨文理，其流风余响转而为对域外批评方法的操练、分析、建构，就看谁能将日常语言置换为全新的概念。

前些时看到一些著作，已经在对这场旷日持久、至今不颓的方法与概念运动进行总结了：试看今日之天下，谁是"解构"的高手!我们的批评不可能摆脱对“学术”的热衷，一方面，批评家少有理论的原创意识与能力，但另一方面又渴望由批评家而理论家。好像只有将自己的批评改装成一本正经的学术面孔，才修成了正果。于是，倡导学术的规范，呼吁学院批评，人为地在批评界设置出朝野之分，其直接的结果是渐渐地养成了一股死板腐朽的文风，牺牲了新时期批评发韧之时难得的清新、感性和凌厉之气。随着这种学术的所谓规范，一些批评家也随之“金盆洗手”、退出评坛，因为他们发现，游戏规则正在改变。我们的批评不可能摆脱对时尚的追逐，相对于意识形态，时尚是另一种权力，它以弥散的方式充盈着我们生活的每一个空间，是什么左右了我们的趣味？是什么支配了我们批评的价值取向？说到底，其中就包含着时尚的观念和时尚的思维方式，也正因为如此，我们时下的批评才那么奇怪地为“文学小鬼”和“文学美眉”反复地鼓噪。

最后，我觉得我们的批评不可能摆脱对传媒的依赖。文学自然不可能不借助一定的传播方式和手段，在传统的思想观点中，媒体只不过是工具，它没有自己的独立性，但现在的媒体长大了，它已经善于整合社会的各种势力与策略，通过培养和塑造它理想中的媒体人格与媒体心理来影响乃至左右社会。在文学一步步以媒体的价值观和运作方式来重塑金身时，批评的趋骛现在已被看成是家常便饭，批评家们已习惯和乐于按媒体的要求从事所谓批评，并且按市场法则来处理自己与媒体的交换关系，批评已能娴熟地在媒体时代的传播规律、市场规则与消费机制中来寻找自己的生存之所。也正因为这一点，批评正在为文学的商业化推波助澜，批评家有时已经变成文学的推销商与广告人。

说以上这番话并不意味着我们自己就置身其外。事实上，一个人侧身其间并从事多年批评写作，不可避免地要受到潮流的推动，浸淫日久，也会变得麻木的，片刻的清醒不过使人更添颓唐与伤感，甚至会恶作剧般地自我作践而陡生堕落的快意。最纯洁的、也是让自己感动的想法就是做一名读者，读自己想读的作品，并记下自己的感觉和想法。如此而已。

同期声（2001年第5期）：

论《坚硬如水》 ◎汪 政 晓 华

过渡时代的见证和守望——对汪政、晓华文学批评实践的一种描述 ◎何 平

一对出色的“双打选手”——汪政、晓华印象 ◎吴义勤

黄伟林

1963年12月生于桂林，壮族，北京师范大学文学学士、硕士，武汉大学文学博士，现任广西师范大学文学院教授、博士生导师。中国作家协会会员、中国当代文学研究会理事、广西桂学研究会副会长、广西文艺理论家协会副主席。著有《孔子的魅力》《转型的解读》《中国当代小说家群论》《小说的聚焦》《山水之都》，荣获中国作家协会第六届少数民族文学“骏马奖”、中国作家协会第八届庄重文文学奖、广西壮族自治区人民政府第五届文艺创作“铜鼓奖”。

有“人气”的批评

黄伟林

“人气”越来越像一个商业概念。如果我们说某个市场“人气”很旺，那实际上指的是参与购物或者交易的人很多；如果我们说某个人“人气”很旺，那大概指的是这个人的追星族很多、票房价值很大。如果撇开商业性质，“人气”大概就是吸引人的意思。这里将“人气”用于文学批评，指的是文学批评应该吸引人。吸引人的途径其实很多，但殊途同归，它必须有人。有人的感情、人的才华、人的体验、人的格调、人的见识，简言之，文学批评要把人放在眼里。

现在有各种各样的文学批评。比如有一种“广告”式的文学批评。不能说这样的文学批评就没有好文章，在一个多元化的时代我们应该学会宽容，应该认识到“广告”存在的必要性、合理性。但不得不承认，“广告”式批评在本质上倾向于把“钱”放在眼里。把钱放在眼里本无可厚非，最怕的是广告式批评的眼里只有钱。广告式的文学批评并非没有人的感情，相反，它还可能十分煽情。有时它甚至能营造出一种充满商业人气的市场氛围，引起读者掏钱购买的欲望。不过，这煽动他人的情往往是一种伪感情，那种被煽动起来的情最后多半会既浪费金钱也浪费感情。还有一种“学术”式批评。有人说20世纪是一个批评的时代，我觉得今天更像是一个学术的时代。如果说“学术”式批评仅仅是因为批评意识到了自己的浅薄而从学术那里寻求深度，那么这种动机实在值得推崇。遗憾的是，许多学术式批评只有学术但没有批评，并且这学术还多半是伪学术，有学术艰深的形式但没有学术深厚的积累，既坏了学术的名声又丢了批评的信誉。实际上，有些学术式批评的操练者不是将学术放在眼里，而是将“职称”或者是“学术权力”放在眼里。如果说广告式批评是离市场近了离人远了，那么，学术式批评同样是接近了“学术权力”远离了人。

我的批评观其实很陈旧。记得很多年前我读到法郎士的一句关于文学批评的话。他说，文学批评是灵魂在作品中的探险。我对这句话激赏不已。我觉得这句话不仅道出了文学批评的本质，而且标示了文学批评的境界。就本质而言，他说出了文学批评必须有人，不是有人的形式，而是有人的灵魂；就境界而言，他说明了文学批评是探险，而不是游戏，是灵魂的深刻，而不是姿势的玩弄。

我特别欣赏王国维的文学批评，比如他评《红楼梦》，真正是一次灵魂的探险，从而获得了一般人无法获得的心灵体验。也许只有他这样的批评家，才能从文学作品中发现人生的三种境界，才能用他全部的真知灼见，构筑他的“境界说”批评体系。我也很佩服马尔科姆·考利这样的批评家，他与他的批评对象“同呼吸、共命运”，真正做到了知人论世，唯其如此，才能深入地走进海明威这样“迷惘的一代”的心灵，创作出贴进作家灵魂的文学批评。其实，我们两千多年前的艺术家就已经用行为提供了一种批评的典范，那就是高山流水的知音。知音，按我的理解，也可以说是心灵的读解，是批评家与创作者“心有灵犀一点通”的默契。伯牙、子期的故事无疑呈现了批评的最高境界。

如果让我说一点关于今日文学批评的偏激的话，那么我要说，今天的文学批评理论的成分越来越浓，灵魂的含量越来越少。

文学批评与纯学术是有距离的。如果说纯学术只把专家放在眼里，那么，文学批评则必须将普通读者放在眼里。

说到底，在我的心目中，文学批评也应该是文学，是批评的文学。

同期声（2001年第6期）：

论20世纪中国小说的三种形态　◎黄伟林

文人格调，文人何为？——关于黄伟林的评论风格　◎陈晓明

作家批评家——黄伟林的“批评叙事学”　◎任洪渊

2002年

“信”与一种存在方式 ◎王光东

真正的批评及我们需要的批评家 ◎李建军

张闳批评语录 ◎张 闳

像西绪弗斯一样 ◎张清华

批评：融合感性和智性的可能途径 ◎王宏图

批评就是读后感 ◎林 舟

王光东

李建军

张 闳

张清华

王宏图

林 舟

王光东

1961年7月生，现任上海大学中文系教授、博士生导师，上海大学教务处长。2000年以来出版学术著作11部，如《现代·浪漫·民间》《民间理念与当代情感》《张炜王光东对话录》《20世纪中国文学与民间文化》《民间的意义》《新文学的民间传统》《民间：作为中国现当代文学研究的视野与方法》等；主编有《解读张爱玲经典》等多部著作；另有一批学术论文发表于《中国社会科学》《文学评论》《当代作家评论》《文艺争鸣》《南方文坛》等重要刊物，其中多篇被《新华文摘》《中国社会科学文摘》等转载。主持并完成多项国家社科项目。获上海市哲学社会科学优秀成果二等奖、中国大学出版社优秀学术著作一等奖、中国当代文学研究会优秀成果奖等。

“信”与一种存在方式

王光东

人所要做的许多事情是由于某种精神追求去做的。有时分明知道要做的一些事是徒劳的，但仍然坚定不移地去做，究其原因就是人的精神，就是在人的心灵中有一种“信”的力量。

人们常说：我信。“我信”所要表达的不仅是对客体的肯定，同时也是对主体的肯定，在“我信”的过程中，一个人已经彻底消除了他所要从事的一些事的过程中可能出现的诸多障碍，可能带给他的压力，而以主动、积极的姿态使愿望与目的相吻合，尽管有时这种吻合或者说“统一”仅仅发生在“主观世界”中，被外人看作是一厢情愿的梦想，但对于某个人来说却是完整的、自足的。在当下的生活环境中，也许应该更多地说“我信”，因为“信”可以确立自己的价值规范和行为准则，因为“信”可以增强生命内在的力量。

前不久，听一位搞文学评论的同行说，他接到了一位朋友的电话，问他写那些文章有什么实际的用处，劝他去干一点有实际意义的事，不要躲在书斋里制作那些没有几个人能看懂的文字。但这位同行却说：“我信文学研究与评论是有用的，是一种精神的需要，是生命的一种存在方式。”

“信”对于一个人是重要的，正是“信”的力量才使那么多人去默默地守护着一种东西，在急速变化的社会环境中，去寻找精神的栖息地。文学评论那种一呼百应的热闹场面已成为虚幻的记忆，试图去启蒙别人的社会热情也变得无所依托，所能够依托的只能是存在于个人心中所信仰的“精神”，由此，我们不妨自觉地落在“时代大潮”的后面去默默地拣拾被某些人所遗弃或者忘却的那些非常珍贵的东西，而这些“珍贵”的东西可能正是文学的精神内核，譬如对于人的关怀以及文学之为文学的美，等等，而这些东西都与文学的阅读有关，批评的责任就是在作品阅读中发现这些意义。

在文学作品的阅读中，“经验”有着极为重要的作用。当我如醉如痴地迷恋于一部作品时，这部作品往往能唤起我心中埋藏已久的一种情感和经验体味，并且把“自我”在作品的阅读过程中展开，在读别人的同时也读自己，逐渐产生情感与思考的升华，由具体走向抽象的思考，由“经验”走向“超验”的求索，由偶然的碰撞获得走进必然的快乐之中。面对那些不能唤起心灵回忆与冲动的文学作品，却缺少这种阅读的欢乐，有时也会理智地认为是一部好作品，却难以获得情感的大悲欢。显然“经验”在成全我们，同时却也在限制我们，使我们不能对“未经历过的体验”有更深刻的把握。

难道文学批评的意义仅仅在于“经验”碰撞后的心灵表达？如果真是这样，批评的意义就有点肤浅，因为经验总是有限的，相对于无限的宇宙世界和人生发展的多种可能性，经验总是有点琐碎。在获得一种经验后，精神就会立即要求飞向未知的区域，在此经验的有限性和精神追求的无限性之间形成一个“悬空”，而填补这个“悬空”的只能是想象和理性，想象在经验的有限性和精神追求的无限性之间自由驰骋，理性把经历过和未经历过的联系在一起，使艺术的空间变得博大无比，使人生的存在变得有意义。因此，经验、想象、理性的结合可能是作为文学批评的个体生命最有魅力的存在形式，在这种状态中，不仅会发现文学的意义，同时会发现自己的生命就在文学之中。

同期声（2002年第1期）：

十七年小说中的民间形态及美学意义——以赵树理、周立波、柳青为例　◎王光东

关于《现代·浪漫·民间》　◎陈思和

可贵的局限——兼论王光东文学批评实践的理论形态　◎聂　伟

李建军

1963年生于陕西，中国社会科学院文学研究所研究员，中国社会科学院研究生院教授、博士生导师。曾在《中国社会科学》《文学评论》及《文艺研究》等多家报刊发表大量文论。有专著及论文集《宁静的丰收——陈忠实论》《小说修辞研究》《时代及其文学的敌人》《必要的反对》《小说的纪律——基本理念与当代经验》《文学因何而伟大——论经典的条件与大师的修养》《文学的态度》《文学还能更好些吗》《是大象，还是甲虫——莫言及中国当代作家作品析疑》《文学与人的尊严》《大文学与中国格调》等数种。曾获“冯牧文学奖·青年批评家奖”，分获《文艺争鸣》《南方文坛》《上海文学》年度优秀论文奖、《北京文学》文学评论奖、2002年度和2006年度中国当代文学研究优秀成果奖、中国社会科学院文学所首届“勤英文学奖·青年学术奖”以及《文学报》首届、第二届、第三届“新批评·优秀论文奖”等多种文学奖项。

真正的批评及我们需要的批评家

李建军

真正的批评是什么？是见了名人膝盖就发软脸部表情就不自然的人撰写的废话连篇的“特稿”吗？不是的；是印在一部作品的扉页或封底的不负责任的广告词吗？不是的；是题目花里胡哨或大而无当，而内容苍白空洞或浅薄无聊的应景文章吗？不是的；是信口开河天花乱坠“才华横溢”的话语表演吗？不是的。真正的批评是充满论辩色彩的对话，是争论。因为，正像蒂博代指出的：“争论是文学的灵魂”，“没有批评的批评，批评本身就会死亡”。当然，争论可以率直、尖锐、激烈，但不能沦为恶意的诬蔑和恣肆的攻击，而是服从理性原则和批评规范的内在制约。真正的批评之所以争论，是因为它有明确的目标感，相信真理是存在的；它为真理而争论，而不是为了争论而争论。它认同和遵行T. S. 艾略特的原则：“批评家必须有高度发达的事实感。”它用事实和作品内部的事象说话，言必有据，不发空论。最后，它用朴实而优美的语言说人话，而不是故意把话说得玄而又玄，谁也不懂。

从功能和作用上看，文学批评通过对作家、作品及思潮现象的分析和评价，积极地影响读者的阅读和作者的写作，维护文学肌体和社会精神环境的健康。批评会潜在而有力地影响一个时代的文学风气和精神气候。阿诺德说得好：“有评论才华的人能左右环境”，“会创造出一种使有才华的人能够充分利用的精神局面”，“评论能确立思想秩序，即使不是绝对正确的，也总会比以前的更正确些，它还可能使最好的思想占据优势。……正是在这个基础上，伟大的文学创作才能繁荣”。

无须讳言，我们的批评风气依然不正常，我们的批评精神依然不成熟，我们的批评意识依然不自觉，我们的批评里依然有太多的庸人气、商人气和市侩习气。我们需要自己的别林斯基、爱德蒙德·威尔逊和F. R. 利维斯，需要更多的李健吾、李长之和龙应台。我们需要这样的批评家：他有广泛的阅读经验、敏锐的感知力、准确的判断力和自由言说的勇气；他用文学的标准判断一部作品是不是文学作品，用道德和信仰的标准判断它是不是伟大的作品，借此，他把金玉其外败絮其中的作品与金相玉质内外俱美的作品区别开来；他维护批评的尊严，把通过话语交换从“大师”“兄弟”“朋友”那里得来的名实两乖的“夸赞”当作文学名利场上令人赧颜的“无耻景象”；他不怕说错话，因为他有勇气修正自己的观点，因为在他看来，重要的是保持道德上的一贯，而不是思想上的一贯；最后，他清楚地知道，在自己的时代，自郐以下的作家的半生不熟的作品实在太多，不宁惟是，正像T. S. 艾略特在《文学与宗教》中所批评的那样，“当代文学作为一个整体却倾向于使人们堕落”，因此，他在走近它的时候，就只带显微镜和手术刀，而不带鲜花，就像一个农民在播种的时候，只带犁耙而不带镰刀一样。

同期声（2002年第2期）：

在谁的引领下节日般归来——巴赫金的作者与人物关系理论批判 ◎李建军

独发异声的文学批评家——李建军文学批评读后 ◎吴 俊

做文学的守护神——读李建军的文学批评 ◎邢小利

张 闳

1962年生，江西人。毕业于江西省九江医专，后就读于华东师范大学中文系，先后获文艺学硕士和文学博士学位。现为同济大学人文学院教授、博士生导师。主要从事文化哲学与文化批评研究，文化批评家，作家。著有《声音的诗学》《文化街垒》《黑暗中的声音——鲁迅〈野草〉的诗学及精神密码》《感官王国——先锋小说叙事艺术》《乌托邦文学狂欢——“文革”文学史》《欲望号街车——流行文化符号批判》《言辞喧嚣的时刻》等。主编有《21世纪中国文化地图》多卷。

张闳批评语录

张 闳

真正的批评家倒并不在意自己声音的高低，而是关注自己言论的价值。事实上，任何一个真正的写作者，无论其为批评家还是诗人或者小说家，都是这样。（《批评家肖像》）

一个成功的批评家，并不在于说出了多少惊人之语，更不在于是否有人记住了他的名字，相反，他的成功之处在于：当人们以他的眼光在观看作品的时候，还误以为是以自己的眼光在看。批评家因为放弃而获永生。（《批评的信条》）

拙劣的批评与拙劣的创作是那样地相似；杰出的批评与杰出的创作则内在地相通。创作是对生活世界的发现，批评则是对文本世界的发现。他们是以不同的方式和途径来探究同一个事物。（《文学批评：傲慢与偏见》）

对于一个写作者来说，我们也许无法改变我们的生存处境，但我们至少能够改造我们的语言。然而，对于一个理论写作者来说，甚至连语言也无力改造。但我们至少还能够，并且也有义务去考察一番我们的母语言说（特别是文学性言说）的问题史。（《听与说：汉语文学言说的问题史》）

就美学方面而言，需要拯救的不是诗，而是我们自己的趣味亟待诗来拯救。（《诗歌为何暗淡无光？》）

缺乏道德承诺的美学，是一种“不及物”的和苍白无力的美学；缺乏美学前提的道德承诺，则有可能被权力所征用，而转向人性的反面。在“介入”行动中，道德与美学才有可能真正被统一起来。（《介入的诗歌》）

批评写作努力营造一个敞开、透明的话语空间，引导“意义”自由地呼吸，这是对话语的压抑与禁忌的释放和解除。因此，话语的“意识形态诗学批判”也可以看作是一种关于文本的“解放理论”。（《意识形态诗学批评》）

建立在“意识形态诗学”基础之上的批评写作包含了一个新的美学理想：创造一种新的感性生命的可能。通过改变批评主体与对象文本之间的关系，为我们的精神活动和对象世界之间的关系提供了某种新的可能性。另一方面，新的批评写作拒绝生硬粗暴的道德审判，努力与对象文本之间建立一种意义“对流”过程。它充分地实现精神“对话”的理想，或者说是在建立一种理想的“交谈伦理学”。所以，它也是一种更加民主化和更加自由的公共交往方式的体现，进而，也有可能是一种更加自由的生存方式的体现。从这个意义上说，新的写作就不只是一种简单的批评理论，更重要的是，它还有可能是一种“写作的政治学”。（《意识形态诗学批评》）

独立叙事中蕴含着一个全新的话语理想，那就是创造出一种新的感性生命，通过改变叙事（批评、阐释）主体与对象文本之间的关系，为我们的精神活动与对象世界之间的关系书写全新的可能性空间。原创是民间最具价值的传统，只有把原创视为叙事者的生命，才能有效地维系民间主权，并保持民间的伟大活力。就批评而言，它必须依靠敏锐的判断力、精确深刻的分析和独特的文体风格而闪烁光芒。（《文化意识形态批判书》）

同期声（2002年第3期）：

成圣和感恩——革命文艺中的爱欲与政治之二 ◎张 闳

张闳：都市里的说书艺人 ◎王晓渔

批评家张闳印象 ◎陈润华

张清华

1963年10月生于山东。文学博士，现为北京师范大学文学院教授、副院长，北师大国际写作中心执行主任，当代文学创作与批评研究中心主任，中国当代文学研究会常务理事。有《中国当代先锋文学思潮论》《境外谈文：中国当代文学中的历史叙事》《存在之镜与智慧之灯》《天堂的哀歌》《狂欢或悲戚》《猜测上帝的诗学》等12部专著；出版散文及学术随笔集《海德堡笔记》《隐秘的狂欢》；主编《21世纪文学大系诗歌卷》共14卷（2001—2014）；在国内外学术刊物发表理论与评论文章300余篇，其中多篇被译为英、日、法等文字。曾获省部级社科成果一等奖、华语文学传媒大奖2010年度批评家奖。曾应邀在德国海德堡大学、瑞士苏黎世大学等访问、讲学。

像西绪弗斯一样

张清华

很多年前我第一次尝试文学批评的写作时，就像一匹小马驹对马车感到好奇一样，欢蹦乱跳地就被套了上去，等到再想下来时已经来不及了。因此，我是在还没等追问“批评的意义”，甚至还没有来得及问一下自己究竟有什么能力、又为什么从事这该死的文学批评时，就已经被什么驱赶着跑了很多年。

因此我几乎是“憎恨”它，就像一匹马憎恨马车。

但我还是一直拉着它。并非出于美德，而是源于“适应”，一种受虐于“惩罚”的需要——万物共有的奴性。我问自己，我为什么要干这个？可就像一匹马已习惯了拉车而不再会干别的，我已无法解脱这工作，我不知道自己还能干什么。既然每一种选择都充满了误会，任何质疑和追问对我来说都已经太晚，我只有一直欢快地跑着，我甚至已经热爱着它了。

因此我感谢文学批评。它让我接受了一种生存的必备形式，用练习和劳作来度过虚空的岁月，走过一段路。它让我懂得了许多，让我不再十分地无知，让我甚至对自己产生了些许的满意和尊重。

但当我面对“我的批评观”这样一个题目时，我还是感到了茫然。我感到任何言过其实或言不及义的表达都很难逃脱矫情和伪饰的嫌疑，因为无论这样说或那样说，词语对说话人的左右和说话人对词语的驱遣，不过都是在一念之间而已。就像鲁迅说的，吃饭前和吃饭后，倘按一按自己的胃，也是有很大不同的。批评有多大意义？在没有批评家的时代，人们不是照样独自消费着文学吗？所有批评的弊病，难道不都是由批评的职业化和专业化带来的吗？我常想，造物者在写作之外又给了一个“批评”的名额，简直是一个“福利”。

但这不是一般的“福利”，它离“惩罚”不过一步之遥。我想起了2001年初春时的情景，当我乘坐的大巴奔驰在古老的伯罗奔尼撒、从爱琴海畔的科林斯到迈锡尼的路上的时候，做导游的雅典少女指着一座圆锥体的山，告诉我说，这座山很有名。我说为什么，她说："一个接受神惩罚的人，从前，在这里把石头推上山顶，再滚下来，然后再推上去……"

那真的是造化和神为西绪弗斯预备好的刑罚之所!它几乎是完美的：圆滑，高耸，陡峭，一个标准的圆锥体。西绪弗斯在这里进行着他搬石头的人生练习，条件可谓再好不过了。倘若他不把这看作苦差的话，恐怕神也拿他没有办法。倘若有饭吃，则差不多就是一种福利了，好好珍惜吧——那时我就应该想到，世界上的人和事原本都是差不多的。

惩罚和快乐可见是能够转化的——当惩罚变成了生存之需时，还用再追问意义吗？如果说有意义的话，唯一的就在于这出自天然的耐力——在对本无意义的劳作与苦役的忍受方面。耐力足以将惩罚转化为福祉。当西绪弗斯用他旁若无人的勤奋，不朽的受虐者的耐力，反过来嘲笑着神，把一生的苦行变成充实的快意的时候，不就是一切意义的证明之所在吗？

文学批评也一样。

我说过，我最初尝试这工作是源于一种好奇，一种无法躲过的智力或精神的练习。而今这则是出于一种惯性。我用不无虚妄的理想和热情持续着这工作，同时还奢望着自己的文字能够成为这样的东西：它包含了我高迈的情怀，它是写作者的知音，它联系着历史知识的谱系，它发现和解释着人的生存，它是另一种意义上的美文，它是我进入世界、感知人生的别一入口，是我进行自己的文化想象的起点……这里有发现的欢悦和共鸣的眼泪，有良知的奋起和生命的沉醉……我知道，这很难达到，但我会向那个感人而又可笑的自愿的受虐者——西绪弗斯同志学习。

同期声（2002年第4期）：

文学的减法——论余华　◎张清华

当代中国的学院批评——以青年批评家张清华为例　◎孟繁华

"修正主义"的胜利——漫读张清华的文学批评　◎敬文东

王宏图

上海市人，在复旦大学和美国印第安那大学获得文学硕士和博士学位，现任复旦大学中文系教授、博士生导师。曾任日本京都外国语大学客座教员，德国汉堡大学孔子学院中方院长。著有长篇小说《Sweetheart，谁敲错了门》《风华正茂》《别了，日尔曼尼亚》，中短篇小说集《玫瑰婚典》，文学研究专著《都市叙事与欲望书写》，批评文集《快乐的随涂随抹》《眼观六路》《深谷中的霓虹》《东西跨界与都市书写》等，并译有J. 希利斯・米勒的《小说与重复》。

批评：融合感性和智性的可能途径

王宏图

一道深渊在脚底下裂开。

1892年10月，意大利地中海畔的名城热那亚，一个雷电交加的夜晚，年仅21岁的瓦雷里和家人正在此地度假。这时他已在法国文坛崭露头角，他的名字在“人们的舌尖唇旁飞舞”，并获得了马拉美、于斯曼等前辈名家的器重。正当人们期待他振翅腾飞之际，一场意想不到的精神危机降临到他头上，这使他息影诗坛长达25年。

起因是一场偶发的情感危机。与年轻的瓦雷里邂逅的罗维拉夫人激起了他疯狂的爱情：这纯然是瓦雷里一人的单相思。他们素不相识，也不曾交谈过。瓦雷里痛苦而惊惶地发现，和别人一样，他自己身上也存在着这样一股桀骜不驯的力量，在它无情的冲撞下，理智的大堤顷刻间化为乌有。

但这仅仅是开端。情感上的危机使瓦雷里对自己的前途重新进行了思考。从少年起就潜伏在他身上的感性与智性的冲突此刻也白热化了。的确，他已部分地实现了自己的梦想，成为一个诗人，一个艺术家，像希腊神话中的竖琴歌手俄耳甫斯那样，赋予周边的世界以和谐的色彩，让万事万物感应共鸣。但这便是全部吗？艺术能包罗万象吗？这时，瓦雷里感到了深深的不满足和饥渴。

这是对知识和智力活动的饥渴。智性和诗性虽然同处人的头脑之中，但却位于针锋相对的两极。如果说诗性趋向于创造，智性则渴望认识，渴望将全宇宙化为任它捕捉、剖析的对象。这一冲突不仅仅存在于瓦雷里一个人身上，而且是人类精神活动的内在特性，自意识、精神活动产生之日起，便与人长久相伴。意大利哲学家维柯在《新科学》中对这两者的差异作了精辟的论述：“诗人可以看作是人类的感官，哲学家可以看作人类的理智。”“按照诗的本质，一个人不可能同时既是崇高的诗人，又是崇高的哲学家。因为哲学把心灵从感官那儿拖开来，而诗的功能却把全副心灵沉浸在感官里。”

这似乎是一道难以跨越的鸿沟。

但人们总是从貌似不可能的事情中寻找可能的契机。于是种种融合感性和智力的尝试一刻也没有停止过。20世纪上半叶出现的以奥地利作家穆西尔的《没有个性的人》为代表的所谓“精神小说”便是这一尝试的结晶，它运用杂文体，将叙述、议论和抒情融为一体。而昆德拉的作品在很大程度上也是感性与智性融合的产儿。

我觉得，文学批评也是使这两者融合的一条可能的途径。作为艺术的一个门类，文学重在展示、呈现、宣泄，那么批评无疑是智性活动的产物，它旨在阐发、解释。但文学批评由于谈论的是感性极强的文学作品、文学现象，因而它有可能超越感性和智性各自的局限，使作为智性活动的批评本身充溢着感性的丰富多彩，使智慧的节奏在感觉的脉搏上轻盈地舞动。

然而，这一切也仅仅是可能。

同期声（2002年第5期）：

都市叙事与意识形态　◎王宏图

玫瑰色的颤栗——王宏图论　◎葛红兵

心灵悸动的写作者——王宏图印象　◎西　飚

林 舟

本名陈霖，文学博士，苏州大学教授。主要从事当代文学与文化批评、新闻传播与媒介文化的研究。主持“大众传播与1990年代中国文学”“中国当代青年亚文化传播的变迁”等项目研究。在《当代作家评论》《南方文坛》《花城》《上海文化》《文艺争鸣》等发表当代作家作品、当代文学现象的评论40余万字。著有《生命的摆渡》《文学空间的裂变与转型》《迷族：被神召唤的尘粒》《事实的魔方》等。2003年获《南方文坛》2002年度优秀论文奖，2011年获江苏省第四届紫金山文学奖（评论奖），2015年获江苏省首届紫金文艺评论奖三等奖。2010年担任上海世博会官方纪录片《城市之光》文学指导。

批评就是读后感

林 舟

坦率地说，最初看到自己的名字前冠上“批评家”之类的字眼时，免不了很虚荣地激动一番，但是，接踵而至的是惶恐不安。我以为那些被称为批评家的人，当拥有杰出的才华和永不泯灭的良心，敏锐的艺术感觉和精当的价值判断，独立自由的精神，敢于承担道义和责任的勇气，并且因为这些而得到世人的尊重。那是我心目中的批评家，当然也是我关于批评的理想。这理想令我为自己写下的那些批评文字而羞惭，而且在我被卷入文学批评的现实之中，或者作为旁观者目睹着文学批评现状的时候，策励我有所警醒——你是否仅仅依仗着批评家的角色符号，在面对一部作品、一种现象毫无感觉的时候，仍然敢于放心地胡说八道？你是否用时髦的术语和概念，将某个你未必真切把握的理论或者体系的影子，投射到你的批评对象上，虽显得高深莫测，实际上却苍白失血？你是否因为某种利诱或者威逼，或者因为情面、人际关系而放弃基本的立场和原则，在你的批评文字中不负责任地巧舌如簧、黑白颠倒？你是否在面对具体的文本对象时，失去了起码的耐心，放弃语言活动所需的精细和心灵探索应有的激情，在时间和精力的限制下仓促行事，忙于应付？你是否害怕在众声喧哗中淹没，以致用尖叫突显自己，或者加入“合唱”获得安全感？……

这种追问也许不只是对我个人有意义，它意味着批评的危机是一个真实存在的心理事实：批评的良心正在受到煎熬。对当代批评状况的微辞——失语、缺席、堕落、无效等，自20世纪90年代以来一直不绝于耳，对此我看到过许多种解释，可谓深刻复杂，入情入理，无懈可击，但是多不能触动根本，让我心动。我以为其原因在于，人们很多时候都有意无意地迷恋大道理，而忽略了对最基本的东西的关注。

还是在读研究生的时候，我的一个学哲学的学友有一天对我说，文学批评太好弄了，不就是写读后感吗？我当时心想，这老兄很是浅薄，而且颇为轻狂，于是懒得与他理论。可是奇怪的是，后来我越来越认同他的“读后感论”，他所谓“太好弄了”的轻狂也随之被我忘记。

批评是读后感，意味着首先要“读”，要阅读作家创作的作品，扩大开去，阅读你准备对之发表评论的一切。阅读应该是经验的过程，批评即这经验的传达。这个过程检验着你的感受能力、思想深度、美学趣味，也刺激起你批评的欲望——让你有感而发，有话要说。这也是一个心智打开的过程，当然有的作品能让你打开，有的不能，有的让你打开得彻底一些，有的只能让你虚掩着，不管怎样，它所激起的真实情绪、感受、思考，如果形诸笔端、发而为文，便是批评。

这么简单的道理，怎么就变得那么复杂了。我想那又是因为“我有话要说”变成了我要说话，变成了要我说话，变成了没话找话，变成了看什么人说什么话。于是，批评的舞台上太极高手有之，花拳绣腿有之，迷人的微笑有之，愤怒的表演有之，“知识秀”有之，“概念癖”有之。这些玩艺本身当然也并不可怕，甚至有可爱的时候；不妙的是，其间每每让人瞥见了权力的魔杖、道德的灵幡，瞥见了利益的权衡与争夺、灵魂的怯懦与逃逸，其可怕就在于文字被用于性灵的虐杀和生命的强暴。

关于批评实在有很多很高级的道理，关于它的性质、功能、使命，关于它的技术、知识、标准，关于它的体系、类型，太多太多，车载斗量，以致人们都忘了批评根本上就是读后感。这是太简单的道理——简单得让许多批评家没面子。但恐怕更应该让批评家感到没面子的是，我们的批评未必守住了这个简单的根本。我想，当初我那么反感那位学友的话，是出于本能地维护批评的尊严，后来我明白，要真的维护批评的尊严，还是得回到出发点——写好读后感；它固然离理想太远，可是跳过它，理想便不复存在。我愿意遵从这简单的道理，因为简单所以心安，所以快乐。

同期声（2002年第6期）：

差异空间与保守趣味的显现——解读1993年《南方周末》头版文学新闻

◎林　舟

文学批评：对话与潜对话——林舟的文学空间及话语姿态　◎施战军

近看林舟　◎荆　歌

2005年

诗歌反对常识　◎臧　棣
因为尊重，所以苛求　◎黄发有
人文学者的想象力　◎贺桂梅
批评、偏见与傲慢　◎张　念
我的批评观　◎李美皆

臧　棣

黄发有

贺桂梅

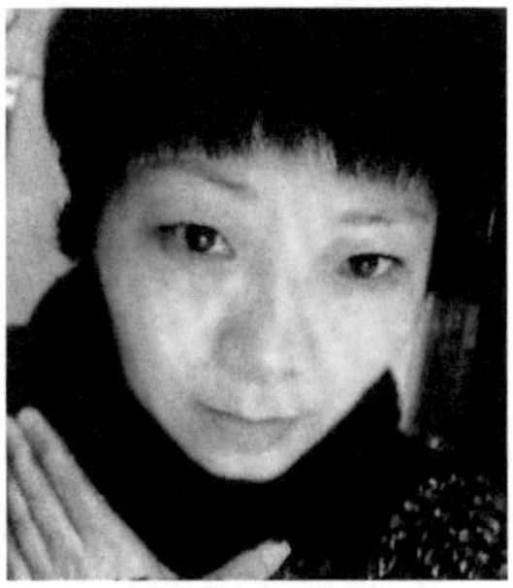

张　念

李美皆

臧棣

1964年4月生在北京。1983年9月考入北京大学中文系。1997年7月获北京大学文学博士学位。现任教于北京大学中文系，北京大学中国新诗所研究员，《新诗评论》杂志编委。从事的学术研究涉及新诗史研究、中西现代诗学比较、新诗的现代性、当代诗歌批评。出版诗集有《燕园纪事》（1998）、《风吹草动》（2000）、《新鲜的荆棘》（2002）、《宇宙是扁的》（2008）、《空城计》（2009）、《未名湖》（2010）、《慧根丛书》（2011）、《小挽歌丛书》（2012）、《骑手和豆浆》（2015）等。曾获《南方文坛》杂志“2005年度批评家奖”、“中国当代十大杰出青年诗人”（2005）、“1979—2005中国十大先锋诗人”（2006）、“中国十大新锐诗歌批评家”（2007）、第三届“珠江国际诗歌节大奖”（2007）、“汉语诗歌双年十佳诗人”（2008）、首届“长江文艺·完美（中国）文学奖”（2008）、第七届“华语文学传媒大奖·2008年度诗人奖”（2009），首届苏曼殊诗歌奖（2010）等奖项。

诗歌反对常识

臧 棣

在现今的文化环境中，谈论常识是一件严肃的事情。这里，严肃有两个非常突出的含义，一、它包含了一种对历史的觉醒，二、它意味着一种艰难的责任感。这种责任感假定它担负有启蒙的义务，要向公共领域普及常识。但是，如何谈论常识仍然是一个问题，至少，它不是一个由常识能决定的事情。有时，我不禁感慨，要是谈论常识能完全由常识来做主就好了。最为蹊跷的是，近几年，在诗歌界也开始流行一个趋势：由诗人出面来谈论常识。听上去，不仅振振有词，而且口口声声。

说实话，我非常欣赏其中显示出来的“胆量”，这种“胆量”虽然距“胆识”相差甚远，有时简直风马牛不相及；但是，这毕竟显示出了一种诗歌的姿态：说明当代诗人并不像人们想象的那样，越来越滑向私人领域，他们也非常关注文化领域的公共问题。这些姿态暗示，由诗人来谈论常识正在变成一种文学时尚。和时尚沾边，不一定都是浅俗的。这大约是我们时代的特色之一，也从一个侧面反映了时代的进步。或许，这本身就是一个常识。

姿态一旦时尚化，偶尔会有特别的滑稽冒现出来。比如，由这些诗人来谈论理论或知识时，他们往往会说，理论是灰色的，或知识是灰色的。为什么不是花色或橙黄色的呢？因为这是常识。换句话说，对这些诗人来说，在面对知识时，他们所知道的常识就是理论是灰色的。如果你死脑筋，追问个中原委，他们会躲躲闪闪地说，歌德好像这么说过。另一个与此相关的常识可能显得有点隐秘，有点鬼祟，就是灰色是和不好的事物联系在一起的。这大约又是不容置辩的所谓常识。谈论常识经常为对常识的无知所害，这也可算个常识，尽管永远都不会成为共识。

用常识来诊断当代诗歌的历史，也属于此类文学时尚的一个更富于戏剧性的行径。比如，在谈到当代诗歌的危机和问题时，宣称当代诗歌最大的问题就是背叛常识，陷入了乌托邦的泥潭。这种宣称多少带点自以为找到了真理的口吻。背叛常识，是中国当代诗歌的主要问题吗？不背叛常识，中国当代诗歌就会走上金光大道吗？假如这仅仅是如何看待当代中国诗歌的历史及其走向的问题，也还不失为一种故作惊人之语。因为在谈论或回顾一种文类的历史沿革的时候，我们不必对一个论者的见识要求太高。只要他能说出真实的想法，就算相当不错了。但假如这涉及在真理的意义上对诗歌本身的认识，就颇值得辨析了。一个诗人可以说，对他而言（由于种种局限或缺陷），大地是他的诗歌的常识。但是，当僭越个人的范围，悄悄蹭溜到代言人的位置，妄言大地是诗歌的常识，是诗歌必须遵守的圭臬，是医治诗歌的创伤的灵丹妙药，这样的说辞恐怕就有点装神弄鬼了。何谓诗歌？诗歌就是没有常识。再进一步地，何谓中国新诗？它的立场也是如此，它没有常识。我知道大地是深厚的，丰富的。正因为如此，它才不是诗歌的常识。近两百年来，许许多多的现代事物都以常识为基础巩固它们在历史中的事业，不仅如此，还常常想逼迫诗歌接受它们推荐的常识。在我们的时代，由于历史的沉痛，诗歌也被逼迫着向所谓常识靠拢。这些逼迫使用的经典步骤有：贬低浪漫主义，贬低乌托邦，用似是而非的反崇高来对抗被误读的崇高（这难道是新版的大战风车？），用日常经验来诋毁想象力的作用……

诗歌没有常识，只有关于它自身的一些基本事实。比如，诗歌不是用常识来工作的，诗歌用想象力来工作。更进一步地，也不妨说，诗歌用对语言的想象来工作。其实，在诗歌领域，人们讲到常识时往往并不像他们自以为是地谈论诗的常识，比如，于坚以为他自己是谈论诗的常识，其实呢，只是在谈论诗与常识的关系。没有人有资格在我们的时代谈论什么诗的常识。而如果角度严格限定在诗与常识的关系上，没准能谈出点什么新东西。但即便如此，还有些立场要明确。从诗歌的角度如何定义“常识”仍然是一个很大的问题。比如于坚，说了那么多常识，其实都还不是从诗歌本身的角度给“常识”一个定义，都还是在借助哲学、政治学、社会学所说的“常识”概念来东拉西扯。比如，一谈常识，就与日常生活、日常经验挂钩。其实，这恰恰不是在谈论与诗有关的常识，这是在作茧自缚。

同期声（2005年第2期）：

新诗的晦涩：合法的，或只能听天由命的　◎臧　棣

用铅笔写诗，用钢笔写评论——论批评家、诗人臧棣　◎周　瓒

臧棣：另一种印象　◎唐晓渡

黄发有

1969年出生于福建上杭。经济学学士，文学博士，现为南京大学文学院教授、博士生导师，文学传媒与文化产业研究所所长，《扬子江评论》杂志执行编委。著有《中国当代文学传媒研究》《文学传媒与文学传播研究》《媒体制造》《想象的代价》《边缘的活力》《文学季风——中国当代文学观察》《准个体时代的写作——20世纪90年代中国小说研究》《诗性的燃烧——张承志论》等，学术随笔集《客家漫步》《客家原乡》。享受国务院特殊津贴，入选“新世纪百千万人才工程国家级人选”、教育部新世纪优秀人才、教育部优秀青年教师资助计划，获得霍英东教育基金会高校青年教师奖、中国文联文艺评论奖、唐弢青年文学研究奖、“年度青年批评家”等奖项，以及《中国现代文学研究丛刊》《人民文学》《南方文坛》《文艺争鸣》《当代作家评论》等期刊优秀论文奖。

因为尊重，所以苛求

黄发有

常常想起一个流传甚广但无确凿证据可查的故事：苏东坡去拜访好友佛印，好奇地问佛印眼中的自己像什么，佛印说像一尊佛。苏东坡接着问，你想知道我眼中的你像什么吗？佛印追问，苏东坡说：“像一堆屎！”说罢极为得意。回家后意犹未尽地向苏小妹报告此事，苏小妹说：“老哥呀，你得意过头了。佛家言‘佛心自现’，你看别人是什么，你自己就是什么。”面对这个故事，批评家就会反问自己是否缺乏必要的宽容，如果没有爱心和恕道，批评就缺乏高妙的品格和悲悯的情怀。但是，如果一个批评家眼中只有鲜花没有粪土，见到的任何一个人都像佛，他不仅无法立地成佛，而且至多只能成为一个口是心非的假和尚，见神就拜，却不管面前的是真神还是假神。无原则的宽容甚至纵容不仅不是一种高尚的德性，反而恰恰是一种用表面的善良掩饰着的骨子里的恶性。

在我个人看来，那种无视别人的成绩，将别人看成粪土的批评家，其选择只能是自我亵渎。但是，真正的批评家在遭遇原则性问题时，就必须承担把自己搞得臭不可闻的代价，即使被别人看成一堆屎，也要说出真话，最高的境界一如苏格拉底的殉道，亦如地藏菩萨“我不入地狱，谁入地狱”的大无畏。

翻看萧红的《回忆鲁迅先生》，里面讲到一个鲁迅先生碰见“鬼”的故事：鲁迅先生在绍兴教书时，晚上常常到朋友家聊天，途中必经一片坟地。一个有月的子夜，先生在归途中远远地看到有一个时隐时显的白影，难道是鬼吗？曾经学医的先生解剖过二十多具尸体，他是不相信鬼的。先生心中越来越害怕，但还是往前走，想看看鬼究竟是什么样子。等走到白影的旁边时，白影缩小了，蹲下了，一声不响地靠住了一个坟堆。穿着硬底皮鞋的先生狠狠地踢了过去，白影大叫了一声，随即站了起来，先生发现竟然是一个盗墓者。先生说："鬼也是怕踢的，踢他一脚就立刻变成了人。"当今的文坛，也有不少人装神弄鬼，但不少批评家都怕"鬼"，惹不起躲得起，甚至鬼话连篇，弄得"鬼"气弥漫，"人"气低落。

说真话不仅是对批评对象的尊重，也是对自己的最起码的尊重。有好说好，有坏说坏，是批评的灵魂所在。悲哀的是，我觉得自己是俗人一个，喜欢说真话，但说得躲躲闪闪，而且自己好像也比较喜欢听别人的好话，无法摆脱人性的弱点。更深一层说，一个人能不能坚持说真话，前提是能不能坚持接受真话。不然，说真话就成了一种幌子。批评不能成为自我辩解，应该不断地反躬自问，不应该在陈述自己的得意手笔时忘情，在面对不利于自己的意见时忘我。在而今的商业语境中，捧与骂（也包括自己捧自己和自己骂自己）淹没了文化真相，真诚的评说变得日益艰难。在我个人看来，批评要保持自己的德性与价值底线，在批评别人时应该反省自己，不要总是云端里扔炸弹，总是苛求别人而宽容自己，否则，就变成了"只许州官放火，不许百姓点灯"。基于尊重的苛求，正所谓爱之愈深，恨之愈切。这样的苛求是燧石，是火柴，只有把自己撞得头破血流，才能迸发出光和热，点燃了别人的灿烂，留给自己的却是黑色的灰烬。

同期声（2005年第3期）：

短篇小说为何衰落？　◎黄发有

像火焰一样地沉思——读黄发有的文学批评　◎吴义勤　王永兵

课外活动片断——黄发有印象　◎韩　青

贺桂梅

湖北嘉鱼县人。1989年起就读于北京大学，分获文学学士、硕士、博士学位。2000年毕业后留校任教。现为北京大学中文系副教授。主要从事中国现当代文学、思想研究和当代文化批评。已出版专业著述《转折的时代——40—50年代作家研究》（2003）、《人文学的想象力——当代中国思想文化与文学问题》（2005）、《历史与现实之间》（2008）、《“新启蒙”知识档案——80年代文化研究》（2010）、《思想中国——批判的当代视野》（2014）、《女性文学与性别政治的变迁》（2014），学术随笔《西日本时间》（2014）等，并发表专业学术论文80余篇。

人文学者的想象力

贺桂梅

我一直想寻找到一种能够连接“跨学科视野”与“文学问题”这两个层面的语汇，来比较准确地传递我的某种思考。比如，像美国批判社会学家查尔斯·赖特·米尔斯提出的“社会学的想象力”。米尔斯把这种想象力概括为“环境中的个人困扰”和“社会结构中的公众议题”的转化，台湾学者将其译为“全球思考，在地行动”，即“把特定个人或群体所感受到的、特殊的、在地的‘困扰’，转变成公共的议题”。这种“全球”／“在地”、“公共议题”／“个人困扰”之间的辩证关系，比较类似我试图讨论的“跨学科视野”与“文学问题”之间的关系。这不是一种单向度的运行，而包含着双重视阈或双重的运行轨迹：一方面是从“文学研究”当中走出去，获取某种跨学科的能介入当代社会讨论的公共视野；另一方面是把文学问题放置于一种新的批判视野当中，重新加以理论化，并与公共议题形成某种互动关联。

从文学研究中“走出去”，这不算是什么新鲜的提法。在当代文学研究界，已有许多学者在实践着“跨学科”批评，以至于我们越来越经常地听到一种抱怨，说搞文学研究的人不研究文学了。我所谓“走出去”，固然意味着“跨学科”，比如去了解历史、哲学、思想史等领域如何谈论相关的问题；但更重要的是指“公共视野”的获得。“公共”是一种比较含混的说法，这不是所谓“时髦话题”或“学术潮流”之类，而是指基于现实处境和社会认知而形成的某种相同或相似的问题意识或论述空间。1999年的时候，一些学者曾发起对“纯文学”观念的批评，认为正是这种主流观念导致90年代的文学和文学研究丧失了参与和介入社会变革的能力。我觉得这种批评或许针对当代文学研究更为有效，因为90年代的当代文学研究确实早已丧失了80年代的那种风光。这固然和文学在整体社会结构中的“边缘化”有关系，也与当代文学研究封闭研究视野有很大的关系。这种“封闭性”有时表现为无法与社会现实形成真正的互动，有时也表现为无法与其他学科、领域形成对话关联。导致这种状况的原因，至少有很大部分是与学科、学院体制的成熟和封闭联系在一起的。因此在20世纪90年代，正是最具跨学科特征的文化研究、思想史研究，表现出了最为突出的参与和介入社会的活力。而作为一个当代文学专业的研究者，尤其像我这样的接受科班训练而成长的人（在我这个年龄往后，只具有“苍白”学院经历的人大概会越来越多吧），应当有一种自觉的跨越专业界限、学科界限的意识和眼光，才可能不完全被学院体制塑造，并形成某种公共意识。

但对于文学研究者而言，我认为仅仅“走出去”是不够的，还要具有一种能“返回来”的能力（当然不是指必须回到文学），也就是通过对文学问题的研究参与到公共讨论当中，或者能够把文学问题转化为公共议题。在我的理解当中，文化研究所谓“跨学科”特性，事实上是一种不同专业的学者共同参与的“论述空间”；问题是公共的，但不同专业的参与者则带入了相应的专业视野和技能。没有一定的专业训练基础，大概也成不了一个好的文化研究者。同样的道理，不是立足于某一专业、学科领域，大概也很难把公共议题的讨论变得深入和复杂。这是一个双重的改写过程：一方面，公共视野使我们摆脱了体制化的专业眼光和批评话语，将文学问题置于更大的语境当中，从而显现出单一学科（专业）视野无从发现的问题，或将文学问题纳入新的问题系；另一方面，通过对文学问题的讨论，使得公共议题变得具体和复杂。基于这样的原因，在讨论某些文化研究、思想史命题时，自觉地尝试着“回到文学问题”（但不是“回到文学自身”），即把有关问题的讨论落实于对文学（史）论题的重新阐发上，或许是一种可行的批评实践。

所谓“走出去”，涉及如何获得较为开阔的文化视野、不同学科／领域的知识累积和某种“知识分子”的介入意识；所谓“返回来”，则意味着将文学问题重新理论化或转化为公共议题的能力。这两个层面的结合，我想仿照米尔斯将之称为“人文学者的想象力”。

同期声（2005年第4期）：

三个女人与三座城市——世纪之交：“怀旧”视野中的城市书写　◎贺桂梅

穿越语言　图绘历史——解读贺桂梅　◎刘复生

贺桂梅印象　◎蔡　翔

张 念

1998年毕业于中山大学中文系，现为同济大学人文学院副教授，哲学博士，作家、批评家，主要从事女性主义思想和文化研究，主要作品有《身体政治与女性公民》《性生活的民主化进程》《持不同性见者》《麦当娜的身体诗学》，著有《不咬人的女权主义》《心理气候》《性别政治与国家——论中国妇女解放》《女人的理想国》等。

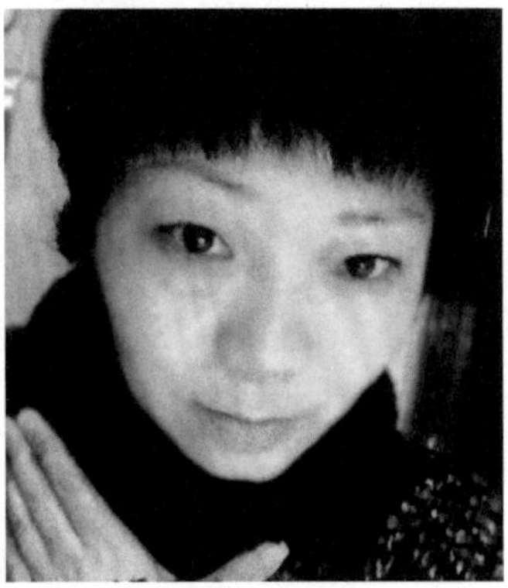

批评、偏见与傲慢

张 念

不知什么时候，批评家丧失了他（她）应有的傲慢，主动成为文字生产的终端环节。这些勤恳的推销员，是的，他们曾经是批评家——躲在文字丛林里喷射毒针的野蛮人，进化了，懂得如何在更加险恶的环境中，让自己舒服起来。他们生产利润（当然是必要的），在各种文字的嘉年华上抛头露面，他们对于社会浅层的需求来说，是如此的必要、正面和及时。

批评家的傲慢，裹挟着原始人的天真（感谢列维·斯特劳斯为我们提供的这一人性参数），是“自然态度”和“哲学经验”助长了这种傲慢，让真正的批评家看上去是如此的“穷凶极恶”“大逆不道”，激烈与反动是批评家一贯的趣味。而这样的趣味既是政治的，又是伦理的，任何教条主义和简单化的路线应该在此却步。批评家没有“敌人”，而如何让批评家在没有“敌人”的情况下保持足够的尊严，那么他唯一的敌人就是自己的平庸与怯懦。

对方法论的傲慢，让批评家随时随地保持警惕。没有任何一统天下的超级理论可以让批评家一劳永逸地获取终身资格。解析方法不断重复，是批评家不能忍受的，这使得他们的学术面孔模糊不清，他们是学术建制的零余者和边缘人。他们甚至对批评家的头衔也不胜其烦，他们必须承受文化符号、命名、认证、系统、体制之于他们的亏欠。但这不可以缩减他们的热情，他们必须一直形而上地傲慢。

批评来自偏见，而偏见作为一种斜视世界的能力正在退化。批评家应该放弃积习、教养和风度，在文化的背面出拳。偏见作为固有的正面价值的悖论出现，这悖论像一道裂缝，预示坍塌或者提醒修补的必要，不仅在知识上，而且在精神上扩充我们的包容力和理解能力。斜视的目光源自另一种正直，依然是一派天真，对精华与垃圾都保持同等的兴趣。而精神的歪斜程度和批评家的正义凛然仿佛构成了某种暧昧关系。在批评家的营养谱系里，貌似正确的道德感，败坏了话语的胃口，对文本的构型有些力不从心。也就是说，更多的时候，批评家被抛在了现实的后面，他们对正在发生的事情往往束手无策。最常规的做法就是，站在道德感的山坡上，说出一些听起来很正确的废话。

偏见作为一种能力，让真正的批评家蒙面前行，他们有着豹子般的速度，概念和陈词滥调在哪里沉没，批评家就在哪里出现。作为现实的目击者，他们是辩护人、被告和原告，仲裁者一直缺席，与权力合谋的同时即刻消解权力。在“法的面前”，批评家是一出荒诞剧的观众、演员和导演。

自得、自慰、自信，是批评家的自然态度，但这是一些最悲观最虚无的快乐主义者，是热爱与厌弃并存的虚无之上的虚无主义者。是的，右派阵营的左派以及左派阵营的右派，正是批评家的似是而非，让思想的飞翔成为可能。

同期声（2005年第5期）：

消费社会的女幽灵 ◎张 念

男权社会中急促的警笛 ◎张 柠

个体担当中思考身体即是思考严肃——张念的写作及思考 ◎艾 云

李美皆

1969年6月出生，山东潍坊人，现为北京空军指挥学院文艺评论部主任（2012年之前在南京解放军国际关系学院工作），副教授，中国作家协会会员，第十届江苏省青联常委，中国当代文学研究会理事，江苏省第四期“333”高层次人才培养工程培养对象。主要从事中国现当代作家作品研究及文化现象分析、女性文学研究、军旅文学研究、民族文学研究。著有评论集《容易被搅浑的是我们的心》《为一只金苹果所击穿》，长篇散文《永远不回头》，随笔集《说吧，女人》。主持国家社科基金课题“中国新时期军旅女作家研究”一项，中国作协重点扶持作品四项。曾获中华文学基金会庄重文文学奖、冰心散文奖、总参二部专业技术重大贡献奖、全军文艺优秀作品奖、中国文联文艺评论奖、《文学自由谈》20年作者奖、《南方文坛》2012年度优秀论文奖等。

我的批评观

李美皆

一直以为自己是不会做文学批评的人，因为文学批评在脑子里已经有一个固定的范式，就是要有深度、硬度以及较强的理论色彩等等，这些我都达不到，所以很少去做批评，偶一为之，也完全不是出于批评的自觉，而是出于“业余”。去年底开始不期然发表了几篇文章，居然得到那么多前辈和同行的鼓励，甚至初次见面的人都切切地叮咛：一定要写下去。于是不敢懈怠。一年下来，我惊异地发现：我已经成为一名文学批评者了？!这是一年之前的我绝对无法想象的，甚至今天我还感到不可思议。有了批评的实践，再来总结批评观，这个总结实际上就是对自己原来那种模糊而又本能的认识的一个修正了。一个最根本的修正就是：文学批评不一定要有怎样的深度、硬度和理论色彩，文学批评就是一个自然而然的表达，就是说出自己想说的话。

批评要实实在在，就如我们谈论任何事情一样，只不过它谈论的对象是文学。所以，不一定要运用什么深奥的理论，把一个道理说清楚就行了，越简单越好，越浅显越好。只有深入浅出明白如话，才能提高批评的亲和力。凡是那些运用高深的语言把简单的道理说复杂的人，我都认为他的语言功力极其有限。简单、明白是语言的一种境界，也是精神的一种境界。

批评要深入人心。我喜欢感性的批评，也喜欢性情的批评。只有融于内心的东西，我才有热情去写。我认为用心批评比用脑去批评重要。

批评要坦然，就像做人一样。我把坦然看成是人生最重要的一种感觉，我所做的一切，都是为了使自己坦然，面对自己坦然，面对他人坦然。批评也一样。我认为撒谎是非常可怕的一件事情，它会使人失去坦然，使人内心不安，使人活得很累，所以再困难我也要真实。真诚不一定百分之百做到，我只要真实，不违心。这不是一种刻意的追求，而是一种不敢担当的无奈，一种需要。

忠于自己内心的真实，即使错了，仍然有改正的机会，仍然能够坦然地面对批评，仍然能够不把文坛当江湖，仍然能够拥有内心的干净和余裕。

批评应该宁静淡泊。宁静淡泊，才能举重若轻。

批评首先是照亮自己，照亮了自己，才有可能照亮他人。所以要皈依于某种价值，这个价值将构成批评的灵魂。批评要有胸襟，不能耿耿于怀，不管别人的看法如何，只要自己心态摆正了，最终是偏不到哪里去的。所有的罪人最终都是由上帝去宽恕的，你的“无罪”至少保证了你在上帝面前的坦然。痛恨别人不宽容的人，往往首先是自己不宽容。

批评不是批评家的专利，批评家未必代表批评的高端。有一次乘出租车，在后座上谈着文坛上的一些微妙事，司机抛过来一句话：文人嘛，还不是在浪漫和堕落之间……当时就令我坐直了身子。谈到某一位女作家的作品，司机又说：写得太飘了。一个“飘”字，比一大篇论文抓得还神。作家真不如去听听这些民间高手的话。

我一点都不想刻意培养自己的专业意识，我喜欢这种超脱的立场，业余的心态和多少有点即兴的写作，这使我没有负担。

既然批评就是说出自己想说的话，如果有一天感觉无话可说了，我将一个字也不再写，绝不勉强。

同期声（2005年第6期）：

文学与人生的两翼——以顾城和曹雪芹为例 ◎李美皆

犀利而体贴的常识主义批评家——论李美皆的文学批评 ◎李建军

沙龙里的新客 ◎任芙康

2006年

邵燕君

刘志荣

赵　勇

王兆胜

李　静

路文彬

邵燕君

北京大学中文系副教授。2004年创立“北大评刊”论坛，任主持人。2010年开始转向网络文学研究，2011年起在北京大学中文系开设网络文学研究课程，率先探索网络文学研究方法和教学模式，发表多篇论文并获奖。现任国家社科基金研究项目《网络文学的“经典化”与“主流文学”的重建研究》主持人，全国网络文学研究会副会长，《网络文学评论》（广东省作协主办）特邀副主编。著有《倾斜的文学场——中国当代文学生产机制的市场化转型》《美女文学现象研究》《新世纪文学脉象》等专著。曾当选“2006年度青年评论家”。曾获《南方文坛》2005年、2006年、2011年、2012四届年度论文奖；2012年获《文学报·新批评专刊》首届“优秀论文奖”；2013年获第二届唐弢青年文学研究奖。

直言精神·专业品格

邵燕君

当前文学批评出现严重的信用危机已经是一个有目共睹的事实，其中一个重要原因就是“专业批评”和“媒体批评”界限的混淆。

“专业批评”的批评主体是在高校、研究机构任职的职业学者，也就是我们通常所说的“学院派”。在批评原则上，这类批评强调学术性和公正性，研究机构自身的运作机制也为其相对的独立性提供了一定的保障依托。“媒体批评”则指以大众传媒（包括杂志、报纸等传统的印刷媒体和电视、互联网等电子媒体）为载体，以普通受众为对象的批评，批评者可以是职业书评人、编辑、记者、专栏作家、高水准的读者，等等，媒介与受众的限制也规定了这类批评内在的商业属性——这也构成了区分“专业批评”和“媒体批评”的根本性界限。今天的批评风气之所以败坏，就在于一些批评家以“专业批评家”的身份进行“媒体批评”，说得更直白一些，就是以全体批评家的专业资格换取某些人个人的利益，消耗的是公共资源，伤害的是文坛整体的生态和发展潜力。

正是在这样的大势环境下，一批年轻的“直言批评家”脱颖而出。他们以直言不讳的方式不断向文坛发出诤声，并且矛头直指一些文坛“大腕儿”，在一片“表扬与自我表扬”声中，显得格外引人注目和侧目。但是，“直言批评”很快与“酷评”“骂派批评”混淆起来，在一些人眼里，甚至直接将“直言批评”等同于“骂派批评”。

所谓“直言”，是指一种批评的态度和品格，好处说好，坏处说坏，不以言举人，也不因人废言。这样一种基本的批评品格之所以作为一种“新型批评”的命名，其实只能说明我们当下的文学批评太缺乏基本品格。而“直言批评”被简单地等同于“骂派批评”，除了利益被触犯者的居心叵测和少数“直言批评者”确属动机不纯外，也说明，今天的“直言批评”还需要进一步强化其专业品格。

当前活跃的一批“直言批评者”，专业素养确实良莠不齐。有的批评者没有受过正规的学术训练，或即使是“科班出身”也在审美趣味、理论基础以及论文写作技能等方面比正统的“学院派”稍逊一筹。但问题是，为什么在文学批评几乎处于“全面崩盘”的危机时刻，出来“铁肩担道义”的不是“学院派”的权威，而大都是“野路子”里的好汉？这正是“学院派”需要严肃反思的。

多年来学术界一直是重研究轻批评，即使是文本解读也往往是肢解作品，以之作为某种理论的注脚。这种大而无当、隔靴搔痒的批评，实际上早被作家和读者拒绝，沦为“自说自话”。与此同时，一些“学者”却以专家身份成为“文学表扬家”，促使洁身自好者更倾向于做“不介入”的“纯学问”。

我们必须看到，当代文学是一个特殊的研究领域，对层出不穷涌现出的作品进行及时的判断、仔细的筛选、敏锐的发掘是极其重要又极其基本的工作，这既影响到对当下创作风潮的引导，也关乎未来文学发展的方向和文学史写作。即使以宝贵的时间淘沙，与速朽者同朽，也是必须付出的代价。为了文学批评的健康发展，在敦促“直言者”加强专业品格的同时，在“学院派”中倡导“介入性”和“直言精神”也同样重要。

同期声（2006年第1期）：

2005：从期刊看小说　◎邵燕君

在倾斜的文学场为现实主义辩护——论邵燕君的文学批评　◎李建军

关于邵燕君　◎曹文轩

刘志荣

1973年出生，文学博士，复旦大学中文系教授，主要从事中国现当代文学史研究和当代文学批评。出版有《潜在写作：1949—1976》《张爱玲·鲁迅·沈从文：中国现代三作家论集》《从“实感经验”出发》《此间因缘》《百年文学十二谈》（主持）、《实感经验与文学形式》（与张新颖合作）等，发表论文、对话及评论80余篇。著作曾获教育部全国高校科学研究成果奖（2009）、上海市哲学社会科学优秀成果奖（2008），论文曾获《当代作家评论》（1999）、《南方文坛》（2012）等杂志年度优秀论文奖，个人曾获首届“上海社科新人”奖（2009）。曾任中国现代文学馆第二届客座研究员，现为该馆特约研究员。

听音寻路

刘志荣

对一个刚刚涉足这个行当的人来说，要说说“我的批评观”，似乎显得有些夸张，好在我并不妄想任何“家”的名分，只愿意做一个“普通读者”或者“读书人”，仅仅是有时由于阅读的感发，写下一些零散的文字，如果无话可说，便心甘情愿保持沉默。

“普通读者”仅出于自己的兴趣阅读，似乎微末渺小，然而，弗吉尼亚·伍尔夫引用《格雷传》里的话说：“在所有那些高雅微妙、学究教条之后，一切诗人的荣誉最终要由未受文学偏见腐蚀的读者的常识来决定。”不管是不是能达到，我希望多年的专业训练，终究还没有损伤自己作为“普通读者”的兴致和感性。

既然要做一个普通读者，那么便决不应该为了任何名分失去阅读、思想、表达的自由与乐趣——一旦损伤了这个底线，至少对我个人来说，一定是某个地方出了什么问题。这样的一个目标，似乎很低微，其实现在却不太容易做到。且不说自己内心的浮躁不是那么容易平息，当下社会那样亢奋，连大学里也在“大干快上创一流，分田分地放卫星”，在这样的气氛中如果说自己只是在念书，在别人眼里似乎便属无所事事、不求上进。

但，有些“上进”，不要也罢。阅读、思想、表达，与世界上最美好的心灵打交道，本身便是无上的乐趣。如果说写作是一个孤独心灵与另一个或一些心灵建立联系的方式，那么阅读和批评也是。如果触碰到了“诗”，心灵便会开出花来，情不自禁地绽放。虽然在当下这个时代，“诗”有时并不存在于诗里，甚至也不存在于文学里，但不管在哪里，碰到了，也便与人类某种本原和美好的东西建立了联系。我愿意不封闭自己的视野和心灵，既阅读和感受那些已经书写出来的美好的篇章，也去阅读和感受广大的世界和天地，拉拉杂杂、自由自在把沿途的风景和感受写下来，在这样的阅读和写作中，一点一点寻求和摸索通向心灵故乡的道路。

有一天，张新颖向我推荐了谭盾的《地图》，在这个交响乐中，漂流多年的谭盾，重新谛听自己故乡的声音。有一个乐章叫“听音寻路”，中间有一段，叫“飞歌”。谭盾采风时，一位苗族姑娘对他说：“你想听‘飞歌’吗？”谭盾问她：“什么是‘飞歌’？”“‘飞歌’就是把歌飞到天上去。飞给天那边的人听。那边的人也会飞一首歌来给你。”其实任何好的写作，也不过是一种“飞歌”，批评自然也不例外——至于是飞到天上去还是飞到地球那一边，或者只是飞到山那边甚至仅只飞到自己的心里，是能感通千万年的音籁还是仅仅感通了自己的周围，是千百年后会有声音飞过来还是马上就有声音来唱和，一切皆非侥幸所可妄求，而凡合于其份的便都属于好，然而在所有的这些声音中，我还是倾向于谛听天空、大地和心灵深处的声音——来自故乡的音籁。

同期声（2006年第2期）：

黑夜中漫游的灵魂：灰娃“文革”时期的诗歌写作　◎刘志荣

敞开的格局——刘志荣的文学批评　◎黄德海

一个慢的人　◎张新颖

赵 勇

1963年生，山西晋城人，文学博士，现为北京师范大学文学院教授、博士生导师，教育部人文社科重点研究基地北京师范大学文艺学研究中心专职研究员。兼任中国赵树理研究会副会长、中国文艺理论学会理事、中国中外文艺理论学会理事等，主要从事文学理论与批评、大众文化理论与批评的教学与研究工作。著有《整合与颠覆：大众文化的辩证法——法兰克福学派的大众文化理论》《大众媒介与文化变迁：中国当代媒介文化的散点透视》《审美阅读与批评》《透视大众文化》《书里书外的流年碎影》《抵抗遗忘》，合著有《反思文艺学》等，主编有《大众文化理论新编》等，合译有《文学批评：理论与实践导论》。在《中国社会科学》等刊物发表学术论文100余篇。

批评的处境与困境

赵 勇

批评活动从来都没有像今天这样变得如此容易又异常艰难。我们的许多作家，那些以码字为业的文学生产人员，都在急不可耐地制造着文字商品，以满足那个虽然已经萎缩却依然庞大的文学市场。在这些文字商品中，也许就有80%是假冒伪劣产品，批评家因此显得幸福无比——他们不再发愁没有批评对象。只要他能横下心、拉下脸、置人系于不顾，他就可以启动批评的战车。文学批评岂不是变得容易起来了吗？

与文学批评相比，文化批评更是易如反掌。一般来说，娱乐界人士都是制造文化垃圾的高手，他们引导着无名者在“娱乐至死”的道路上狂奔迅跑，结果是更多的垃圾应运而生。如今，文化批评家已变成“拾垃圾者”（只是他们大都失去了波德莱尔或本雅明的自信与从容），他们整日与垃圾为伍，自然心情郁闷，有话可说，但是谁又会在乎“拾垃圾者”的胡言乱语呢？有时候，“拾垃圾者”又会与垃圾萌生恋情，他们也就不得不琢磨“化腐朽为神奇”的修辞技巧。于是，文化批评不仅变得容易起来，而且变得可爱起来。

但是，在文学批评和文化批评之外，无疑还有许多值得批评家要做的事情，这时候，批评就显得困难重重。不光是困难，简直就没有批评的空间。没有批评空间，人们就必须在这里沉默；这里沉默了，那里就会变得众声喧哗；众声喧哗的结果是造成了一种幻觉——我们每天都在喋喋不休，似乎我们享有言说的自由和权利。然而，实际上，我们却一天天变得言不由衷起来，我们甚至习惯了这种言不由衷，而且把它看成是日常生活的重要内容。也许，我们的文学批评和文化批评就是这样变得容易起来的。只是，为了这容易，我们付出了沉重的代价。

陈丹青说：“批评之所以是批评，就因为真的批评总是不满的，怀疑的，不合作的。”萨义德说：“如果我用一个词永远同批评联系在一起（不是作为修饰语，而是作为对批评的强调），那么这个词就是‘对抗’。”而对抗，首先意味着道义上的反抗：“批评必须把自己设想成对人的生活的改善，其本质是反抗各种形式的暴政、统治和滥用权力。它的社会目标是为了人类自由而生产非强制的知识。”——这是我心仪的批评，但是，今天的批评却只能“在文化的脂肪上搔痒”，或者像吴亮所说的那样，“享受着没有对手的小小乐趣”。

于是，批评有了两副面孔：在专业内部，它不乏敏感和犀利，甚至也不缺少批判精神；而一旦延伸于社会，它要么失语，要么失踪，顶多成为犬儒主义的同路人。在这样的批评处境里，批评家没有理由沾沾自喜。他应该明白，厮守着这样的批评过日子是艰难而又窘迫的。

2006年2月20日

同期声（2006年第3期）：

民间进入庙堂的悲剧——以赵树理为例　◎赵　勇

批评的“有机性”和“及物性”——关于赵勇和他的文学批评　◎张清华

赵勇印象记　◎聂　尔

王兆胜

1963年生，山东蓬莱人，文学博士。现为中国社会科学院《中国社会科学》杂志编审、文学部主任。著作有《林语堂的文化情怀》《闲话林语堂》《20世纪中国散文精神》《文学的命脉》《林语堂大传》《林语堂与中国文化》《王兆胜学术自选集》等10多部，发表论文近200篇，编著有《解读林语堂经典》《百年中国性灵散文》《享受健康》《精美散文诗读本》《21世纪散文诗排行榜》以及散文年选等数10种。散文随笔集有《天地人心》《逍遥的境界》，散文影响较大，有作品入选中学教材和各种选本。曾获首届冰心散文理论奖、2007年《当代作家评论》奖、第三届“红岩文学奖”。

尽善尽美——我的批评观

王兆胜

对于任何一个从事批评的人来说，恐怕都离不开一个“标准”问题，即他依据什么进行批评？是流行观念，是钱评交易，是友情出演，还是一己所好？我认为都不是，而是一颗追求“尽善尽美”的心灵，一个向往美好世界的梦想。

在我心目中，许多人以为贵的东西都被看轻，但有些方面却不可或缺，更不能被破坏和污染，这就是真情、善良、纯洁、自由和智慧。一个人虽富可敌国，但没有仁慈、友爱与慷慨，我会很看不起他；一个人若官运亨通，但心中没有贫苦百姓，他的存在又有何用？同理，一个作家，如果不能为人类美好的心灵添加点什么，而是散发着庸俗、残暴、色情和变态的气息，他名气再大还不是包裹腐坏的彩纸!因之，不论别人怎样，我都坚信永恒的价值，这也是我从事文学批评的尺度。

至今我还记得读茨威格小说《一个陌生女人的来信》时的情景和感受，一边流泪、一边唏嘘、一边仰天长叹，为真诚、善良、美好的女性和爱情，也为庸俗、空虚、无情的男人和作家。还有路遥的《平凡的世界》，它曾给了我这个起于艰辛、脚踏坎坷的农家子多少温暖、光明和意志啊!如今，两位伟大的作家都已长眠地下，但他们的灵魂却通过作品永存不灭，尤其在那些弱小者心里。这就是文学的价值与魅力。其实文学不论怎样变幻，都离不开一些基本的价值观，概言之，就是你是不是向真、向善和爱美。

基于此，我是以“尽善尽美”来要求作家作品的，即以圣洁的标准进行评判，因此我喜欢孔子、老庄、苏东坡、鲁迅、林语堂，也喜欢托尔斯泰、雨果、纪伯伦、凯勒，总之，是崇尚有大光辉的人格和作品。如果读到佳作就欢欣鼓舞，如张炜的《人生麦茬地》；读到坏作品就反感（这样的作品时下数不胜数）。即使优秀的作家如史铁生和张炜，我在充分肯定他们时也不乏批评，就是因为我的标准太高了。不过，如果批评标准低了，我不认为批评还有多少意义。

这样的高标准决定了我阅读和批评的特性，既不敢敷衍马虎，更不能随意而为。我的读书除了博览，往往都是“十目一行”，有的甚至反复咀嚼；评论也是如此，只写自己感动或感到有研究价值的现象，而写完了总是改了又改。因为白纸黑字一旦发表出来，面对所犯的错误只能后悔莫及。可以说，以“尽善尽美”的方式从事阅读和批评，既有益于读者，又能减少对作家的误读，还是提升自己的必由之路。

所以，归根结蒂，批评的指针最后是指向自己的，即你的境界、心性、品格和审美趣味直接决定评论的质地。换言之，批评的优劣高下往往不在于批评对象本身，而在于批评者是否公正，是否有爱心、个性和智慧。一个缺乏德性的人，写出的评论必是功利、游移、平庸、暗淡，是死的；一个心有大光的人，他的评点一定光芒四射、摇曳生姿，是活的。这就为评者提出“尽善尽美”的修炼之路，包括学识学养、境界品位、公心爱意，还有别的，如德性。

我们每个人都是不完美的，就像生活着的这个世界，但唯其如此，才将理想和希望放在完美上。人是如此，文学和文学批评也应该如此。

同期声（2006年第4期）：

“形不散—神不散—心散”——我的散文观及对当下散文的批评　◎王兆胜

温和而优雅的质疑者——论王兆胜的文学研究与文学批评　◎李建军

君子学者王兆胜　◎韩小蕙

李静

生于辽宁兴城，毕业于北京师范大学中文系，现居北京。曾写作文学批评，后转向戏剧创作。著有批评文集《捕风记》《必须冒犯观众》，话剧《大先生》（曾用名《鲁迅》），随笔集《受伤者》《把药裹在糖里》等。主编有2002—2011年《中国随笔年选》及《中国问题》《读木心》（与人合编）等书。为“华语文学传媒大奖·批评家奖”和“老舍文学奖·优秀戏剧剧本奖”得主。

卑从的艺术与自由的艺术

李 静

我一直觉得弗吉尼亚·伍尔芙对阅读的建议挺有道理："当我们阅读时，如果我们能摒弃所有预置的想法，那就算得上很好的开端了。不要对你的作者专横跋扈，而应当尝试着去适应他，成为他的创作伙伴和助手。如果你阅读伊始就畏缩不前，持保留和批评态度，那你实质上就是在阻止你从阅读中获取最有价值的东西。但如果你能敞开心扉，那你一开始就会从跌宕起伏的语句中体味其几乎难以察觉的精妙之处，并将你带到一个卓尔不群的人的面前。"

我想象这位善良温文的女作家以此态度走进了我们的当代文学。我看见她在大量的作品前停了下来，眉头微蹙，羞红了脸庞，喃喃自语：错了，哪里是卓尔不群……

尽管如此，对于我们的当下文学，我还是乐意忠实履行伍尔芙女士的遗嘱。因它确能保障我不辜负真正的杰作，对失败的作品，亦能大致明了其故障所在。而那些入场之前即已在理论上全副武装严阵以待的人，恐怕福分不会有如此之多。

阅读之后，"批评"方始。"文学批评"是什么呢？我以为它不折不扣乃是艺术之一种——自由的而非卑从的艺术。自由的艺术何意？卑从的艺术又何意？凡是为知识之认知目的而提出的艺术，皆可称为自由的艺术；如是经由行动为功利目的而提出的艺术，则称为卑从的艺术。你知道我是在重复亚里士多德的教诲。抱歉，我在如此短文内惊动了两位伟人。可有什么办法呢？他们恰恰说出了我最想说的话。

由于自己那点烧灼难忍的痴心热肠，我曾经赋予文学批评以一种"伟大的功利目的"，或者说，我确曾把它视作一种"卑从的艺术"——一件伸张正义、干预社会的言论武器，尽管它过于秀气，不太趁手。好在我不是个勤奋的人，还没来得及在这条路上扔下太多的土制炸弹，就被片面道德主义和政治功利主义的浮器僵化倒掉了胃口。封闭独语的文学在“现实关怀”的批评声中走向了“现实关怀”，然而又怎样呢？文学依旧无“文”。人心依旧如铁。在极端的失望中，我拾回早先对“自由的艺术”的尊敬。

文学批评作为一种“自由的艺术”，意味着它把文学以及与文学相关的世间万物都当作认知的对象，并从中发现有关创造力或反创造力的精神结构。文学批评家面对的不只是那几个作家，那几位同行，那些前设与后设的知识规范，那些学院评估标准，那些市场买卖行情。不。他／她面对的应当是无边的世界，漂泊的生命，呼喊的灵魂，寻寻觅觅的心。他／她与批评对象之间，交流的是对待“世界”的精神态度与智慧，他／她试图激发对方尚未觉醒的意识，他／她也努力从对方那里获得更辽阔的感知。这样，文学批评就成了批评家和作家之间角逐与砥砺创造力的场所，由此结成的精神果实，消融于增进人类精神成熟的旅途中。

正是通过这种持续不断的超功利认知，文学批评探索着艺术的谛旨，也探索着建基于“成熟个人”之上的温暖、微妙而充满智慧的价值观。“置身于这大片成堆的毁灭和分崩离析中，我们必须为生活和成长说话。”（原谅我，D.H.劳伦斯先生，您是这篇短文所打扰的第三个伟大的人。）对我而言，这才是作为“自由之艺术”的文学批评最根本和最永久的道德。

同期声（2006年第5期）：

“你是含苞欲放的哲学家”——木心散论　◎李　静

对人心和智慧的警觉——论李静的写作，兼谈一种批评伦理　◎谢有顺

批评里的人生　◎孙　郁

路文彬

北京大学文学博士，北京语言大学教授、博士生导师。作家、学者、翻译家。出版有长篇小说《流萤》《天香》《你好，教授》、随笔《阅读爱情》《是谁伤害了我们的爱》《被背叛的生活》、论著《历史想象的现实诉求》《视觉时代的听觉细语》《视觉文化与中国文学的现代性失聪》《理论关怀与小说批判》《历史的反动与进步的幻象》，以及译著《迷失的男孩》《我母亲的自传》《安琪拉的灰烬》《女性与恶》《鸟儿街上的岛屿》《动物英雄》等。现居北京和威海。

批评是一种倾听——我的批评观

路文彬

不知是批评事业选择了我，还是我选择了批评事业，总之我是同它在某个难以述清的时间与地点遭遇了。于是，真正的生活就此开始，它注定要让我对其一生都心存感激。之所以这样以为，是因为批评向我无私敞开的理论境域，赋予了我充分爱我所爱的理由和自由。我逐渐意识到，那一度曾经令我望而生畏的理论原来既可创造我的生活，亦可废弃我的生活。萨特说："存在先于本质。"而我却相信本质是同存在一起到来的，只是我们的认识能力总是在怠慢它而已。事实上，如果我们不先行解决某些理论上的问题，我们的生活就不可能真正开始，因为在我们彻底明晓自己究竟需要怎样的生活之前，那一切只不过是一场令人痛心的梦游。就此而言，我想说理论本身便是生活。多年来，我一直在心里反问歌德："倘若理论真是灰色的，那么生命之树又何以长青？"信仰作为一种最为朴素的理论形态，已然让我看到它比现实更有力量，生命的能量往往就是由它所供给的。困扰着哈姆雷特的那个"to be or not to be"的问题，显然是在告诉我们，理论有时比生存更加重要。

所以，我很清楚自己生活在何处，批评就是我的生活，我始终无法将其与我的生活相分离。分离必然产生对立，理论正是因此在我们这里和生活抑或说实际对立了起来，就像我们一向针对理性和情感所做的习惯性对立。"见解""观点""看法"之类的理性语汇，已经事先将我们的批评行为与视觉感官直接联系在了一起。结果，我们所有的批评都只能变成一种"观看"的实践，而观看所必需的距离前提又决定了我们同批评对象之间的关系永远是疏离的；凭此我们永远没有可能向自己的批评对象努力靠近。并且，就在理性的观看过程当中，我们竟然完全忘记了眼睛还可以流出哀伤、欢愉乃至愤怒的情感泪水。与视觉相对，听觉被我们认为单纯与情感相通，进而理所当然地肯定其不会同我们的客观批评行为有关。基于此，批评这项思想事业似乎便沦为了一项冷漠的事业，个中充斥的仅仅是算计或计较而已。可事实远非如此，还是海德格尔说得好：“思的本真姿态不可能是追问，而必然是对一切追问所及的东西的允诺的倾听。”在德语中，哲思意义上的“理性”一词为Ver nunft，它同ver nehmen即“听见”一词有着词根上的联系。此种渊源应该是在提醒我们，人类原初的理性一定是和我们的听觉感官息息相关。至于人类从何时开始逐弃听觉对于理性的参与，我不得而知。我只知道，一种合情合理的批评只能回到听觉的起点方可重新构建。唯有“倾听”而非“凝视”才能帮助我们走入批评对象的内在世界，并同时将我们与其结为一体；实在的体量也唯有此时才会达成。

无论是在汉语还是在拉丁语里，“倾听”一词都有着谦卑的涵义，故此，正确的批评姿态理当同傲慢无缘。再则，倾听取决于清静场域的先在，没有这样的场域，便不会有倾听的实现。作为批评家，他因而必须首先学会沉默。要知道，是倾听者制造着倾诉者，而绝不是倾诉者制造着倾听者。批评被动的表象遮掩着主动的实质。从这一意义说来，我愿意把主要的批评精力都置放于边缘，因为那里的静寂可以促使我进行更好的倾听；而在喧嚣的中心地带，我只能做一个莫名其妙的看客。换句话说，我选择在失明的阿炳那里倾听，对于失聪的贝多芬，我只愿选择旁观。

2006年7月19日于北京格尔斋

同期声（2006年第6期）：

地缘政治与历史拔根——中国当代文学视域中的农民身份危机问题 ◎路文彬

持有那种感悟、灵性和立场——路文彬的理论批评简论 ◎陈晓明

路文彬印象 ◎梁晓声

2007年

姚晓雷

张学昕

王晓渔

贺仲明

李丹梦

张宗刚

姚晓雷

河南渑池人，1968年11月出生。分别在河南大学、复旦大学获得硕士和博士学位。博士毕业后到山东大学威海分校工作，2004年被破格评为教授，2006年度入选教育部新世纪优秀人才支持计划，2008年被评为山东优秀青年知识分子，2009年7月调入浙江大学工作。现为浙江大学人文学院教授、博士生导师，中国现当代文学与文化研究所常务副所长。多年来一直从事中国现当代文学专业的教学科研工作，主持省部级课题多项，出版《世纪末的文学精神》《灵魂的守护》《乡土与声音》等著作，并在《文学评论》《文艺研究》《当代作家评论》《文艺争鸣》《南方文坛》等发表学术论文80多篇。

用心去和批评对象对话——我的批评观

姚晓雷

文学批评自然是对所研究的文学现象或作家作品的一种阐释和评价，我认为其间的关键是要用心去和批评对象进行对话。

用心去和批评对象对话，意味着文学批评是一种双重属性的行为：阅读自己和阅读对方。

阅读自己即理解自己的生存经验。每个人的生命和灵魂都是由他特殊的生存经验构成，他的热情，他的爱憎，他的欢乐与痛苦，他的生存态度和理念，都与他的个人经验有关。我欣赏王国维在《人间词话》里的一句话："以我观物，则物皆着我之情。"批评就是这样，哪怕再讲究客观的立场也不能不带有"以我观物"色彩，所以一个好的批评家首先要做的不是观察别人，而是观察自己。知道了自己，这样在面对研究对象的时候，就会站在理性角度客观审视自己的背景、态度、立场，将自己的爱憎提炼升华为一种人道主义原则下的个人特殊实践活动。

阅读对方即设身处地去理解别人的生存经验。别人的生命经验包括作为个体的别人的生存经验以及作为社会群体的"类"的生存经验。文学批评的对象，通常涉及这两个方面。尽管文学批评者不可避免有自己的立场，但在面对研究对象时必须尊重对方，要明白不管是文学所涉及的作为个体的别人的生存经验还是作为群体的"类"的生存经验，都有自身复杂的背景和结构，需要批评者调动自己各方面的经验积累和知识积累，充分运用逻辑思维，才有可能进入对方的深层结构。在这一过程中特别要注意的是，对自己感性态度、立场所可能存在的偏颇，尤其要持一种警惕的心理，避免因此牺牲了观察对方的公正性。

文学批评过程中的阅读自己和阅读对方是相辅相成的。阅读自己是阅读对方的基础，一个不擅长阅读自己的人，你无法想象他能对他的研究对象有多深入的了解。阅读对方其实也不是文学批评家的终极目的，它实际上服从于自己所追求的一种“道”，即自我经验在理性意识帮助下所升华出来的一种人类情怀。文学批评就是以自己的心灵去向对方的领域探险，去和对方对话。一个好的文学批评家，必然是用自己的心灵和对象进行深层对话的人，他用自己的生命经验和升华出来的理性意识去和对象交流、沟通、驳诘，但他从来不会轻率对待对方，不会随心所欲地怠慢对方。在我们生活的这个多元化的时代，大家对一个事物的看法会不尽相同；一篇好的批评文章并不在于你提供了某些不容质疑的结论，而在于你给大家全面深入地展示了对话的灵魂。这样的批评，你可以不认同他的观点，你却无法回避它的深刻，因为它包含的是双方灵魂的分量。

我无法接受两种批评风格：一是没有自己立场、人云亦云或完全服从于某种功利需要随时可以改变自己观点的人，因为这种人不懂得尊重自己；一是虽有个人立场却完全无视批评对象的自身个性，不管三七二十一地把自己的观点往对方身上套，因为这样的批评不懂得尊重对方。也许这两种批评风格在目前浮躁的批评界都甚为时尚，更容易哗众取宠和沽名钓誉，但它们很难经得起历史的考验。

每一个批评家都有自己的经验局限性，所以他不必对所有问题都发言。相反，那些面面俱到、对所有问题都能发言的人，其价值才往往值得人们怀疑。

也许由于从小出身于农家，且在至今为止的人生里程中自己经常处于惴惴不安处境的缘故，我所爱好的文学批评，是那种从平等的愿望出发，运用自己的理性逻辑，通过文学文本的对话，把强势者所制造的维护自己特殊利益的各种话语画皮都戳破，以捍卫弱势者利益的类型。我希望这也能成为自己的批评风格，至于能达到否是另一回事，但至少自己努力着。

同期声（2007年第1期）：

余华：离大师的距离有多远 ◎姚晓雷

坚锐的“刺猬”的沉思——关于姚晓雷的文学研究和文学批评 ◎赵卫东

好人好文姚晓雷 ◎阎连科

张学昕

出生于20世纪60年代。先后毕业于中国人民大学中文系和吉林大学文学院。文学博士。现为辽宁师范大学文学院教授、博士生导师；大连理工大学特聘教授，大连理工大学中国文学与文化研究所所长。发表当代文学研究、评论文章260余篇，出版专著《真实的分析》《唯美的叙述》《话语生活中的真相》《南方想象的诗学》《文学，我们内心的精神结构》《穿越叙述的窄门》《我的现实，我的主义》等。主编有“学院批评文库”，《21世纪中国文学大系·短篇小说卷》等。曾连续获得第三、四、五、六届“辽宁文学奖·文学评论奖”，2013年《当代作家评论》奖，江苏省“文学评论特别奖”，2008年获首届“当代中国文学批评家奖”。大连社会科学进步一等奖。

批评是一种心灵的到达

张学昕

我不得不承认，多年以来，在我对文学的持续不断的阅读中，那些坚硬或柔软的文字，不仅没有缓解我内心与现实的某种龃龉和冲突，铸造起我内心的强大，反而愈发加剧了我对存在的焦虑、压力和紧张。我想，这种焦虑和紧张既来自我对文字过于轻率的理解，来自我对存在不能从容把握且缺少的洒脱和睿智，也源于我精神内涵的种种匮乏，以及我对不朽事物或境界的渴望。这也是我更为眷恋文学的理由。而我所恐惧的也恰恰是这一点。因为我面对的不仅仅是一种单纯的叙述文本，而是那些文字背后复杂的文化和艰涩、迷乱的现实生活。我甚至深深地怀疑：我的批评文字作为个体世界的情感呈现和自我生命的载体，对社会生活和更多的“他者”又意味着什么？我的所谓对文学的“独语”的分量究竟有多大呢？因此，我常常在阅读和批评中不断地、惴惴不安地追问、反省自己有关文字的伦理。

我渐渐清楚的是，文学、文学批评都是心灵对整个外部世界和存在的一种精神性的秘密到达。它是一个心灵，从生活现场到写作现场的没有任何表演性质的一次勇敢的穿越，这时的写作，当然不再是也不可能是自我的原生态的复现，而是心灵对存在的“宽广”和丰富，对世界的一种耐心的倾听和对内在自我的寻找。这时的“批评”，与阅读一道，源于文本更依赖于生活，是摆脱任何功利和庸俗枷锁的一次次远行，是一个心灵道场和充满激情的狂欢仪式，是精神对事物的某种到达。这时的文学写作，心灵完全沉浸在语词的密林里，弥散出激烈和呐喊、宽柔或沉寂、疼痛与抚摸，暗示着写作者内心的美妙风景和百感交集，超越文本之外，到达生命本身。

我说过，我从不敢对文学有太多的奢望。我觉得更不要让文学、文学批评有太多的文学之外的负累。文学批评虽然不能即时性地解决我们现实的、个人的尴尬处境，但我坚信，文学会建立大于一切物质存在的宽阔和自由，她从黑暗而坚硬的存在中磨砺出耀眼的火光，显示出她的神奇。所以，从这个意义上说，她既不是摆设也不是附庸，而是前面提到的，是一种到达，我想，对于文学，对于心灵，这已经足够了。

从心灵出发所能呈现的文学现实，在经历了历史、现实世界的风风雨雨之后，必将会重新回到心灵的锚地。无论她有多少负载和承诺，有多少企盼或获得，有多少期待或无奈，有多少虚幻或梦想，有多少空虚或深刻，我们都会在对文学的心灵阐释中得到最大的快慰。文学是神圣的，她永远是一条道路，一条不断延伸、铺展开来的道路，让更多与文学有关的人们，穿越表象和某种意志的世界——到达。

这种到达，不会被任何外在于文学和心灵的意志指派，它是批评家具有阅读者和诗人双重身份的一次经验快感，是文本的另一次写作过程，是在精神、理性控制下又为理性力量所不能洞察的隐忍力量的朴素呈现。所以，从这个角度看，文学批评的高贵与尊严，并不在于它的权威性，而在于它的宽容、仁慈和激情。

我如何才能获得并保持文学评论写作的尊严和激情?

2007年1月1日大连

同期声（2007年第2期）:

孤独“红粉”的剩余想象——苏童小说人物论之二 ◎张学昕

学院批评、文学理想与百感交集——张学昕文学批评之批评 ◎施战军

当学昕选择做一个文人 ◎李 洱

王晓渔

1978年生于安徽，2002年获文学硕士学位，2005年获历史学博士学位，同年进入同济大学文化批评研究所工作，主要研究方向为诗学和思想史。2008年被聘为副教授，先后招收美学专业、中国现当代文学专业硕士研究生。自2000年起，在文史领域发表评论上100万字，著有《文化麦当劳》《知识分子的“内战”》《重返公共阅读》等，主编“独立阅读书系”，有文章被译为日文、英文、德文。

一个文学票友的阅读观

王晓渔

“批评观”通常指文学批评观，对象主要是中国现当代文学。我怀疑自己是否有能力谈论这个沉重的话题，所以避重就轻地谈论一下阅读观，阅读也是一种批评。

先回顾一下自己读过什么，或者没有读过什么。“十七年文学”，我在高中时读了一部分，当地的书店里只有《红岩》之类，但这些红色经典在应试教育的框架里属于“非法读物”，我只能像地下工作者一样读着地下工作者的故事。限于购买能力，“三红一创、山青保林”我只读了一半左右。考研究生的时候，名词解释里有一道《山乡巨变》或者是《创业史》，我一无所知，于是写上一通“歌颂了……揭示了……说明了……”，蒙混过关。

到了大学，开始补现代文学的课。《鲁迅全集》比较仔细地翻过，从小说、散文、杂文到日记、书信，开始是崇拜，一卷一卷地翻，逐渐放弃“仰视才见”的视角。郭沫若的《凤凰涅磐》在现代文学史课上学过，觉得“一切的一、一的一切”很好玩，后来看到《国产凌凌漆》的台词“飞是小李飞刀的飞，刀是小李飞刀的刀”，很是怀疑周星驰抄袭了郭沫若。茅盾的小说在一周之内突击阅读了五六本，当时还没有“审美疲劳”这个词，但是疲劳是免不了的。巴金的“激流三部曲”只读过《家》，此外还读过《寒夜》和《随想录》的几篇文章，《第四病室》似乎也读过。老舍应该算是“六大作家”中最有趣的，可惜阴差阳错，我只读过一些中篇，《骆驼祥子》和《四世同堂》都没有读过。曹禺的几部代表作基本都读过，这要感谢他写得少，后半生基本上没有什么作品。

作为“后文革一代”，八部样板戏我没有完整地看过，试图“正面强攻”《虹南作战史》，虽然小说发生的地点就是我现在居住的区域，依然久攻不下，只读了几十页就放下了。很多先锋作家的代表作也没有读过，印象最深的是“二王”：王朔和王小波，可是一个常年停业，一个永久停业。

毋庸讳言，我不是一个合格的中国现当代文学读者。在这种情况下，要做一个中国现当代文学研究者，无疑是很荒唐的。我不会因为自己的懒惰而断定那些作品不值得阅读。恰恰相反，如果有志于成为职业研究者，就无法略过它们，不管你是认同还是排斥。

我也做不了我所景仰的星探式批评家。欧洲足球得益于遍布世界各地的球探网络，他们或许几年都挖不到一名球员，但不会放弃任何可能性，在非洲或者南美的某个街头踢着破破烂烂足球的孩子，碰到他们之后可能在几年之内就变成闻名世界的球场杀手。星探式批评家同样如此，一些不为人所知的名字通过他们的推介变得众所周知，他们为此日夜不停地翻阅着各种文学手稿和期刊（现在还包括网络），哪怕县市级的文学刊物也不放过。

我更想做一个文学票友，在无所事事的时候随意翻开某一部作品，仅仅因为我喜欢，不是因为它如何重要。我可以阅读任何我感兴趣的文字，而不是阅读我不得不读的文字。星探和票友的区别在于：前者是职业的，需要面面俱到、客观公正；后者是业余的，不妨顾此失彼、各抒己见。对于文学（不仅是文学），我始终缺乏献身的信念，更愿意保持一种业余心态，如果票友也可以是批评家的话，我愿意做票友式批评家。

同期声（2007年第3期）：

为文化炒作和文化垃圾一辩　◎王晓渔

从麦当劳看“文化麦当劳”　◎河　西

露巧与显拙　◎黄昱宁

贺仲明

湖南省衡东县人，1966年生，文学博士。曾任南京师范大学文学院副教授、教授、博士生导师。现为山东大学“齐鲁青年学者”特聘教授、博士生导师。兼任中国新文学学会副会长，《新文学评论》副主编，中国作家协会会员，山东省当代文学学会副会长。曾独立获得江苏省优秀哲学社会科学成果二等奖、山东省优秀哲学社会科学成果二等奖、山东省刘勰文艺评论奖等。入选2006年度教育部“新世纪优秀人才支持计划”。获得“江苏省优秀哲学社会科学工作者”“齐鲁文化英才”等称号。已独立出版学术著作《中国心像——20世纪末作家文化心态考察》《真实的尺度》《一种文学与一个阶层——中国新文学与农民关系研究》《何其芳评传》等6部，在《中国社会科学》《文学评论》《文艺研究》等刊物上发表学术论文160余篇。

文学批评：心灵的对话——我的批评观

贺仲明

在现行的文学体制和许多人的观念里，文学批评似乎被隔离在文学之外，其实，正如韦勒克和沃伦在著名的《文学理论》中所指出的，文学批评应该是文学不可缺少的一部分，它直接关系着时代文学的发展状况。所以，当一个批评家从事批评工作的时候，他所需要遵循的首要原则是文学的原则——作为人类心灵世界的产物，文学绝对有自己独立的原则和评价标准。文学批评不应该成为政治、经济或其他权力的工具，也不应该以其他标准来代替文学的标准。

从这一原则出发，文学批评与作家的关系也应该是心灵之间的交流。作品是作家的精神产物，批评家也应该从心灵出发来进行批评。一方面，文学批评应该体现出“同情之理解”的态度，在尊重文学和作家的前提上来进行批评工作，应该突出“他是什么”而不是“他不是什么”，不是以其他外在条件对作家的苛求，而是以作家本人为中心的对作家的尊重和认真研究，因为每个作家都有不足，不可能是全面的，批评当然也不能求全责备，不能以抽象的“真理”来要求作家和作品。在文学批评中，文学史的背景作用应该主要是考察和检验作家独创性的工具。同样，比较的方法也是一样，要建立以作家为主体的自然的比较，而不是外在于作家的生硬的比较。

但是另一方面，文学批评又不应该是乡愿式的和稀泥，它应该有原则，有立场，有自己的主体性和超越性——这种主体性建立在对文学尊重和深入认知的基础上，但拥有批评家超越性的独立思考——在当前文学批评大规模地丧失立场的情况下，这一点也许是应该特别强调的。批评家不应该被批评对象所拘囿，而要力图站得比批评对象更高更远，要对创作潮流有激励和引导作用，而不是跟随在创作后面亦步亦趋，要拥有比时代文学更高的、更客观的文学标准来要求作家和时代文学，其目的是激励文学超越现状，走得更远更高。批评家与作家相比要更理性，更冷静，更有文学史的视野和客观的高度。真正和谐的创作和批评的关系，是像19世纪俄国别林斯基、车尔尼雪夫斯基与果戈理这样的关系，是独立思想的平等交流，而不是作为作家的附属。一个批评家可以没有作家朋友，或者他和作家可以在生活中是朋友，但在文学批评中就只存在职业关系，他们共同为时代文学事业负责。

我在这里所说的批评观也许是文学批评的常识，但也许正因为太常识了，反而容易被人遗忘。我不是一个专职的文学批评家，但我愿意保持对文学的一分热爱，愿意遵循文学批评的常识，做一些力所能及的事情。

同期声（2007年第4期）：

当前中国文学到底缺什么？——以长篇小说创作为个案 ◎贺仲明

心灵自由与学术之根——贺仲明文学批评略说 ◎汪 政

“毒手药王”的前世今生——猜想贺仲明 ◎朱文颖

李丹梦

1974年生。1993年起就读于复旦大学，分获文学学士、文学博士学位。现为华东师范大学中文系教授、博士生导师，中国现代文学馆客座研究员。曾在上海某出版社工作十年，任副社长。2006年至今，执教于华东师范大学中文系。主要从事中国现当代文学批评、地域文学与文化关系研究。已出版学术专著《文学“乡土”的地方精神》《远方的神话》《文学返乡之路》《欲望的语言实践》《现代文学“乡土”的话语突围与主体建构》《“文学豫军”的主体精神图像》等，并在《文艺研究》《文学评论》等刊物上发表专业论文数10篇，多篇被《新华文摘》、人大复印资料转载。2012年获得第二届唐弢青年文学研究奖第一名，2014年入选上海曙光学者。

我的批评观

李丹梦

选择批评这一行在我而言是不自觉的。回想起来，我一直没有把批评从我的生活中独立出去。从第一篇批评文字起，我便朴素地觉得：批评就是一种认识、理解和沟通，除了对象由现实中的人换作了文本，批评与日常的交流、认知并无太大的差异。再宏大、渊深的批评，也离不开对人心的揣度、把握和洞察。而这种能力的取得，很大一部分得益于生活的熏陶和赠予。

这么说并不是要贬低批评，只想给它一点人间的烟火气，我以为这是批评最宝贵的气质。太刚性、太咋呼或者正经过了头，我直觉着便不好。原因很简单，过分自我的表达说穿了和自恋差不多，到头来只是徒增羞涩。理论的经营和完善固然重要，但过于执着，便如同炼了金钟罩、铁布衫一般，虽然很值得佩服，却高山仰止亲近不得，而我亦只想恶作剧地寻找铁衫上的“死穴”所在了。

避免羞涩的法门便是让文字熏染些烟火味。把批评的脚手架和规矩卸下来，先听听对方说了什么，他的理由和逻辑是怎样的。这里烟火味的吐纳、呼吸几乎可以用来测量批评的胸怀了。而批评所能抵达的境界，包括它的准确性和勇力，在此也大体可预测出眉目。

我是把批评认定为一种理解和体味的，总之要有点人情的通拓在里面。所谓批评的人道主义品格，恐怕也就在此寄托吧。这与通常所理解的批评很可能有些不同，批评不就是要努力地破除人情、公正无私的么？持此观点的诸君确实勇气可嘉，但尚须辨明勇气所用的方向。在无人之境里舞拳弄棒纵然潇洒舒展，意气风发，却算不得勇气，至多只是陶醉的风神。据我从生活里汲取的经验，人之理解是至难。不同的个性，犹如有着各自运行轨道的星球，本是绝难靠近的。这种关系可平移到批评者与文本之间。然而，批评正是要设法贴近，寻找相遇的契机和相容的轨迹。于是批评的一般逻辑便颠倒了，首先要破除的，不是文本，却恰恰是批评者的自我，包括自身的语感、趣味和审美积习，等等。如何让“我”融进文本的世界，贴近文本的心，这才是勇气的着眼点。

当然，我并非鼓励对文本或作者的盲从和吹捧，只是想寻找一条切实可行的批评途径。考察批评者和文本的对话关系，一个绕不过去的问题在于：批判的权力从何而来？就像在生活中你凭什么去指责别人？我想这只能是建立在理解和沟通的基础上的。只有把他者化为自己的一部分，你才有批评发言的权力。

记得罗素曾说过：“研究一个哲学家的时候，正确的态度既不是尊崇也不是蔑视，而是应该有一种假设的同情，直到可能知道在他的理论里有些什么东西大概是可以相信的为止；唯有到了这个时候才可以重新采取批判的态度，这种批判的态度应该尽可能地类似于一个人放弃了他所一直坚持的意见之后的那种精神。”这话几乎可说是对批评精神的最好诠释了。在我而言，真正的批评是从文本里生长出来的，虽然两者表达的方式可能是迥异的，但内在的精神上，就像是一个人的自省、忏悔和对美好人性的希冀：痛切批判的同时，亦在深刻的自我检视和憧憬。批评的美妙体验正在于此，它实践了生活中理解的纯粹。

同期声（2007年第5期）：

反抒情的自我抒写——李洱论　◎李丹梦

在有限性里见出大气象——李丹梦及其文学批评印象　◎吴　俊

我印象中的李丹梦　◎王宏图

张宗刚

1969年生，南京理工大学诗学研究中心主任、副教授、文学博士、硕士生导师，系中国作家协会会员，中国散文学会理事，江苏省散文学会副会长，江苏省大众文学学会副会长，江苏省当代文学研究会常务理事兼副秘书长，南京市作家协会理事，美国爱荷华大学访问学者。学术方向为散文诗歌研究、现当代作家研究、文化传媒研究等。先后在《南方文坛》等刊物上发表论文、评论多篇，主持完成省、厅级社科基金课题数项，出版文学评论集《诗性的飞翔与心灵的冒险》。曾获全国冰心散文奖、江苏省紫金山文学奖、江苏省“长江杯”文学评论奖、江苏省紫金文艺评论奖、江苏省文联文艺评论奖、金陵文学奖、江苏省高校哲学社会科学研究优秀成果奖等。

我的批评观

张宗刚

20世纪90年代以降，批评不再向大众敞开，变得越来越技术化、格式化、量化。个性是学术的灵魂，因强调学理而删除个性，摧折锋芒，剿灭思想，此种杀鸡取卵式的举止，无异于倒洗澡水时连同婴儿一并泼出。遥思令人乐道的盛唐气象，该是怎样地放想无碍一任天纵，丰茂盛大开阔恢张。何谓盛唐气象？一言以蔽之，曰百花齐放，曰气象发皇，曰灵魂粗壮。回首以质取文的80年代，正是一个感应盛唐精神的文化时代。班声动，北风鸣，剑气冲，南斗平；80年代的批评文字多是拿掷飞腾的，热风撩人的，血性昂扬的，就事论事的，读来何等痛快淋漓！那样龙腾虎骧的时代，我们往往称之为大时代，如80年代，如“五四”时期；向上追溯则是唐、汉、先秦，其间还可以包含魏晋。俱往矣，当习成软熟取代了发唱惊挺，陈陈相因遮蔽了戛戛独造，剩下的惟有以“学理”为恃，蚂蚁装大象，侏儒充巨人。只是，有了“学理”这匹怪兽的横加羁勒，批评之马如何还能所向空阔、驱驰万里？

所谓学理、规范，原本只是形式层面的要求，在浅表的逻辑论证和格式规范之下，更应有着丰富的内心，深邃的精神。优秀的批评文字永远是空诸依傍而直指灵魂的。一篇批评文章，即便从技术的角度观照，也应援引有度，布局合理，倘一味沉溺于掉书袋，做文抄公，在“学理”的堂皇面纱下，彰显的乃是令人齿寒的跪拜之姿。

批评必须有感于心，方可笔下生风。批评融铸着主体的人格、气魄和性情，精神、信仰和胸襟。批评文字应该是大气磅礴的，运斤成风的，自由自在的，特立独行的。开阔的思路，缜密的逻辑，优美的学理，锐利的锋芒，都应成为批评必备的元素。探囊取物，心有灵犀，一针见血，直击腠理；谈笑间樯橹灰飞烟灭。这样的批评真是令人拍手叫绝。

批评的要旨在于护守文学本体，捍卫普世价值，切实把握所评对象的丰富与复杂，与流动不居的文学星河齐头并进。立场彰显尊严。一个批评者，哪怕他立场有误，倘能如尾生抱柱，坚执如一，亦不失其可敬可佩。时见某类批评俊彦，才思不凡而立场飘忽，一夕三变，因其过于聪明的行止而令人嗟叹。

批评者不是上帝、判官，被评者亦非贱民、罪人。反之亦然。批评的过程不是在审判在施舍，而是在交流在对话。可怕的是一些批评者，高擎客观公允的大纛，却将个人恩怨置于批评的公信力之上，或投桃报李，或睚眦相向，遂使批评沦为纯然的报恩工具和泄愤载体。如此“掺沙子”式的举动，诚为对批评的轻慢亵渎。舌灿莲花的表扬也好，意态亢奋的谩骂也罢，二者同为价值失范时代的劣行恶举。一个合格的批评者，在其文章中所展示的应是澄澈的内心，而非浑浊的内分泌。当然，在我看来，哪怕是酷评，只要不是出于哗众取宠耸人视听的病态心理，也总比那些生死人而肉白骨的关系批评、人情批评、哥们姐们批评好出许多。

评论大可随意，但绝不能随意到穿着内衣见客、光着膀子上街的地步，如此傲慢和托大，便是把庄严的文场当成了自家卧室。评论应该是神采奕奕的，犹如天鸡唱晓；是枝叶纷披的，犹如高树婆娑。今天，我们很难再读到李健吾、宗白华、钟惦棐、胡河清式的活色生香沁人心脾的批评文字了——那样的随物赋形，风骨卓荦，灵动丰沛，如同云层激发出闪电一般令人感奋。近年在内地文坛闪亮登场的美籍华人学者王德威，其批评理念大可商榷，其批评姿态颇值嘉许：文体如璎珞敲冰，精彩绝艳，笔调如鸣溪出涧，满眼生鲜。“五四”以降白话汉语的纯美风情，或许正可从中见出端倪。

对于文学，对于文学批评，全力投入的姿态是需要的，闲云野鹤的心态同样需要。一脚在门内，一脚在门外，用业余的眼光看问题，用专业的态度写文章，也许正是我属意的。

批评是精进不息的文学远征。时流所致，批评的堕落在所难免，不必大惊小怪，更不必谴责连连。与其讨伐别人，不如清理自我。建构比批判重要。行动比言语重要。批评是如鱼饮水冷暖自知的事情。我只希望自己播下龙种，不至于收获跳蚤。

同期声（2007年第6期）：

看，那些有尊严的文字——关于韩少功散文随笔的话题 ◎张宗刚

江山放眼细论文——张宗刚批评述略 ◎晓 华

刚柔并济——张宗刚印象 ◎陆建华

2008年

介入的批评——我的批评观 ◎何言宏
一个可以当作主体论的问题 ◎牛学智
批评家应当批评什么？——我的批评观 ◎张光芒
在批评中进行理论的建构 ◎熊元义
作为“去魅”的文学批评 ◎杨庆祥
“新鲜的第一眼”与“生命的具体性” ◎金 理

何言宏

牛学智

张光芒

熊元义

杨庆祥

金 理

何言宏

1965年4月生，江苏淮阴人。上海交通大学人文学院教授、博士生导师，上海交通大学当代中国文学与文化研究中心主任，上海交通大学左翼文化研究中心副主任。中国当代文学研究会理事。主要从事中国现当代文学与文化的批评与研究工作。1993年毕业于北京大学中文系，获文学硕士学位。2000年毕业于南京大学中文系，获文学博士学位。后在复旦大学中文系从事博士后研究。出版有《中国书写：当代知识分子写作与现代性问题》《坚持与抵抗》《介入的写作》《精神的证词》《知识人的精神事务》和《介入与超越》等专著与论文集，另有论文多篇。主编有“中国当代著名作家评传丛书”、“二十一世纪中国文学大系：（2001～2010）”（13卷18册）等。

介入的批评——我的批评观

何言宏

在我们这个时代，“介入”这样的字眼已经显得相当的老旧和可笑。“介入的批评”，也往往显得不合时宜。但我喜欢这样的字眼，喜欢、尊敬和向往介入性的批评姿态。在我看来，这是一种勇敢的姿态，高贵的姿态。是一种生气勃勃、坚持理想、勇于承担，决不放弃批评的基本责任的姿态。它是一种美丽的姿态。

我一直以为，文学批评是知识分子的一种特殊的实践方式。它不仅是一种带有着一定的专业特点的文学实践，更是一种精神实践，是一种相当独特的具有着特殊力量的政治实践。它应该以自己特有的方式介入社会，介入生活，介入包括文学在内的时代与民族的精神事务。我所说的“介入的批评”，正应具有这样的含义。

也正是在上述理解的基础上，我以为当下中国的文学批评存在着很多不容忽视的问题，其中一个非常重要的方面，便是其“介入性”的严重薄弱。一方面，批评伦理危机重重；另一方面，“专家批评”积弊多多。它们都使得文学批评丧失了应有的“介入”冲动与“介入”能力。

所谓批评伦理，主要就是指批评家与作家和诗人之间的伦理关系。健康正常的批评伦理，应该是在文学标准的基础上，以批评家的独立自主、保有尊严的文学批评与批评对象进行自由平等的对话。但是目前中国的文学批评离此境界显然还有很大的距离。批评家在从事批评时往往会将主要精力放在对作家作品“优点”或“意义”的挖掘、揭示甚至放大上，很多平庸之作，都被披上“皇帝的新装”，被拔高为“重大突破”或“里程碑”来竭力吹捧，而对那些真正存在的相当重要甚至是致命的问题，却往往视而不见，刻意回避，少有人揭穿。这在表面上虽然建立了批评家和作家之间其乐融融的甜蜜关系，但在实质上，作家对批评家的工作并不会产生发自内心的尊敬，最多只会是致以“谢意”——这是因为，批评家的肯定毕竟会赋予他诸如“文学史地位”之类的象征资本，也很实惠地增加了其作品的版税和码洋。这也就是一些经常“捣乱”、揭穿那些“皇帝新装”的“顽童”批评不受欢迎的重要原因。但我以为，当下中国的文学批评正需要少一些老谋深算的城府，多一些天真直率的“顽童”，以他们“不谙世故”的单纯和他们的正直品格与文学良知重新建立健康正常的批评伦理，在直击那些根本性问题的同时，有力地介入文学现场。只有如此，中国文学的真正进步才有可能。

在当下中国的批评领域中，那些在文学史的脉络中以一定的学术规范和学科标准解读文本、辨析潮流，并对作家的创作进行学理性研究的“专家批评”占据了很大份额。兴起于20世纪90年代初期的“专家批评”是当时的批评家们试图通过对自己的“学者”身份和“学理性”的强调摆脱意识形态纠缠的重要策略，有着突出的反抗或逃逸体制的内在企图，是一种“去体制化”的、具有相当重要的历史文化意义的批评实践。但是随着历史语境的变化以及“专家批评”的偏至性发展，这样的意义已近于消失。近些年来，随着我国大学教育的蓬勃发展以及相应的一套学术评价体系的建立，“专家批评”近乎反讽地“再体制化”，重新置身于新的体制之中。为了适应体制的“量化”要求，“专家批评”炮制了大量的“以量取胜”的学术垃圾。很多“专家”龟缩于学院，局限于所谓“学术”视野，根本不去关心、也没有能力提出和“介入”时代与文学真正重大的问题，枉担了知识分子的虚名。

正是本着对批评现状的以上认识，我才越发觉得“介入的批评”难能可贵。实际上，它正是我的批评理想！于我而言，虽不能至，心向往之！

同期声（2008年第1期）：

当代中国的“新左翼文学” ◎何言宏

我们如何能抵达现场——何言宏文学批评的一个侧面 ◎汪 政

何言宏印象 ◎晓 华

牛学智

1973年生，宁夏西吉县人，现供职于宁夏社科院，任文化研究所副所长、副研究员，系中国作协会员，中国文艺评论家协会会员，银川市作协副主席。主要从事中国当代文学及其理论批评，在《文学评论》《文艺理论研究》《南方文坛》《当代作家评论》《小说评论》《文艺争鸣》《文艺评论》等核心理论批评刊物发表学术论文80余篇150余万字，著有《寻找批评的灵魂》《世纪之交的文学思考》（系2007年“21世纪文学之星丛书”）《当代批评的众神肖像》《当代批评的本土话语审视》《文化现代性批评视野》等理论著作。主持国家及省部级课题3项，作品被人大复印资料转载多篇，参编《宁夏诗歌史》等著作多部。被评为宁夏宣传部“四个一批”人才，曾获中国文联文艺评论三等奖、《文学报》优秀论文奖、宁夏社科优秀成果一等奖等。

一个可以当作主体论的问题

牛学智

惶恐地走上文学批评之路，冷暖自知。但近年来意识里最深惧的是，我到底该怎样言说文学（言说给谁听是另一回事）？

近年来对文学创作不足的批评包括对批评自身欠缺的反思，已经构成了某种显而易见的文学声音。但就是在那些很可能改变文学走向的批评话语中，就一定能说它们的价值观、审美观深关了当代中国的历史处境、现实处境吗？

古远清在他的某部文学批评史中，把陈思和、王晓明等人20世纪80年代由文学批评收缩到高校文学教育和文学史研究的选择，机趣地称为“大逃亡”。现在一大批有成就的青年批评家又像当年的“大逃亡”一样，基本上也都跑到高校做教授或博导去了。再加之某些有名的文学理论刊物，也赫然声言刊物就是要办成“学院派”。批评主体大量流向高校或专门的研究机构造成的一个后果是，他们仍然名义上关注文学的现实品格和当下的人文环境，可是他们念念不忘的这些东西还是原先那个底色吗？读他们的批评文字，一个直觉是，他们并不了解他们所关心的“现实”。高校或专门的研究机构有丰厚的理论资源，但不一定提供现成的生命体验。我在一篇小文中表达过类似的意思，认为作家可能有多个“现实”，可是批评家却应该只有一个“现实”，这一个现实就是社会人心、天地良知。生活的镜像可以直接变成作品，批评要说出真相，显然要多一份对生活的透视。批评的征服性既表现在认识生活与作品上，也表现在判断镜像与作品的关联上。没有“全程性”的眼光，没有足够的现实体验，批评的批评性就无从谈起。之所以读众多有精神持见的批评文字，觉得那种观点完全有必要一说再说，但就是不能从心底里征服人，原因大概就在这里。在本质上批评者和创作者一样，鲜活的生命体验都已经被职业化作业抽干了。

不妨举“底层文学”来说，畸形个体、残疾个体、特殊个体中表达出的人性复杂和人性温暖，只能是温暖的内涵之一，而不是全部。如果把“底层”的范围压缩到社会中某些特殊事象上，不只是对文学走投机取巧之路的奖赏，更是对普遍性的社会问题的麻木和漠视。老一辈的秦晖，年轻的如余杰、摩罗等人，文学批评在他们的论著中没占多少比例，然而，我读他们的文学批评文章，的确时时有震撼之感。为什么？不就是他们比专业的文学批评者更了解中国的生存状况和精神现实吗？

我说这些并不是给自己找台阶下。我虽生活在基层，可是我并没有写出像样的批评文字来。努力把自己的问题想明白并竭力做到自己的批评是有话要说，这只是批评之所以成其为批评的条件之一。

同期声（2008年第2期）：

人文精神烛照下的主体性批评——论李建军的文学批评 ◎牛学智

边缘、“现实”与文学中心——关于牛学智的文学批评 ◎王春林

牛学智印象 ◎石舒清

张光芒

1966年生，山东临沂人。现任南京大学中国新文学研究中心教授、博士生导师，担任中心学术刊物《中国现代文学论丛》副主编、中心当代文化思潮研究所所长，兼中国新文学学会理事、江苏省当代文学研究会副会长、南京市文艺评论家协会理事等。出版学术专著有《启蒙论》《混沌的现代性》《道德嬗变与文学转型》《在感性与理性之间》等7部。在《中国社会科学》《文学评论》等刊物发表学术论文150余篇。先后入选教育部“新世纪优秀人才支持计划”、江苏省“青蓝工程”培养计划、省“333工程”中青年科学技术带头人等。曾获首届唐弢青年文学研究奖、江苏省社科优秀成果二等奖、紫金山文学奖、“《当代作家评论》奖”、江苏省首届紫金文艺评论奖等多项。

批评家应该批评什么？——我的批评观

张光芒

批评家就是审美上的批评者和文化上的批判者，他永远与时代息息相通，但又似乎始终游离于时代。

批评家职志所在，必须体现对现实深层需求的回应而不是对文化泡沫的追随。在笔者看来，当下文化表象背后的真实面目有二，即愚昧和偏见。一方面是大范围内的“多元主义”的傲慢，精英话语与大众话语完全向两极而动，格格不入，彼此拒绝，互相嘲讽。主流话语与民间话语、政治话语与私人话语之间完全处于二律背反的怪圈，其间的裂隙愈来愈大。向相反方向疾驰的物质上的强大与精神上的渺小，自由空间的疯长与精神的自我萎缩，日趋剧烈，这表明自由手段的多样化、便利化与自由的异化在同步增长，个体精神的内在分裂日甚一日。另一方面，“文人相轻”在今天尤甚，作家之间互相攻讦，批评家之间彼此指责，有的大腕作家更是声称从来不看批评家的东西。更甚者可以无知者无畏地指点江山，唯我独尊。愚蠢的傲慢和傲慢的愚蠢，正在成为一种习以为常的存在方式，它意味着所谓“后启蒙”时代其实也就是“新型愚昧”的时代。

如果说在这样一个“新型愚昧”横行的时代，作家凭借经验而写作自然有其合理性，那么批评家就不能仅仅依靠经验，还必须有充分的理性高度；如果说作家可以从私生活出发进入文学叙述，那么批评家就不能仅仅局限于个体领域，还有义务营造“公共空间”；如果说作家的写作可以是多向的、多元的，那么批评家的批评则必须有一个基准的方向和价值。当我们说文学批评也应该多元化时，应该指的是不同的批评家可以从不同的方向、不同的立场从事批评，而绝不意味着每一个批评家都可以无标准、无原则、无方向的多元。本雅明之所以探求“救赎的批判”，其意图即在于使一种已经孤立而又神秘莫测的经验归于一种公共的与普遍的经验。

批评家应该有自己统一的思想观点、审美标准与批判立场，他必须面对大众、文坛与自我，进行多层面的人性启蒙和审美启蒙。具体说来，第一，他必须面对整个大众阶层或者市民阶层，包括广大的读者和潜在的受众而发言。第二，批评家还必须有启蒙作家的高度，在理性美学的品味上他必须高于作家。第三，批评家还必须有强烈的“自我批评”与“自我启蒙”的意识。

我理解的批评家与时代的关系应该是这样的：当时代处于思想解放的上升期的时候，他当然要顺应时代；当现代与愚昧充斥于时代主流时，就必须要做超前的、孤独的呐喊者和预言家。而当时代的主潮被西化和全球化的泡沫所鼓荡时，批评家则不妨保守一些，矜持一些，坚定一些。这也正是批评家与文坛的关系。常有批评家谴责继“上帝死了”之后接着是“作家死了”，岂不知，对“作家之死”来说，“批评家死了”尤其难辞其咎。因此，“后启蒙”时代的批评家何为？那就是回到启蒙立场，做一个与文坛对立的启蒙家。梅耶说：“正如中世纪社会通过上帝和魔鬼来建立平衡一样，我们的社会是通过消费及对其揭示来建立平衡的。”也就是说，批评家必须作为消费时尚的对立面对其进行揭示和批判，在文学观念与审美判断上保持自身价值的坚挺，从而使一股股坚挺的个体力量像阿多诺所倡导的那样，汇聚成为“人类面对飞扬跋扈的制度、宗教和其他方面的压力的一种抗议的力量”。

同期声（2008年第3期）：

论中国当代文学的自恋主义思潮　◎张光芒

理论、身份与文学批评——关于批评家张光芒　◎王　尧

无声的归来——关于张光芒，还有我们这代人　◎张　生

熊元义

笔名楚昆。1964年11月生，湖北省仙桃市人。编审、文学博士。《文艺报》理论部主任。中国作协会员，国家社会科学基金艺术学项目评委，中国新文学学会副会长，全国马列文艺论著研究会常务理事，多所大学特聘教授。近20多年来，在哲学、美学、文艺理论、文艺评论等方面发表论文200多篇，先后出版《回到中国悲剧》《拒绝妥协》《中国作家精神寻根》《眩惑与真美》《当代文艺思潮的走向》《中国悲剧引论》《中国特色社会主义文艺理论研究》《文艺批评的理论反思》等著作8部。主持国家社会科学基金一般艺术学项目和重点艺术学项目各一项。已基本完成《中国当代文艺批评发展论》（2014年度国家社会科学基金重点艺术学项目）。

在批评中进行理论的建构

熊元义

自从二十年前发现当时中国文艺理论界执牛耳的刘再复所构造的“人物性格的二重组合原理”哲学基础的缺陷并提出和建构《性格转化论》以来，我始终坚持在文艺批评中进行文艺理论的建构。

在1988年上半年完成《性格转化论》以后，我在文艺批评过程中形成了科学存在观的文艺批评观。当前文艺批评界存在三大文艺批评派别：粗鄙存在观、虚无存在观、科学存在观。这三大文艺批评派别的分歧首先是对人的全面发展的把握不同。粗鄙存在观漠视价值高下的判断，它放弃了对社会进步的追求，放弃了对人的尊严和理想的捍卫。它只承认人的存在，否认了人的发展和超越。这种反对“理想”与“要求”的谬论，不过是满足现状、不求进取的庸人哲学罢了。这种粗鄙存在观认为要求作家人人成为样板，其结果只能消灭大部分作家。在很大程度上，这种粗鄙存在观消解了文学的批判精神。而虚无存在观则高扬了文学的批判精神。但是，这种虚无存在观所高扬的批判精神在否定现实生活中的邪恶势力的同时，也拒绝了现实生活中的正义力量。因此，这种虚无存在观所高扬的批判精神是空洞而抽象的。它从人类的某种完美理想状态出发彻底否认现实的存在，只看到了现实和理想的差距，看不到它们之间的辩证联系，这实质上无异于取消了多样的存在。辩证地批判现实的科学存在观就是在深入地批判虚无存在观和粗鄙存在观的过程中形成的。这种科学存在观既承认人的局限性，又承认人的超越性。它既不是完全认同现实，也不是彻底否定现实，而是要求既要看到理想和现实的差距，又要看到现实正是理想实现的一个阶段。也就是说，我们针对现实提出某种理想，与人们在实现这种理想时达到了什么程度是两回事。我们绝不能因为人们没有完全达到这种要求，就全盘否定他们的努力。这种科学存在观所肯定的文艺的批判精神是与建构精神辩证统一的，因为文学的批判精神是作家的主观批判和历史的客观批判的有机结合，是批判的武器和武器的批判的有机统一，是扬弃，而不是彻底的否定。作家的批判必须和现实生活自身的批判是统一的，否则，作家的批判就是“用头立地”。也就是说，文学的这种批判是内在的，不是外在的；是在肯定变革历史的真正的物质力量的同时否定阻碍历史发展的邪恶势力；是站在人民群众的立场上，不是站在人类的某个绝对完美的状态上。这种文学的批判精神与建构精神不是对立的。

20世纪90年代以来，中国知识分子包括作家从20世纪80年代的思想分歧逐渐发展到社会分化。这种社会分化是当前中国社会分化的一个部分。当前有些中国知识分子包括作家不但发生了社会背叛，而且发生了精神背叛。而当前有些中国知识分子在精神上的退却和背叛，实际上是他们社会背叛的结果。而这种社会背叛又是当前中国社会发生历史演变的产物。我们提倡中国作家直面现实，感受基层，超越局限，精神寻根，坚决反对有些作家远离基层，浮在上面，迎合需要，精神背叛。

同期声（2008年第4期）：

文艺与未来的真正的人 ◎熊元义

“血性批评”的崛起与崛起的“血性批评家”——熊元义文艺理论与批评阅读手记 ◎余三定 何 轩

盈耳笙歌期大雅——《中国悲剧引论》及其他 ◎郑欣淼

杨庆祥

1980年生。文学博士，中国人民大学文学院副教授，中国现代文学馆首批客座研究员。主要从事中国当代文学批评与研究。出版著作《“重写”的限度——重写文学史的想象与实践》《分裂的想象》《现场的角力》等。曾获《南方文坛》优秀论文奖两次（2007、2013），中国年度青年批评家奖（2011），第十届“华语文学传媒大奖”年度新人提名（2011），第十届上海文学奖理论奖（2013），第三届“唐弢青年文学研究奖”（2014），北京市第十三届哲学社会科学优秀成果奖（2014）。同时从事诗歌写作。出版有诗集《在边缘上行走》（1998）、《虚语》（2013）。曾获《诗歌月刊》全国探索诗大赛一等奖（2001），《人民文学》首届诗歌奖年度新锐奖（2014）。

作为“去魅”的文学批评

杨庆祥

韦伯曾经认为现代就是一个不断“去魅”的时代。但现在看来，他的这种判断也是有局限性的，现代生产“神话”和“偶像”的能力一点都不比前现代差。就以中国现当代文学为例吧，如果说“文革”中的“八个样板戏”、浩然是“神话”，那么，20世纪80年代建构起来的沈从文、张爱玲，90年代建构起来的路遥、海子还有“先锋文学”等不也是“神话”和“偶像”吗？奇怪的是，“八个样板戏”和浩然可以被推下神坛，而80年代以来生产的这些“偶像”却不能受到反思和质疑。理由似乎很简单，“样板戏”和浩然是“文革”的产物，既然“文革”是“错误的”，那么，“样板戏”、浩然当然也是“错误的”。而张爱玲、“先锋文学”等是“新时期”意识形态的产物，“新时期”无限“正确”，这些人当然动都不能动。

这其中关涉80年代以来形成的意识形态和学术体制，其背后有复杂的文化权力和文化资本的运作，这里不拟展开。只是需要指出，如果存在一种所谓“理想”的批评或者研究状态的话，这种不断“赋魅”的批评和研究是让人不满意的，其背后隐藏着的是一种历史的健忘症以及对当代严重的不自信。这种健忘和不自信越是严重，文学批评就越是热衷于制造“标杆”和“偶像”，就越是需要不断更新“文学英雄”的谱系来支撑门面和自我安慰。我觉得这都不是优秀批评应该持有的态度和原则。很多批评家喜欢争论当下文学和当下批评是“好”还是“不好”，喜欢“排座次，吃果果”。我觉得奇怪的是，为什么首先要作出“好”还是“不好”这种价值上的判断呢？为什么我们不能静下心来面对我们复杂的历史过程呢？不管这历史是严峻的还是轻飘的，不管这个时代的文学是一流还是二流的，我想，它首先是真实存在的，文学的历史一直在延续、生成和发展。我们更应该做的工作不是去进行简单的道德裁定和价值臧否，而是去理解它们，而理解的前提，就是要耐心认真地去分析我们所面对的“对象”，平等地与作品、作家以及他们代表的美学进行对话交流，而不是一味地“认可”，匍匐在所谓文学经典和文学圣徒、大师的座下，正如布迪厄所言：“人有权假设存在某种不可认识的东西，但他不应该为研究划定界限。”（布迪厄：《艺术的法则》）

“去魅”的文学批评要求我们暂时搁置个人的主观偏见和道德诉求，力求客观、冷静、严肃，在剖析对象的同时也不断反思自我。唯其如此，批评才能始终保持其独有的、纯正的审美原则和深刻的历史洞察力。以“同情理解”的态度去“厘清”作家作品与我们的时代、社会之间的复杂纠缠，在“呈现”“打开”“建构”有意义的“问题”和“话题”的同时，作出恰当的判断和选择。

2008年7月8日

同期声（2008年第5期）：

《新星》与“体制内”改革叙事——兼及对“改革文学”的反思　◎杨庆祥

“80后”的文学史研究　◎程光炜

“历史化”的“八十年代文学研究”——杨庆祥及其文学批评　◎黄　平

十周年校庆纪念

金 理

复旦大学文学博士，历史学博士后，现任教于复旦大学中文系，兼任中国现代文学馆客座研究员。著有《从兰社到〈现代〉：以施蛰存、戴望舒、杜衡与刘呐鸥为核心的社团研究》《历史中诞生：1980年代以来中国当代小说中的青年构形》《青春梦与文学记忆》《同时代的见证》等。获“第一届全国青年作家、批评家主题峰会”推选的“2012年度青年批评家”。获上海2014年度“社科新人”。入选“上海青年文艺家培养计划”。获《南方文坛》《当代作家评论》年度优秀论文奖。

“新鲜的第一眼”与“生命的具体性”

金 理

文学批评在今天的尴尬，原因之一来自这个时代中阅读惰性的空前膨胀。这样的惰性要求文学批评提供判断（即福柯所谓“下判决的那种批评”），越直截越好。很多读者对“现实”的认识与理解，往往被惯性与惰性的阅读期待所腐蚀，人们急于在诗歌与小说中辨认出自己所熟悉的种种“现实”的符号和象征，而不顾及广袤的生活世界本身以及作者特异的发现与感悟。由此导致的情形往往有两种：其一，一旦自己的理解与作品的呈现有所差异，一旦那些符号、象征消失了，就不由分说地责难文学太“远离现实”，他从来不反思这一现实是否是未经格式化的现实。其二，他往往会将作品的内容、表达塞进自己那个由阅读的惰性所制造的容器中，所有的文学叙事都能够被迅速地消费、转化、提炼为这个容器中的模式。他不会虚位以待地去欣赏、接受那独特的文学发现，只能为我所用地满足自己单调的胃口。这两种情况看似背向——文学对于他而言，一是太不能理解，一是太迅速地被理解——实质都是一样的，都陷足于那个僵化的惰性而无法自拔。在这样的时代中，我更愿意保持一颗虚空灵动的心，以这样的心去承接、感悟文学作品复杂的审美肌理，兴许能更加体贴入微、更富创造性。

这颗“心”在20世纪初鲁迅的笔下被描述为“厥心纯白”“白心”（其反面则是“精神窒塞”的“伪士”，参见《破恶声论》），两个概念都来自《庄子》，结合鲁迅的语境可以理解为：“纯白”“白心”是为了鼓励执着于内心的真实状态并真率地加以表达，摆脱僵化的说教制约或貌似强势的“众数”的意见。这不仅是强调声发自心，鲁迅更是在张扬“白心”中涵蓄的自由畅达的想象力，以及原初性与创造性交相激荡的精神能力。由此看来，这一概念当是中西思想资源会通的产物。比如儒释道三家都讨论的“初心”，李贽揭举的

"童心说"，袁枚《随园诗话》中标示诗人的"赤子之心"。倘若转向西方，首先想到的是尼采，他认为哲学家须有"初次（有创始性地）看察事物"的特性，"他不让种种观念、意见、书籍插在自己与事物之间，他的天性未受俗见的污染，他永远保留着看事物的新鲜的第一眼"（尼采：《作为教育家的叔本华》）。批评家同样应该具备以"新鲜的第一眼"看待事物的能力。当然尼采还说过，没有赤裸裸的现实，只有不断被解释的现实。现实一旦进入人的视野，就不可避免地落入纷纭的"观念、意见"的网络之中，它们还会按照各自的权力关系结成相对稳定的"解释的循环"，永葆"新鲜的第一眼"何其困难，没有人可以宣称自己是从"白板"开始面对生活、世界的。倡导"新鲜的第一眼"是说，我们至少可以尽量拒绝陈词滥调和僵化的文学教养灌输的符号，从文学的"名教"中逃离，重新置身于"陌生"的文学作品中，置身于新鲜的具体事物中。文学批评应该是创造的、个体的、直接的，在时间中开放、流动，目击本源，"语语都在目前"。

批评的意义并不寄生于创作，更非"食腐肉"，它与创作并肩，共同面对生机勃发的大千世界，"如共同追求一个理想的伴侣"。这个说法来自陈世骧先生对夏济安文学批评特质的理解："他真是同感地走入作者的境界以内，深爱着作者的主题和用意，如共同追求一个理想的伴侣，为他计划如何是更好的途程，如何更丰足完美的达到目的。……他在这里不是在评论某一个人的作品，而是客观论列一般的现象，但是话尽管说得犀利俏皮，却决没有置身事外的风凉意，而处处是在关心的负责。"

文学批评是我个人的生命和文学发生关系的一种方式。它关涉"生命的具体性"，"今天和当下的事业以及我对自己周围人的关系，是与我生命的具体性，与生命的永恒本质相联系的……我就必须完成切近的具体事业，因为生命的永恒因素就是表现在这些具体事业之中"（弗兰克：《精神事业与世俗事业》）。所谓"生命的具体性"，在我的理解，是不将"个人"凝固成一个自外于现实世界、一尘不染的封闭"自我"，而是置身于纷繁复杂的现实（哪怕它们是平庸、烦琐的）中，通过"完成切近的具体事业"来沟通、担负个人在现实世界的责任，而文学批评正是这样一种"具体事业"。这个时候，批评（好的文学同然）应该化成批评者的血肉存在，甚至是一种生命机能，"布乎四体，形乎动静”，见证其在岁月流转中的生命履历，表达批评者浑然的存在体验，个人对现实社会和宇宙全体的直面与担当。

我只是一个年轻人，涉足文学批评的时间很短，希望年岁老去翻看旧日习作时，能在其中发现生命途程中步步走来的行迹、心迹……

同期声（2008年第6期）：

文学“实感”论——以鲁迅、胡风提供的经验为例 ◎金 理

观文者披文以人情——关于金理及当代文学批评的一些杂感 ◎周立民

一个年轻学人和一个讨论问题的例子 ◎张新颖

2009年

批评的“泥土” ◎李云雷

“以人的声音说话” ◎张 莉

做一个快乐的阅读者 ◎周立民

批评是对另一种生活的思念 ◎申霞艳

呼唤“纯棉”的诗歌批评 ◎霍俊明

迎向“灵光”消逝的年代 ◎梁 鸿

李云雷

张 莉

周立民

申霞艳

霍俊明

梁 鸿

李云雷

1976年生，山东冠县人。2005年毕业于北京大学中文系，获博士学位。现为中国艺术研究院马克思主义文艺理论研究所副所长、《文艺理论与批评》副主编、当代文艺批评中心主任、中国现代文学馆特聘研究员等。主要研究中国现当代文学史、当代文学批评与当代文化研究。曾在《文学评论》《南方文坛》《人民日报》《光明日报》等报刊发表文学评论与学术论文上百篇，论文多次被《新华文摘》和人大复印资料全文转载，部分文章被译为英文、韩文。著有评论集《如何讲述中国的故事》《重申"新文学"的理想》《新世纪底层文学与中国故事》。曾获2008年"年度青年批评家奖""十月文学奖"、《南方文坛》年度优秀论文奖等。

批评的“泥土”

李云雷

我曾跟一个朋友说起，我以前的批评只是一些“读后感”。现在想想，“读后感”应该是批评的第一步，首先要“读”，读后有“感”才能有写作的动力与想法，如果不读或没有感受，则不过是无的放矢。但仅有“读后感”也是不够的，这应该只是一个出发点，还要以自己的理论视野、人生经验、社会关怀与之相互“切磋”，形成自己的总体性看法，包括对作品的看法，也包括对这个世界的看法。在这个过程中，既要尊重作品的独立性与完整性，也要尊重自己既有的人生观与世界观，使二者在矛盾与张力中形成一种“对话”，所谓“入乎其内，出乎其外”，既要进得去，充分理解其内在逻辑，又要出得来，从一种更宏大的视野进行观察与思考，这虽然很难，却似乎是一个值得努力的方向。

我从事批评这几年，始终坚持一种“底层”的立场和“中国”的立场，同时在艺术视野上力求能够更加丰富、宽广。底层相对于精英，中国相对于“西方”，新时期以来，“纯文学”与西方文学崇拜占据了中国文艺界的主流，在这种风气下，在新世纪如何建构底层文学与中国文学的“主体性”成了我的问题核心，从这一问题出发，我关注20世纪中国文学史、左翼文艺思想及其中国化的过程，以及当下最新的文艺创作，力图以此为基点，发展出一种新型的批评方式。

在《未有天才之前》中，鲁迅先生认为，只有更多的人甘愿做泥土，才能培养出“天才”。我想在今天，只有更多的批评家愿意做“泥土”，愿意做些扎扎实实的工作，才能重建批评的公信力，才能使我们的文学迎来一个新的春天。我虽然才疏学浅，但也愿意努力去做一块“泥土”，为将来的“文艺复兴”尽自己一份微薄的力量。

同期声（2009年第1期）：

如何阐释中国与中国文学　◎李云雷

新世纪的新青年——李云雷和他的文学批评　◎孟繁华

李云雷这个人　◎曹文轩

张 莉

1971年生，河北保定人，学者，批评家。2000—2007年先后就读于清华大学中文系、北京师范大学文学院，获文学硕士、文学博士学位。曾在南开大学中国语言文学博士后流动站工作。现为天津师范大学文学院副教授、硕士生导师，中国现代文学馆特聘研究员。著有《浮出历史地表之前：中国现代女性写作的发生》《魅力所在：中国当代文学片论》《姐妹镜像：21世纪以来的女性写作与女性文化》。曾获第三届唐弢青年文学研究奖，2014年度华语最佳散文奖，三度获得《南方文坛》优秀论文奖（2009、2011、2012）。

“以人的声音说话”

张 莉

我深信文学依赖智慧和创造的光芒。我知道文学批评有一个高度。例如巴赫金。作为批评家，巴赫金并未远离文学，但是，他的工作却照亮了文学以外的世界，甚至改变了我们感受世界的方法。思想体系源出于文学，但又照亮文学，这是伟大批评家的境界。

伟大批评家们须仰视才见，但优秀批评家可以成为方向。在我心目中，优秀批评家首先是“普通读者”，他（她）有情怀，面对社会的人间情怀，面对作品的文学情怀。他（她）的批评文字不是冷冰冰的铁板一块，它有温度、有情感、有个性、有发现。优秀的批评家是文学的知音，是作品的知音，是作家的知音。他（她）忠直无欺，可以热烈赞美一部作品的优长，也能坦率讨论一部作品的缺憾，他们懂得与作家、与作品“将心比心”。

自20世纪90年代以来，当代文学批评形成了新模式：批评者借用某种理论去解读作品——西方理论成了很多批评家解读作品的“拐杖”，甚至是“权杖”。另一种模式是，批评家把文本当作“社会材料”去分析，不关心作品本身的文学性，不注重自己作为读者的感受力。我不反对文学领域的学术研究，也不反对研究者对理论的学习与化用。我反对教条主义。这使阐释文学作品的工作变成阐释“社会材料”的工作，进而这种隐蔽的教条主义形成了可怕的从社会意义出发阐发作品的阅读/批评习惯——一部作品是否具有可讨论的“文学性”，是否真的打动了你完全被人忽略。

囿于理论与材料的批评文字只有理论的气息、材料的气息，而没有文学的气息、人的气息，它们是僵死的。但是，批评家是人，不是理论机器。人的情感和人的感受性是重要的，在批评领域，在占有理论资源的基础上，人的主体性应该受到重视。文学批评不能只满足于给予读者新的信息、重新表述前人的思想，它还应该反映作者的脑力素质，应该具有对文本进行探密的勇气与潜能。

文学是庞大、富饶、令人沉迷的宝藏，人类生命因为有了它而变得更为丰盈和有光泽。于我而言，阅读是那么美好而快乐的事情，它是含英咀华的艺术享受。那么，批评文字本身也该是艺术品，好的批评文字须“随物赋形”，须生动细腻，须缜密严谨，须写得美——好的批评具有迷人的共性，“正如一切伟大著作一样，它带着鲜明的个人印迹；它以人的声音说话”（桑塔格语）。

虽不能至，心向往之。

2009年1月4日

同期声（2009年第2期）：

两个“福贵”的文学启示——以赵树理《福贵》和余华《活着》为视点 ◎张　莉

有体温的文学批评　◎梁　鸿

2008，突然而至的张莉　◎毕飞宇

周立民

1973年出生于辽宁省庄河县。复旦大学中国现当代文学专业博士。2007年进入上海市作家协会工作，现为巴金故居常务副馆长、巴金研究会常务副会长。出版有巴金研究专著和传记《另一个巴金》《巴金手册》《巴金评传》《巴金〈随想录〉论稿》《似水流年说巴金》等；文学评论集《精神探索与文学叙述》《世俗生活与精神超越》《人间万物与精神碎片》等；散文、学术随笔集《翻阅时光》《五味子》《简边絮语》《槐香入梦》《文人》《甘棠之华》等；编有各类文献资料多种。

做一个快乐的阅读者

周立民

我不知道，在别林斯基的时代，批评是否有发现真理的使命，但我知道，在今天，没有一个批评家敢于或者愿意把这顶大帽子戴在自己的头顶上。于是，我看到批评在学院化之后，又迅速传媒化；于是，我们终于迎来了文学批评声名狼藉的时代。那么，除了自怨自艾、愤世嫉俗之外，在这个时代，从事文学批评还有什么价值和意义？这个问题可以有各种各样的答案，于我而言，只是为了一份热爱——对于阅读的热爱；如果还有一点雄心的话，那是期望以自己的文字唤起更多人对文学、人生及一切令生命温暖的事物、情感的热爱。我知道现实远比这份炽热的爱冷酷，但哪怕是生造出来的梦想，我也要坚定这份爱。

因为沉醉于阅读，才会有一些批评文字的产生，不必讳言，它们都是我的读后感。没有阅读，不会写它们；阅读没有感想，也不会写它们。我无法为批评而批评，更不想让它们冒充某种学术，那样当然会抬高我的“身价”，却辱没了这些文字应有的温度和对阅读的自由之爱。因此，做一个快乐的阅读者比什么都重要，让这样的阅读成为生命的一部分并丰富着生命，而不是让生命在“学术”中不断枯萎。正因为这样，我认为体味生活、咀嚼生命比阐说学理、玩弄名词更重要，一个对生活毫无感觉的批评家，再系统的学理也让他带到死胡同，再精彩的作品也不过是他的例证——而好的批评家要能够让作品在他的阐发中楚楚动人地站立在人们面前!

在一本书的后记中，我曾经写过这样的话，大约可以说明我的某种想法：

从本质上讲，我只是一个爱好者、业余作者。我很喜欢这种业余的状态，它是凭爱好、兴趣而来的一种自得其乐，而不是去完成任务和谋求什么。所以，我一直反对所谓专业化的读书。我常常私下里想，如果那样，岂不是连本应有的一点点读书的乐趣也自我剥夺了？现在的都市生活已经够乏味了，可不要再去自讨没趣给负重累累的人生背上几座大山了。业余作者还有一条好处，那就是心里没有什么负担，用不着去“装”样子，也可以不守业内规矩；看到才高八斗、学富五车的可以五体投地，虽不能至，心向往之；看到那咋咋呼呼贩卖仁义的也可以嗤之以鼻。并非高明，旁观者清而已。当然，我最看重的是这种悠悠的业余心态和一股出于热爱的热情，当代学术日益体制化之后，它的从业者越来越缺少对于本专业的热情，读书作文都成为某种量化指标，说句不恭敬的话，长此以往，既没有“学”也不会有“问”了，有的不过是一群做戏的虚无党在高谈阔论而已。前几天，偶读钱钟书先生的《论文人》，其中说：“至于一般文人，老实说，对于文学并不爱好，并无擅长。他们弄文学，仿佛旧小说里的良家女子做娼妓，据说是出于不甚得已，无可奈何。”接下来，钱先生“要而言之”：“我们应当毁灭文学而奖励文人——奖励他们不做文人，不搞文学。”话说得损了一点，但仿佛就是指着我们这个时代一些人的鼻子说的。

既然这样，还是做一个本分的阅读者，去享受阅读的快乐吧，至少可以免去很多“不甚得已”的事情……

2009年2月18日晚于沪上竹笑居

同期声（2009年第3期）：

小说家的世界有多大——关于当代文学的读书札记　◎周立民

以心求心——我对周立民人与文的理解　◎金　理

关于周立民　◎孙　郁

申霞艳

1974年生，湖南衡阳人。1992—1999年就读于中山大学，获文学硕士学位；2007年获中山大学文学博士学位。曾任《花城》杂志编辑、副编审，现任教于广东外语外贸大学中文学院，教授。长期致力于20世纪中国文学研究及当代文学批评，在《文艺研究》《南方文坛》等CSSCI来源刊物发表论文30多篇，多篇被《新华文摘》《中国现代、当代文学研究》等选刊选本转载。曾获中国文联文艺评论奖、广东省鲁迅文学奖等奖项。

批评是对另一种生活的思念

申霞艳

说来真是要让人笑话的，我的文学批评源自我的审稿意见。

就像罗伯特·弗罗斯特的那条“未选之路”一样，每个人由不同的道路接近自己的命运。2002年，我调到《花城》杂志工作，那张桌上已经堆积了几大摞自由来稿，我一坐下，稿件就没过我的头顶。编辑身份所带来的阅读训练就像高中数学那种题海战术，疲惫而有效。要学习的第一件事情就是写审稿意见，为他人着想的习惯使我追求简洁清晰。当然，更自然的，我本来就是个朴素的人，一个将感情和事情混为一谈和盘托出的人。也是因为这份工作提供的方便和必须，我大量阅读了其他刊物，目的是为了能够在茫茫文字中嗅出合适我们刊物的气味。从事批评只是顺道捎带的事情，是强化阅读的附产物。

熟悉文学史的人都知道很多作家曾从事过编辑工作，徐志摩对沈从文、叶圣陶对丁玲、巴金对曹禺的发现至今传为美谈，如果我搬出我的职业恰好以编辑的眼光抬高了自己，这并非我的初衷，我的意思是自己受惠于这个职业。这个职业使我的一只眼睛瞄着当下，也使我对文学的生产、传播和消费过程保持清醒；同时，我身边有一些胸怀高远、眼光独到、不随流俗的理想主义者，他们的默默行动激励着我。

我只是一个在文学流水线上伏案的女职工，我目睹了一批又一批文字的命运，此起彼伏。尽管我们处在一个过度出版的时代，然而较那些有幸的铅字更多的却是未能积聚力量破土而出的种子，它们长眠在大地的宽广中，成为沉默的大多数。我时常面对那些字纸唏嘘。如今，价值和使用价值日益脱节，叙事的生产方式发生了剧变，它甚至也在反作用于文学叙事本身。正是文学价值的混乱和光怪陆离的文学现状促使我思考批评的自觉。时代的强大和个人的微小不时地袭击我，我只期望在批评中保持些许的文学现场，挽留在日常生活中被快速和粗糙削弱的情感部分。

如果说我有什么长处，那不过是来自湖南人的直率与一位女性天然的文学感觉。对纯粹的倾心、对真实的想往以及对道德底线的坚持，大概可算作女性的性别优势，也是从这个意义上，西美尔赞美女人离上帝更近。

窗外，冬日温暖而短暂的阳光不断提醒我生命的珍贵，我们来到这个世界的目的不是为了阅读垃圾也不是为了增添垃圾，“己所不欲，毋施于人”。我的道德自发地要求我做一个环保主义者，所以，文本外部我反对过度出版，文本内部我反对过度叙事，文学批评我反对过度阐释。

我永远分不清事情和感情的界线在哪里，在一个概念专制的时代，我越发依赖感觉，就像梦依赖身体。批评引我走向远方，走拢抽象，靠近另一种生活。专业知识、学术术语总要“大江东去”，而潜藏在我们内心的感觉却与身体同在，她是无形的泄密者，是体面的叛徒。写作之夜，感觉随风潜入，使我们面红耳赤、心惊肉跳或是默然无语……尽管我也随大溜混学位，到高校，经院化必将惘惘地威胁我，但是内心依然向往安徒生童话中那个说真话的孩子，羡慕童言、童真和童心，这不过是批评的底线，就像牛奶不能加三聚氰胺一样。然而，今天，我们每个行当都到了需要重申底线的时候，我写下这些多余的话。

文学批评的理论汗牛充栋，我最心仪的是伍尔夫的《普通读者》，尤其赞同她对于“普通读者”的理解——“我很高兴能与普通读者产生共鸣，因为在所有那些高雅微妙、学究教条之后，一切诗人的荣誉最终要由未受文学偏见腐蚀的读者的常识来决定。”诗歌早已内定了我们的情感疆域，没有人可以例外。普通读者不仅决定了作家的寿命，而且决定了作品的真实程度。

阅读内在地区分人群，建构“想象的共同体”，因为人是这个世界上唯一的会追寻意义的动物。诺贝尔文学奖得主莫里亚克曾经说过：“看一个人读什么，可以了解一个人，而要想真正理解一个人，则要看他重读什么。”文学作品不像其他商品，它不能够通过批发或批示到达作者假想的故乡。书商可以通过炒作使作为商品的书的形式到达读者手中，却没办法使那些花哨的文字统治读者的心。在没有与读者相遇之前，任何伟大的著作都只是“白头宫女”。文学只能凭神秘的缘分去邂逅那些喜爱它的心灵，文学的生命靠了这些孤独的知音去挽留、发现、激活、升华、流转、传承……

千百年来，我们不约而同地以“床前明月光”启蒙我们的后代自有道理，这不需要博士学位来佐证。

同期声（2009年第4期）：

消费社会，为大地歌唱的人——石舒清论 ◎申霞艳

申霞艳：来自阅读前线的批评家 ◎张 柠

思念另一种生活 ◎林 岗

霍俊明

河北丰润人，任职于中国作家协会创研部。中国现代文学馆首届客座研究员，首都师范大学中国诗歌研究中心兼职研究员，台湾屏东教育大学国文系客座教授。著有《尴尬的一代：中国70后先锋诗歌》《变动、修辞与想象：当代新诗史写作问题研究》《无能的右手》《新世纪诗歌精神考察》《从“广场”到“地方”》等。著有诗集《一个人的和声》《批评家的诗》。主编《诗坛的引渡者》《中国百年新诗大典》《青春诗会三十年诗选》《中国诗歌精选》等。曾获“诗探索”理论与批评奖、首届扬子江诗学奖、《南方文坛》年度论文奖、第九届“滇池”文学奖、《星星》年度最佳批评家、《诗选刊》年度诗评家、“后天”双年评论奖、首届“金色德令哈·全国海子青年诗歌奖”、首届刘章诗歌奖（评论奖）等。

呼唤“纯棉”的诗歌批评

霍俊明

在科技图腾的纵欲主义的肉感快餐店，饕餮视觉盛宴的赤裸吧台，诗人和诗歌批评所遭受的谩骂之声不绝于耳。在科技理性和工具理性疯长的经济时代的深渊中，诗歌批评的黑色末日是否已经在不幸而又不可避免地到来？在我看来，中国20世纪90年代后期以来的诗歌批评已经在工业化乌托邦的幻觉与狂欢的失重中踩空了踏板，大量的批评者充当了喜欢造势的诗人圈子的利益同盟者和权力分享者。我们看到了那么多肤泛、时髦而又受到追捧的时评家，也看到了沉溺和迷失于纵横交错的历史迷宫并丧失了与现场对话的学院派。而更为可怕的在于中国的诗歌批评生态在不断的恶性循环而又不自知的境遇下制造了大量的面对诗坛和文学史无力的失语者，中国已经进入了一个妄谈诗歌美学的暧昧强夺的时代。换言之，更多的诗歌批评所扮演的角色是从古今中外的各种名目纷繁的诗学概念出发圈定自己的领地，再加之中国诗坛的圈子和山头的江湖气的排队占座的习气，诗歌批评在更多的时候成了个某种利益的美学借口。面对着同样的一个诗人和一首诗作，不同的批评者却会产生大相径庭的阅读和阐释。正是这种妄谈诗歌美学的集体症状使得诗歌批评已经失去了公信力，加之20世纪90年代以来个人化和叙事性美学的极度张扬和大众媒介的迅猛繁殖，诗歌批评成了愈发可疑的行为。中国当下的诗歌批评场阈几乎关闭了所有的出口和来路，只留下一条充满迷津的小径。后工业时代浮躁而又糜烂的气息充斥了文坛，更多的诗歌批评面带锈色，逐渐失去活力和有效性。我们看到那么多批评者“与时俱进”地加入到娱乐时代的“笑声”和合唱中去。

基于此，我呼唤“纯棉”的诗歌批评。在我看来，“纯棉”的诗歌批评首先就是祛除伪饰、肤泛，刮除工业时代的铁锈，呈现一种自然的、有效的、活力的、原创的批评空间。“纯棉”的诗歌批评需要一种深入灵魂、探询历史、叩问现场、磨砺语言、直面生存的勇气，进行批评家与诗人、诗歌、时代和历史的直取诗歌核心的“肉贴肉”的对话、摩擦和诘问。“纯棉”的诗歌批评唤醒的是我们已经渐渐荒芜的原初的诗歌记忆和批评话语的良知，这种话语方式与任何宏大话语、集团意识、道德神话、阶级符咒、题材圭臬无关，她所寻求的是一种伟大而持久的求真意志和个人化的历史想象力。“纯棉”的诗歌批评需要维护的就是批评者的独立身份和知识分子立场，然而可悲的是一百年来批评者的身份一直都显得格外可疑。在政治年代，这些面孔充当的是义正言辞的旗手和号角；在拨乱反正的年代，这些面孔又扮演着道德审判者和历史的受害者；而在后工业时代，这些面孔又沦落为欲望和金钱的风尘，成了官僚诗人、商人诗人的抬轿者和令人肉麻的吹鼓手。由上我们可以清醒而清晰地看到我所强调的“纯棉”的诗歌批评是多么的重要，希望那些在暧昧的时代下午茶和集体休眠的躺椅上磕睡的诗歌批评者，那些在题材道德幻觉的刺激下、在“中产阶级写作”和“底层写作”的泥淖中撕咬的诗歌批评者洗净双手和灵魂，从工商业的铁锈中抽身出来，从事干净的“纯棉”的批评，重拾知识分子的自由情怀、独立立场和社会担当。无限加速的疯狂行进的时代生活和诗歌生态，需要的是一脚刹车！

2009年5月18日夜

同期声（2009年第5期）：

海子“重塑”及当代汉语诗歌的生态问题 ◎霍俊明

霍俊明和他的诗歌批评 ◎陈 超

作为诗人评论的外围和内部 ◎江 非

梁 鸿

1973年出生，文学博士，美国杜克大学（Duke University）访问学者，中国青年政治学院中文系教授。著有非虚构文学作品《出梁庄记》《中国在梁庄》、学术著作《黄花苔与皂角树——中原五作家论》《外省笔记：20世纪河南文学》、学术对话集《巫婆的红筷子——作家与文学博士对话录》等。曾在《南方文坛》《当代作家评论》等核心学术期刊发表论文40余篇，数篇论文被《中国社会科学文摘》、人大复印资料转载。曾获《南方文坛》《当代作家评论》年度优秀论文奖。获第十一届华语文学传媒大奖“年度散文家”，首届青年作家、批评家主题峰会“年度作家”，《南方人物周刊》2013年度“中国娇子青年领袖”。《中国在梁庄》获“2010年度《人民文学》奖”，新浪、《亚洲周刊》《新京报》2010年度十大好书，“2010年度非虚构类十大好书”，“第二届朱自清散文奖”等；《出梁庄记》获 “2013年度中国好书”“首届非虚构大奖·文学奖”“新浪网、凤凰网年度十大好书”等。

迎向“灵光”消逝的年代

梁 鸿

在很长一段时间里，我对自己所从事的职业，对阅读文学、文学研究充满了厌倦和怀疑，我无法控制自己的厌倦，一切都找不到精神的支撑点，找不到意义所在。作为一个虔诚的文学青年，我对文学、写作的热爱从来没有改变过，但长久以来，它又几乎成为我厌倦的源泉。

2008年，利用寒暑假的时间，我在老家村庄住了将近三个月，我把这一行动作为自我心灵的救赎。漫游在大地，一切都千疮百孔，但又生机勃勃，我似乎有些明白我的厌倦与怀疑从何而来。这是一个怎样的时代？传统与现代，荒凉与生机，失望与希望，以前所未有的矛盾方式纠结在一起。只有深入到它的肌理，体会它身体血液的缓慢流动，你才意识到这一矛盾有多深。精神的犹疑是这个时代病症的外现。

文学批评遭遇了什么样的困境？时代没有了核心精神，一切在“多元化”的名义下变得似是而非，并且被赋予了合理性，这也意味着没有什么东西更值得叙说。对于文学而言，充满“灵光”（本雅明语）的文学正在消逝，这一“灵光”不仅仅指文学中乡愁、大地、天空及与之相关的神韵的丧失，也指我们的心灵在逐渐丧失对这一“风景”的感受力与理解力。如何迎向“灵光”消逝的年代，是我们这个时代文学的大课题。

我羡慕那些有坚定立场的批评者，我无法做到，因为在我有限的知识结构中，我很难找到支撑它的完全理由，我无法把自己完全交付出去，我总是怀疑这样一种交付，也痛苦于自己立场的不确定。但我又希望能够在这“不确定”之间寻找到新的道路，能够在文学与社会学、政治学、人类学之间建立一种跨学科的联系，把文学置于更大的语境，重新发掘文学作为人文学科的尊严和“介入”公共空间的可能性；同时，又避免被“立场”和“知识”所遮蔽，试图以相对独立的视野穿透文本，寻找它作为文学的精神特质，及其与时代精神、文化思潮和政治倾向之间的复杂关联，最终发出自己的声音。

但是，“发声”并不意味着某种真理式的肯定或否定。文学的立场并不只有一种，文学批评的立场也并不只有一种。它们通往许多个方向。用一种文学观念来衡量所有的文学作品是批评的“暴力学”，当然，用无数相对的观念来评价不同的作品，也是一种“伪批评”。对于我而言，我愿意，或者，只能做一个文学的体味者与历史的质疑者。文学批评并非只是阐释，它有文体，以论者思想为骨架，它有体温，以论者灵魂为血肉，对生命存在、民族生活与人类命运的痛楚及大热爱是它的基本体征。藉此，才能在文学的个体秘密与公共性之间寻找到某种通道。

或许，正是那不断涌来的厌倦，那充满谦卑的痛苦与犹疑，还有那仍然在原野中默默屹立的故乡，促使我不断思考，去迎向这“灵光”消逝的年代。

同期声（2009年第6期）：

对“常识”的必要反对——当代文学“历史意识”的匮乏与美学误区 ◎梁 鸿

理性与“灵光”——简谈梁鸿的文学批评 ◎张清华

认识梁鸿 ◎程光炜

2010年

何 平

毛 尖

李遇春

张柱林

李凤亮

冉隆中

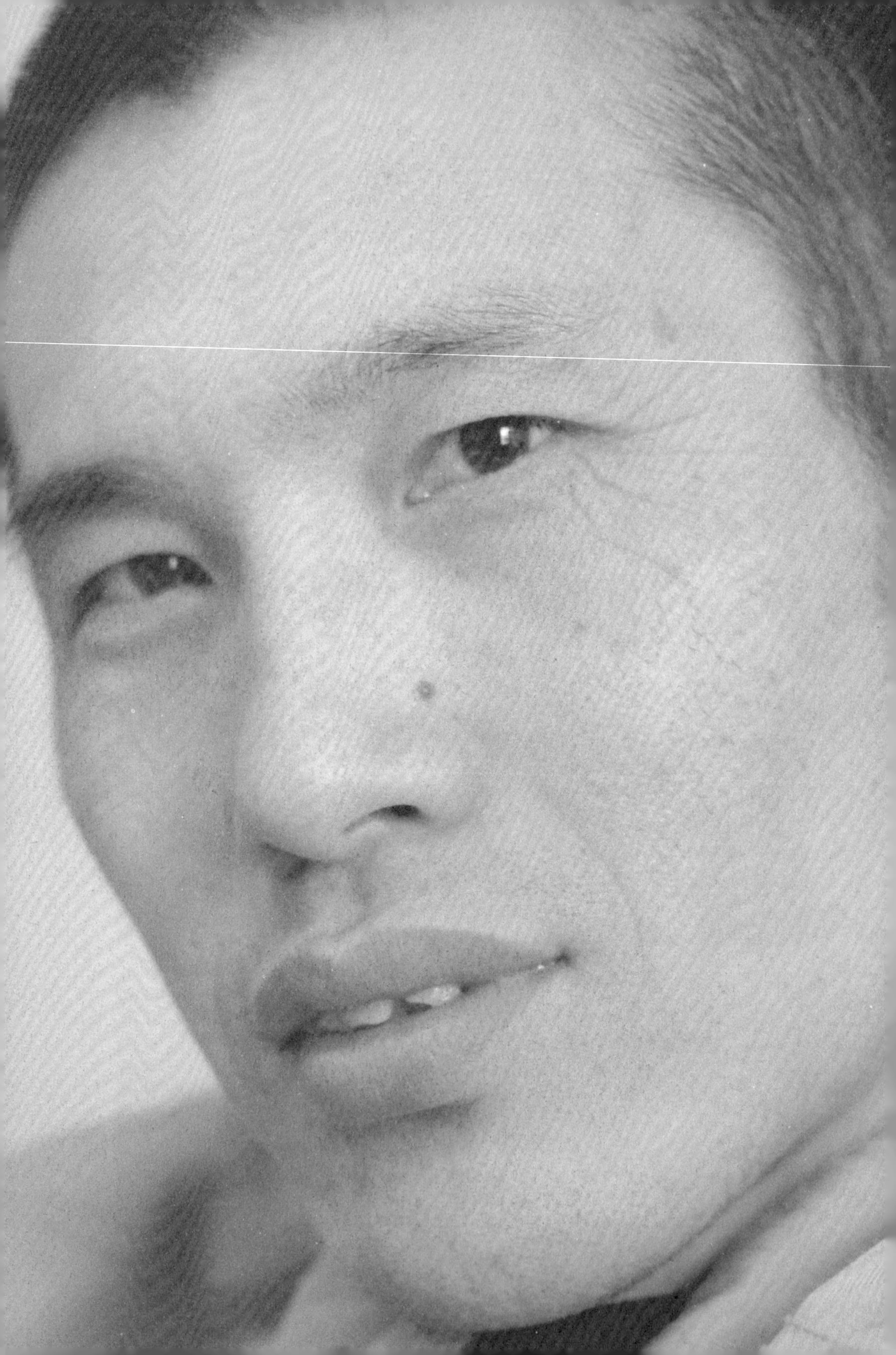

何 平

1968年生，江苏海安人，南京师范大学文学院教授。从事中国现当代文学研究和当代文化批评。曾在《文学评论》《南方文坛》《当代作家评论》《中国现代文学研究丛刊》《文艺争鸣》《小说评论》《鲁迅研究月刊》《人文杂志》《钟山》《上海文学》等刊物上发表论文60余篇，其中近20篇论文被人大复印资料、《中国社会科学文摘》《新华文摘》转载和转摘；著有《解放阅读》《中国现代小说还乡母题研究》《散文说》等；主持国家、教育部、江苏省课题6项；获江苏省优秀博士论文、江苏省紫金山文学奖、《当代作家评论》年度论文奖等。

批评的自我批评

何 平

有小说家说：“中国的小说评论家是一群苍蝇。”（李师江）更早的时候，同样是一个小说家说：“当代文学评论并不存在。有的只是一伙面目猥琐的食腐肉者。”（韩东）我相信，大多数文学批评从业者面对这些鄙薄文学批评的言论肯定心怀沮丧。批评和创作“强烈的敌意”不是一开始就是如此。远的不说，新时期开始的20世纪80年代那真是一个创作和批评耳鬓厮磨的蜜月期。余生也晚，没有咸与革命，但从前辈往事中还是能隐见盛景的。按下这个不说，另外一个不容忽视的事实是，我们的文学批评并没有因此后继乏人。而且随着大学文学研究生的强劲增长，文学批评从业队伍泡沫式的膨胀至少在一个时期内不会改变。但谁都知道人数的倍增并不意味着文学批评的中兴。就我个人而言，我的文学批评生涯起于批评式微的不幸时代。而且在我短暂的十数年的文学批评从业经历中，我也曾经真切地怀疑过我所做工作的意义，如果我所做的工作只是类似密室隐修的自我修炼。事实上，绝大多数文学批评从业者也只满足于自说自话，文学批评的阐释和自我生长能力越来越萎缩。而这恰恰是令人担忧的。在大众传媒如此发达的今天，文学批评并没有去开创辽阔的言说公共空间。相反，文学批评式微的一个直接后果就是，文学批评越来越甘心龟缩在学院的一亩三分小地，以至于当下中国整个文学批评越来越接近于繁琐、无趣、自我封闭的知识生产。因此，现在该到了文学批评自我批评、质疑自身存在意义的时候了。

首先，要追问的是，“谁”在批评？批评从语源上来自希腊文krinein（判断）和kritikos（能批评的人）。能否作“判断”，能否做“能批评的人”，是对每一个批评从业者的基本考验。“谁”在批评，出乎其外是文体、修辞、语体等等，入乎其内则是批评者的独立精神立场和文学观，及批评站在什么位置发出自己的声音。观察当下的文学批评，是“谁”在批评，是“谁”发出的声音，越来越不清晰。千人一腔，我们感觉不到文学批评从业者独立的文学观，感觉不到他们的体温和心温。在这里，我们甚至不害怕批评者的偏见和异见。一定意义上，最可怕的不是偏见和异见峰起，而可能是唯存共识。因此，理想的文学批评生态是不同精神立场和文学观的并起和交锋。

其次，是为什么要进行文学批评？文学批评仅仅是作为人文学科的“非常精确的智识劳动分工”（萨义德），作为谋生手段之一种而存在吗？即便从“智识劳动分工”角度所赋予文学批评的文学史、文学理论、媒体批评的职责，我们的文学批评也不能算称职。而且，除此之外，文学批评应该将自己的触角延伸到更为广阔的社会，介入到现实中间。

再次，就是怎样进行文学批评？文学批评从业者必须意识到的是在当下中国生活并且进行文学批评实践。无论怎么说，在当下中国，文学批评从业者仍然是文学教育、作品遴选和推介以及文学传统积累等文学活动的重要组成部分。文学批评从业者只有通过广泛的批评活动才有可能重新确立自己在世界中的位置，建立起文学批评的公信力，同时重新塑造文学批评自己的形象。

同期声（2010年第1期）：

“个”文学时代的再个人化问题　◎何　平

80年代的批评气质——漫说何平与他的文学评论　◎汪　政

何平侧记　◎王　尧

毛 尖

浙江宁波人。上海华东师范大学外语系学士，中文系硕士，香港科技大学人文学部博士，现为华东师范大学教授。研究涉及20世纪中国文学和电影，世界电影和英美文学。著有《非常罪，非常美：毛尖电影笔记》《当世界向右的时候》《慢慢微笑》《没有你不行，有你也不行》《乱来》《这些年》《例外》《有一只老虎在浴室》《一直不松手》《永远和三秒半》《我们不懂电影》等，译有《上海摩登：一种新都市文化在中国1930—1945》。

批评，或者说，所有的文学任务

毛 尖

我开始写，用朋友们的话说，那些乱七八糟的文章时，心里感觉是玩票。看了一部电影，随手写个影评，看到一件坏事，随时发点意见，就像小时候作文。很多年，我一直以为，将来我是要写小说的，我要写我们这一代的青春之歌，我们这一代的怕和爱。甚至，内心深处，我有些看不上做批评，觉得那不是和生活短兵相接，是二传手的位置。

但我现在完全不这样想了，甚至，我认为，就像我们有过盛唐诗歌，宋词元曲，眼下，正是批评的时代。互联网无远弗届的今天，“批评”告别传统学院派的模式样态，从自身的僵局中至死一跃，不仅可以有金庸的读者量，还能创造艾略特所说的经典，所以，如果要说批评观，我会坚持用写作的方式从事批评。

我说写作的方式，不主要指文章修辞，当然，这是很重要的一面，但更重要的是，在今天做文学批评也好，文化批评也好，都必须和当年站在广场里大声念诗的人那样，问题和语言都应该来自内心的痛楚、来自对生活修正或赞美的渴望。世界有多大，批评就走多远。所以，本质上讲，在今天，批评将承担起历史上所有的文学任务，它不是宣言，它是我们这一代的责任，要说灿烂，会很灿烂，要说艰辛，会很艰辛。

也是在这个意义上，我最钦佩汪晖老师当年编《读书》的努力，钦佩我的导师王晓明转向文化研究的决心。在这个时代，批评不再是代表知识群体发言，批评作为人民的声音寻找它自己的广场，藉此，批评告别沙龙酒会，告别西装领带，批评成为生活，生活解释批评。这样说，好像有去知识化的倾向，暗地里也掩护了自己的无能，不过，作为一个跟着周围的朋友走上批评道路的新手，我得很坦诚地说，作为信仰的批评如果要通过知识来吸引民众，那走不远，相反，像我这样头脑简单的人也能凭着热情投入批评，恰是因为这个领域的生产力方式是社会主义式的，辩证地普及，辩证地提高。而我自己，则通过这种批评，和我当年的梦想汇合，或者，就事论事地说，通过批评，我实现写作的梦想。

而我希望，当我从初级阶段起步的时候，能够通过不断的学习，不断地把最有力量的自己召唤出来。十几年前，看了几千部电影就自以为能写影评，后来被我周围的朋友批评为腐朽，当年我完全不以为然，觉得自己才是懂电影的人。这几年，看了我们自己的五六七十年代的很多电影，终于发现以前有多么简单，就像茨维塔耶娃说“我的青春，就像一件粗活”，我现在也这么看当年的自己。不过，我想，所有这些步骤，说是成长也好，说是写作也好，都得我自己去慢慢经历、慢慢改变，这样，当我今天去做研究，中国电影研究也好，世界电影研究也好，都会是无一例外地回答同一个纠缠自己的问题：我们自己的中国的电影。

人生过去一半，批评却刚刚起步，碰到能用强大的理论描述生存困境的师兄师妹，我心里总是满怀敬佩，不过，我也不着急，因为对我来说，批评是文学任务，是所有的文学任务，那么，有人写诗，有人就可以写歌词。

同期声（2010年第2期）：

《大路》变窄：费里尼和新现实　◎毛　尖

从“情爱”到“爱情”——毛尖的美学意义　◎罗　萌

毛尖与“毛选”　◎罗　岗

李遇春

1972年生，湖北新洲人。现任华中师范大学文学院教授、博士生导师，中国新文学学会副会长兼秘书长，《新文学评论》执行主编。入选2009年度教育部新世纪优秀人才支持计划。主要从事中国现当代文学（含旧体诗词）研究。迄今为止，已在《文学评论》《南方文坛》等报刊杂志发表文章200余篇。著有《权力·主体·话语——20世纪40—70年代中国文学研究》《中国当代旧体诗词论稿》《西部作家精神档案》《走向实证的文学批评》等，主编《中国文学编年史（当代卷）》、《中国新文学批评文库》（十卷本）、《现代中国诗词经典》（两卷本）等。主持国家级和省部级社科项目五项。研究成果五获教育部、湖北省和武汉市政府奖，另多次荣获中国文联、湖北省文联、湖北省作协等颁发的学术奖励。

从阐释到实证

李遇春

老实说，我不喜欢“批评家”这个名号，因为它散发出一种吹毛求疵、咄咄逼人的气息；我也不大喜欢“评论家”这个雅号，因为它容易让人联想到跟在大作家背后亦步亦趋的小人物。这样说似乎有点酸葡萄的味道。因为像我这样的人，其实还不够格被称为“批评家”，我的评论向来不够“生猛”，缺乏所谓冲击力，我也从未引领过什么批评界的风骚，也就是说，我其实还在“批评家”的门槛之外。

虽然是“槛外人”，但我得承认，几年前我就对文学批评萌生了倦意。大约从2004年起，我开始涉足中国现当代旧体诗词研究领域。从此，一手写小说评论，一手研究旧诗词。五年前的这次转向，于我是一次自觉而艰难的选择。我不得不把大量的时间和精力用来钻故纸堆，孜孜于类似“整理国故”的工作，而相应地疏淡了对文学时潮的追逐。以至于在课间或课后，每每有学生向我请教关于网络文学或者“少年作家”的问题时，我常常感到惶悚不安。为此，这些年来我不得不在“新文学”与“旧诗词”之间奔忙，有时候觉得自己仿佛分裂成了两半：一半在现实中，一半在历史里。套用一句时髦的俗语，这叫“痛并快乐着”。遇上有年长的先生夸我写的旧诗论文还算老到，与我的俗世形象大相径庭的时候，我的内心就充满了隐秘的快乐，那是一种类似作案后一时没有被人发现的窃喜。

如果问我研究旧诗词对研究新文学有什么助益，我必须说，它让我真正意识到了学术研究中实证方法的重要性。我终于明白，为什么自己在从事当代文学评论仅仅几年后就萌生了倦意，那是因为我厌倦了那种流行的阐释型批评。当年读硕士时很是迷恋过一阵精神分析批评和神话原型批评，后来读博期间又痴迷于福柯的权力话语学说，从现代到后现代的各派西潮理论，曾经牢牢地占据了我的心灵。再后来又流行波德里亚，流行桑塔格，流行安德森的想象共同体……可惜这时我已经失去了当初追逐新潮的激情。虽然长了一张学生说仿佛不会老的娃娃脸，但我的心态已然苍老。我仿佛看透了批评家的各式知识游戏，信仰启蒙主义的批评家执着地大谈特谈诸如“民主”“自由”“人性”“个性”之类的宏大概念，坚守存在论的批评家总是乐于到文本中去勘探“存在”“荒诞”“绝望”“虚无”等所谓生命的真相，还有无法穷尽的后现代理论中各种时髦的关键词，批评家们常以此为文学批评法典，做着无止无休的演绎性的文学阐释游戏。这大约就是我们批评的现状或曰症状。我自己时常也不能免俗。一提笔写评论，我就不由自主地返回那个早已异化的思维范式，仿佛不这样我就不会言说了。倘若偶尔能写出一篇摆脱了这种腔调的文字，那就谢天谢地了。

近人梁启超在《清代学术概论》中认为，清代朴学的“轻主观而重客观，贱演绎而尊归纳”的学术精神是“治学之正轨”。这对我们时下搞文学批评的人来说是很好的借鉴。当下的文学批评过于时尚化，过于主观化了，往往离开了作品和作家的创作实际，沦为了批评家的自言自语。一套理论话语到处可以套用，全不顾作品和作家的个性所在，这实在是异化了的文学批评。我并非拒绝阐释，但我推崇在实证基础上的阐释。真正的文学阐释应该从文本的形式，如叙述和结构等方面去寻找“形式的意识形态”。

这不，我终于还是跌回了理论的魔障。狐狸尾巴又露出来了。

同期声（2010年第3期）：

符号的行旅——中国当代文学中土地话语演变的一个历史轮廓　◎李遇春

历史的探源与祛魅——论李遇春的文学批评　◎周新民

独立来自哪里——李遇春和他的当代文学探索　◎刘醒龙

张柱林

1966年生，曾就读于武汉大学、上海大学等校，文学博士，现为广西民族大学文学院教授。在国内报刊发表论文、散文随笔及小说、杂文等作品多篇。著有《一体化时代的文学想象》《小说的边界：东西论》等著作。曾获得《南方文坛》年度优秀论文奖、广西文艺创作“铜鼓奖”、广西文艺评论奖等奖项。

文学花园和外面的世界

张柱林

和大多数在20世纪80年代接受文学教育的人一样，我长期相信，文学或者说文学文本，是一个自足的世界，就好比一个大花园，里面长着小说、诗歌、散文、戏剧等各式各样的艺术植物和花朵，批评家的任务，浅的层次，是分析各种花朵是如何组成的；往深的方面说，是指出花朵之所以吸引人的奥秘。于是在评论文字中，就充满了结构、审美、心灵、反讽等等元素，一句话，文学被完全当成形式的艺术。相应地，组成文学作品的材料就是想象力和各种符号、隐喻、象征，有时也会提到作家的经验、社会现实和时代思潮，但都是作为点缀。想象力不仅是催化剂和酵母，也是作品的本源，文学鲜艳之花是在人的心灵沃土上开放的。

这个花园当然是美好的，因为非常纯粹。飘荡在花园里的全是花香，满眼姹紫嫣红，看不到尘埃飞舞，闻不到肥料的腐臭，这是多么令人陶醉啊，陶醉得大家闭上了眼睛。不过这个理想的境界，与20世纪80年代的乐观主义一起，很快被现实打碎了，文学的花园也随之呈现衰颓的景象。当然，文学批评却在另一块园地里繁荣起来，那就是大学的中文系及其相关机构。为了适应学术"大跃进"的需要，大学内批量生产了大量学院论文，多数是自我繁殖，常常与文学花园的景象没有直接的联系。

其实，批评家的工作常常令人讨厌。有些话写作者并不想明确表示，故意沉默、省略、遮掩，批评家非要用大白话将其转述出来，顿时使其失去隽永含蓄侧面烘托之美，让读者少了一份遐思追索怀想的快乐。批评家像一个侦探，把文本里的各种蛛丝马迹甚至漏洞指出来，揭露真相、隐情，因此成了两面不讨好的工作：作者嫌批评家暴露了他的秘密，读者也怪批评家多嘴，因提前把结局说了，阅读的兴致必然大减。有时候，人们看到一朵花，觉得很美或很香就行了，不一定要人告诉他，这花之所以美是因为它的形状和色彩，其香味来自某种分子或细胞。如果指出，人闻到花香是因为距离正好，如果凑近了，其实很臭，岂不大煞风景？更有甚者，说花乃是植物的生殖器官，那就得承担扼杀美好想象力的罪名了，当然，认为生殖器官美好者另作他论。这就像一位物理学家说的，世界越显得可以理解，就越显得没有意义。

话说回来，总有一天，一个再迟钝的人也会认识到，花园的美绝不在于花园本身，没有外面世界的对比，也就不存在花园，遑论花园之美了。更重要的是，花园永远和外面的世界紧紧联系在一起：花园再肥沃，养料也会消耗，必须得时时从外面的世界采来新土，还有，从围墙外汲取源头活水。否则，花园维持得再好，也会营养枯竭，花朵枯萎凋零。一个批评家，即使不能更新文学花园的土壤，也应该清楚，文学花园的外界更加广大，如果说不是更美的话。文学之花生长在心灵沃土上，但心灵生长在现实大地上。

好几次，有人问我，你写的究竟是文学还是社会学？我不知如何精确分辨两者。我也不知道如果他们今天看到我的回答，是不是满意。我只能说，文学确实不是社会学，但文学根植于社会现实中。文学赋予现实以一定的形式，就像花朵、枝叶、根茎等给了纤维素、叶绿素以形式一样，这样说，也就意味着这种赋形的过程是一个生长的过程，不是将僵死的形式强加到鲜活的体验上。反过来，若没有纤维素、叶绿素等，也就没有所谓植物了。一般的欣赏者只要感觉到花朵的美就行了，而一个植物学家当然必须知道花朵的成分，也要知道它是怎样长出来的。但这还不够，理想的批评家就像本雅明说的炼金术士，他将一堆素材炼成真理的金丹，并且洞悉火焰产生的奥秘。

同期声（2010年第4期）：

精神升降的辩证法——从阿Q到福贵的“中国人”想象　◎张柱林

穿行于文学与现实之间——简论张柱林的文学批评　◎徐志伟

柱林印象　◎王晓明

李凤亮

1971年生，教授。先后执教于江苏师范大学、暨南大学、中山大学和美国南加州大学，现任深圳大学副校长、文化产业研究院院长、文化部国家文化创新研究中心主任。为国家社科基金重大项目首席专家、教育部艺术学理论类专业教学指导委员会委员、教育部“新世纪优秀人才”、霍英东教育基金会高校青年教师奖获得者。兼任中国世界华文文学学会副会长、海峡两岸文化创意产业高校研究联盟副理事长、中国外国文论与比较诗学研究会副会长、中国文艺理论学会副秘书长、中国中外文艺理论学会常务理事等。专业领域为文艺理论、文化创意产业和城市文化研究。独立主持国家社科基金项目3项，出版著作12部，发表论文近100篇、文化艺术评论200余篇。

学理·才情·问题意识

李凤亮

想起有点联系却有点矛盾的这三个词，尝试着说说。

先说学理吧。大学上文学概论课，老师第一句话便引述“理论是灰色的”，吓了我们好久。后来读到不少对批评家的蔑视，总想起大学老师那句话。贝克特在《等待戈多》里借弗拉季米尔和爱斯特拉冈的对骂，来嘲弄批评家。他们互骂对方是窝囊废、寄生虫、丑八怪、鸦片鬼、阴沟里的耗子、牧师、白痴，但爱斯特拉冈的最后一击是“批评家”，弗拉季米尔只好落败。剧作家将批评家调侃成最可恶的一种人，堪称作家与批评家对立的极致。

批评为何令人讨厌？是形式的武器遮抹了作家的才智，还是理论的征引让人觉得无聊？抑或像很多作家所鄙夷的，批评只能寄生在作品的躯体上，靠文学的营养苟延残喘？事实上，一个世纪以来各种形式主义批评的努力，总让人有一种“为批评正名”的动机。而在蒂博代那里，三种批评界线清晰，职业化批评却总是稍逊创造作品的大师们的批评，让人对包括今天“学院派批评”在内的各种职业批评的前景感到泄气。

批评的科学化或学科化为何未能助长批评的自信？一个显见的事实是：专业化的批评掉进了术语的樊篱中不可自拔，作为“人”的作者、读者甚至编者均不可见。一个缺少术语或注释的批评篇什，往往被学术杂志的编辑弃而不顾。扼杀批评生机的，有时正是产生批评的那个学术机制，这种吊诡耐人寻味。

所以，我常常憧憬批评中“人”的存在，憧憬宗白华式的美学散步，或李泽厚思辨文字中的感悟和体温。即使是在韦勒克、巴赫金、弗莱这些大批评家那里，我们依然能够感受到理性思考下的“独立人本”。

所以，批评有一个将“自我”摄入的秘径。理论不是棍子，不是工具，它更应像一束光，照亮作者或读者们看得见或看不见的幽径。因为理论本来就后生于作品，这比先有鸡还是先有蛋好判断得多。

但我分明又看到另一种正在生长的危险：一种不讲学理的骂式批评，金刚怒目，正义凛然，却少了些许“同情的理解”。我更愿意赞同那种“严肃的善意”，就事论事，也知人论世，不怒挥棍棒，不拳脚相加，不专找名家大腕开涮挣点击率，有理说理，无理认错。具有此种才情与个性的人，吾愿引为知音。

或许有人说：研究，以学理胜；批评，以才情长。其实，学理与才情，并非楚河汉界；就像研究与批评，何尝泾渭分明？维系其间的，似乎只有一条，就是“问题意识”。我亲耳听到过的最好的解释，就是刘禾那句话：什么是理论？就是问题意识。

问题其实无处不在，需要的是发现问题的眼睛，敢于言说的勇气。我们的教育不告诉孩子发现问题、怀疑权威，老问问题的学生被认为是“有问题”的。前不久收到旅居澳州的批评家黄惟群先生一封电邮，里面直指中国文学界的积弊与时弊、问题与隐忧。我给他的回复是：看了您的这篇评论，真得说，很过瘾，很开窍。国内有过一些说真话的人，但至多说到半截就止，或者说了自己也不做，不像您这样，把话说透，直抵人心深处。多少年没见过您这样说话的了，很好。我也正应《南方文坛》之约写些“我的批评观”之类的话，老实说，看了您的文字，我很受启发，却也更难下笔了。

确实很难。我很奇怪，为何换了环境，就能讲出真话；为何尊为大师，才可以直陈一切？我曾在纽约夏志清先生寓所跟他作了一次访谈，现场一些话大胆得吓人，夏先生校阅时删掉了一些，也留下了一些，后来要发在《花城》上，我取了他的一句话做标题——“要有勇气说出自己的看法”。想想刚去世的吴冠中对中国艺术界的那几条批评意见，搞批评的我们真的感到汗颜。

拉拉杂杂写下这些，不知是否对题。忽然想起来，学理也好，才情也罢，或者问题意识，其实最关乎的，就是文学和人生的——常识。

同期声（2010年第5期）：

走向跨地域的“中国现代诗学”——海外华人批评家的启示　◎李凤亮

现代视野中的文化整合与批评——关于李凤亮的文学批评　◎洪治纲

凤凰亮翅　◎谢　宏

冉隆中

昆明文学艺术研究院院长，昆明文艺评论家协会主席，昆明作家协会副主席，昆明市文联副主席，云南省文艺评论家协会副主席，云南作协理事，中国作协会员，文学创作一级作家，教授。主要作品有《红土高原的回声》《转了一圈又回来》《文本内外》《底层文学真相报告》《重九重九》等12部著作，主编《昆明的眼睛》《昆明读城记》《昭通文学三十年》《七彩云南儿童文学精品书系》等著作，主编《西南学刊》，主持《云南文艺评论》《艺术云南》等杂志相关栏目。2010年，《文本内外》获云南省政府文学奖一等奖；2013年，《底层文学真相报告》获云南省政府文学奖一等奖；2014年，《重九重九》获云南省精品文艺图书奖。

田野调查式的批评写作

冉隆中

底层、底层文学、底层作家、底层视野……如今已经成为文坛使用频率很高的几个关键词。近年来，我以云南为半径的文学调查工作也基本在这几个词语里打转。作为一个文学批评写作者，做好书斋里的阅读和研究，其实就是本分了。在某些评论家放弃文本细读，忙于飞行集会的当下，能够坚持真实阅读之后的发言和写作，就成了这个时代评论家堪称可贵的品质。我对诚实的批评家心生敬意的同时，却主动选择了另外的批评路径——坚持文学调查，获取一手资料，再做阅读分析，然后开始写作。这样的方式显然是不合时宜并且困难重重的：慢而且笨，成本高而收效微。但我既然选择了田野调查式的写作方式，我就必须做一个身体和心灵同时抵达现场的批评写作者。因此对我来说，仅待在书斋做一个安静的阅读写作者就不够了。我必须“走出彼得堡”。行走就成了我经常要做的另一种功课。

我坚持自主选择调查对象，而且被调查者大多是文坛底层、民间、基本不出名的写作者。这就意味着我必须为自己的调查全程买单。这样做的好处也显而易见——我可以保持自己调查写作相对的独立性，而不必顾及包括被调查者在内的任何需求。这样的独立写作，有时候就会特别的吃力不讨好——不仅是管理部门，也包括一些被调查的作家或社团。比如有一位作家，曾经对我的调查写作抱有很大期望。在接受调查时，他翻检出所有能够找得到的荣誉证书、译介作品、评论文章，以此来证明自己所取得的文学成就。电子邮件、信函、电话，那段时间的联系也好不热闹。但是当他看到我所写成并发表的调查文章后，却从此再无消息。我想，原因大概在于，我的调查写作，离他的期望值实在太遥远了。

调查写作更大的困难还是来自调查写作设计本身——文学批评的写作可以

借助田野调查手段来实现吗？调查意味着批评者与被调查者的近距离接触，而被调查者又身处底层，那么，这样的调查写作还能够保持必要的理性和高度吗？其实我自己知道，无论是调查者还是被调查者，都不可以依凭任何道德制高点在文学创作和批评的竞技场上取胜。相反，由于底层写作者的艰难、弱势，他们天然地会比较容易唤起同情、感动和赞美，而让人忽略了对其所处幽暗位置的烛照，以及对其文学坚持的真实动机、作用、意义感的深入探询。

记得不久前，一个处于话语中心的评论家，当他风尘仆仆来到云南时，我们以云南省旧主席的私家温泉来款待他，为他接风洗尘。他在一池细滑温润的泉水中，与我“坦诚相见”——你为什么总关心云南那些太地方性的很小的文学话题呢？我当然知道他对我的善意。他是真心希望我投入精力，参与到那些“全国性”的文学话题中去，以引起注意和重视，从而参与到主流文坛中去。但是我的看法跟他有些不一样。我的意思是，我现在就是只关心这些发生在具体时间、具体地方、具体人身上的小问题。然而，这些地方性的文学小问题，难道不正是当下的、全国性的、值得更多人关注的文学大问题吗？

同期声（2010年第6期）：

一个文联的变迁　◎冉隆中

另类的批评文本——论冉隆中及其《底层文学真相报告》　◎黄桂元

鼻孔朝天的人　◎任芙康

2011年

刘复生

马 季

黄 平

刘 春

胡传吉

谭旭东

刘复生

1970年11月生。2004年毕业于北京大学中文系，文学博士。现任海南大学人文传播学院教授，院长。海南省文艺评论家协会主席，海南省作家协会副主席，曾任《天涯》杂志副主编，《新文学评论》杂志编委，享受国务院特殊津贴的专家，海南省“有突出贡献的优秀专家”，海南省“515人才工程”第一层次人选。曾获海南省社会科学优秀成果奖一等奖两次，海南文艺评论奖特别奖，中国当代文学研究会研究成果奖等奖励，曾任第八届“茅盾文学奖”评委，“海南奥林匹克花园长篇小说大奖赛”终评评委。在《文学评论》《南方文坛》《当代作家评论》《文艺争鸣》等学术期刊共发表学术论文130余篇，多篇被《新华文摘》和人大复印资料全文转载。出版专著4部，编著3部。

为了聚会的告别

刘复生

如果从读研究生开始算起，我从事当代文学研究与批评已经有十几年了。但最近几年，我对文学却越来越不关心了。关于文学的书还在读，但似乎越来越提不起精神。对于专业的期刊杂志已很少有耐心认真阅读，虽然会时常浏览一下，但那更像是出于某种职业习惯。自己整日关心更多的倒是历史学、思想史、社会学、哲学、文化研究等学术领域的成果，更感兴趣的批评对象也很少有所谓“纯文学”。不知不觉间，我已经成为当代文学研究领域内一个心不在焉的眺望者。

我已告别了当年对文学的单纯的热爱，有时难以抑制对本专业现状的深深失望，尤其是当参加各类乱轰轰的学术年会时，无聊感会油然而生。当听到或看到某些同行还在重复二十年来几无变化的那一套陈辞滥调时，我都不禁怀着恐惧感自问：我是否在某些方面也和他们相似？当年投身这一专业的激情，以此为志业的冲动，都已如此遥远。是我背叛了当代文学，还是当代文学背叛了我？

时过境迁，当代文学批评正在一步步远离自己的使命，成为一门无足轻重的文化小摆设。所以，如何给当代文学研究与批评注入新的生命和更充实的历史意义，就成为一个从业者的首要问题。而在这个问题解决以前，如把自己的生命贸然托付给它，或坚持从一而终的专业贞洁，未免显得盲目而愚笨。在这个时代，仅仅以热爱文学为借口从事当代文学批评已经远远不够了。

从事这一行的理由不再是自明的。

我当然会珍惜与文学的缘分，我还将从事我所热爱的当代文学批评，虽然我所关心的对象与问题和以前相比已有很大不同。我可能将更多地跨越知识疆界，更关心文学以外的事物。当代的文学批评要不断地突破到自己的外部，只有这样它才能更深刻地回到自身。它只有敢于失去自己才能更高地回到自己。在这个时代，我不再相信一个只关心文学及文学理论的学者可以做一名称职的批评家。

在知识、思想及视野上，我们只有敢于告别文学，才能重新与它相聚。因而，对我来说，这是一种为了聚会的告别：告别只是为了找回当初投身文学研究的朦胧热情所蕴含的真正内容——彼时自我意识中的对文学的热爱，在时代与自我的双重青春季节，只是某种深层精神渴望暂时还没有找到归宿的美学化的语言形式。这种精神渴望是一种将自己的生命赋予意义的冲动，是一个将自我楔入时代、历史深处的顽强要求，一个借阐释世界而使自己的生命得到阐释的解释学过程。而今，当下的主流的当代文学研究已经背叛了这种约定，因而，必须给这一约定注入新的内容，赋予新的形式，只有这样，它才能找到自己最初的真正的实质。我才能找到文学批评家的充实感和生命意义。

同期声（2011年第1期）：

什么是当代文学批评——一个理论论纲　◎刘复生

激活历史经验与学术知识的力量——解读刘复生　◎贺桂梅

刘复生，或“70后”知识分子的探索　◎李云雷

马季

1964年出生，江苏镇江人。文学创作一级作家。曾任《作家》杂志编辑，《金山》杂志主编，《长篇小说选刊》主编助理。现供职于中国作家协会，任中国作家网副主编、全国网络文学重点园地联席会议联络人。中南大学兼职教授。《中国文情报告》编委。中国出版政府奖评委，施耐庵文学奖评委。1985年至今共发表作品500余万字。著有理论评论专著《网络文学透视与备忘》《从传承到重塑》《有限的完美》，诗集《马季诗选》，小说集《我们为什么分手》，随笔集《夏娃的花环》，以及历史文化类专著《消失的王城》《消失的文化遗产》《消失的宝藏》等10余部。专著《读屏时代的写作——网络文学10年史》获中国当代文学研究第十一届优秀成果奖。

见证·思考·立言

马 季

网络文学似乎是文学家族里的UFO，对它的描述甚至在一定程度上丰富了我们的想象力。据我所知，好多人不承认这个文学样式的存在，他们的理由是：文学放在哪里都叫文学，不能因为放在箩筐里就叫箩筐文学，放在网络里就叫网络文学。的确，网络文学至今仍然只是相对于纸媒文学而存在的概念，它的学理独立性尚未被认可。在广义上，它是约定俗成的产物；在狭义上，我们必须承认，新世纪交汇之际，网络上涌现出各种与以往写作存在诸多不同特点的写作。且不说它成就如何，在艺术审美上发生的变化是显而易见的。在没有更准确的界定之前，称之为网络写作，应当是可以被接受的，既然存在网络写作，网络文学也就具有了命名的合法性。说白了，不承认网络文学的存在，并非视而不见，其根本原因还是怀疑它的文学价值。换句话说，网络文学到底是不是文学？抑或是不是文学垃圾？这才是症结所在。

因此，我们真正面对的是如何评价网络文学的问题。在纸媒文学时代，我们一直信奉当下文学必须具备被阅读的可能，但是网络文学打破了这一法则，只要你是人，就不可能完整地阅读网络文学。也就是说，我们只能从某个侧面阅读它，而这个侧面有可能正好是垃圾，也有可能恰恰就是文学。作为网络文学发生、发展的见证者，在我看来，如果网络文学存在问题，那也是中国文学的问题，而不能归咎其他。

世纪之交的中国文学面临诸多难题，与时代节奏脱节，跟不上生活的步伐，在其中尤为突出。在经济、科技持续高速发展二十多年之后，逐渐强盛的中国社会，是多么需要多元文化生态与之相匹配，又是多么渴望更为广博、辽阔的文学想象与之相呼应。文学何为？在焦虑与苦闷，期盼与纷争之际，网络文学的破局，既是时间节点上的偶然，也是历史节点上的必然。信息时代，网络印记强大，文学印记弱小；当网络托起文学，文学将获新生。在将近10年的研究与思考中，我逐渐认识并感受到这一点。

中国自古以来就有民众参与艺术创造的文化传统，民间性是中国文学最重要的标志之一。可以这样说，汉语的特征及其形成和流变的过程，本身就是一部伟大的民间“史诗”。历史上每一位杰出的汉语作家，都是在丰沛的民间文化滋养中成长起来的。新的历史时期，尤其在文化全球化的格局下，民间性必然会随着社会生活的变化而产生新的形态。由于传播方式的革命，网络文学恰好最大值地体现了文学的民间性，作为新时代来临时的一种过渡阶段的写作方式，它的长足发展，将是汉语文学登上世界文学舞台不可或缺的一级阶梯。

为此，我致力于为网络文学立言，心甘情愿做这件有可能吃力而不讨好的事情。实际上，在整个过程中我所获得的启发，已经证明这个选择是有意义的。透过网络文学发出的一丝光亮，我看到了中国文学的希望。

同期声（2011年第2期）：

网络文学边缘性主体解析 ◎马　季

马季：关注网络文学的批评家 ◎贺绍俊

找寻复杂理论下的简单逻辑 ◎杪　椤

黄 平

1981年生于辽宁，先后就读于吉林大学哲学社会学院、文学院，中国人民大学文学院，在程光炜教授指导下获得文学博士学位。2009年7月起，供职于华东师范大学中文系中国现当代文学教研室，现为该系副教授。学术兼职有中国现代文学馆客座研究员、《现代中文学刊》责任编辑、“华语文学传媒大奖”提名评委。著有《大时代与小时代》《“80后”写作与中国梦》《贾平凹小说论稿》等。曾获第四届唐弢文学奖、《当代作家评论》2008年度优秀论文奖、《南方文坛》年度优秀论文奖（2011、2013）、第十四届中国当代文学研究优秀成果奖等。2011年度当选上海市“晨光学者”。

“改革”时代的“文学”

黄 平

在博士论文的后记里，我曾将最后的致谢，献给故乡消失的图书馆。高中三年，我在这座常常只有我一个读者的图书馆里，与狄更斯、雨果、巴尔扎克、托尔斯泰、普希金相遇。回忆起来，有两个场景反复浮现，一个是站在图书馆小得只能伸进去一条胳膊的窗口，紧张地等待着管理员帮我找《大卫·科波菲尔》的下册，自己在不安中清楚地听到了心跳声。另一个场景是高三的某个晚上，一个人骑着自行车回家，在细雨中匆匆地经过一家商场，恍惚的瞬间，看到商场的橱窗下蜷缩在破烂棉大衣里的流浪汉。那一刻我默念起不知道在哪里记下来的陀思妥耶夫斯基的句子，“世界上还有一个人在受苦，他就是我的兄弟”。

回想起来，我是从故乡消失了的图书馆开始，决心以文学为志业的。现在看来，往昔的一切或许带着十几岁的年龄常见的浅薄、夸张、自以为是的使命感，以及天真的英雄主义。但愿这一切以更加坚实的方式沉淀下来了，无论如何，我在获得博士学位、名校教职后，近乎奢侈地有可能基于理想而生活时，对于当年在图书馆门前紧张地徘徊与在细雨中带着愤怒穿行的高中生，也多少有了一份交待。

然而，就像“革命的第二天”不忍追问，往昔文学所赋予的“意义感”，坦率地讲，正变得越来越微弱。如果“文学”仅仅成为体制内的空洞能指，像灰尘般无力且自欺欺人地弥散循环，那么超市比图书馆更能给我安慰，那是生活世俗，然而及物。由此，我一直在寻找一种打通自己的“专业”与“生活”的可能性，这或是矫情地对于戏剧感的迷恋，或是对于狄更斯温暖的雾中伦敦，对于雨果激情的革命巴黎，终究无法忘却。

感谢书房外正在发生的一切，真切地和这个时代——尤其是“上海”——

遭遇，高度戏剧性的甚或充满荒诞色彩的当代生活，激活了大学十年的文学与理论资源，最值得“细读”的巨作，是以后现代式的想象力酷烈展开的当代中国。由此，我将自己现在乃至未来的研究工作，概括为“改革”时代的文学研究，一切文学——从路遥到郭敬明——都是“改革文学”，真正有效的批评，是以文学分析的方式真切阐释“中国故事”。在这个意义上，自己的研究工作，可以说是“新批评”＋“福柯”，以我热爱的“细读”为基础，重新理解当代中国“主体”的治理技术，这套“主体”与“权力”的复杂纠缠，必然在这样或那样的叙述中显影。文学批评的意义感或正基于此，通过“形式分析”抵达“历史分析”，重新建立“文学”与“历史”的关联。身处于“改革”这又一个“大时代”，诚如别林斯基所说的：“没有一个诗人能够由于自身和依赖自身而伟大，他既不依赖自己的痛苦，也不依赖自己的幸福；任何伟大的诗人之所以伟大，是因为他的痛苦和幸福深深植根于社会和历史的土壤中。”

同期声（2011年第3期）：

“大时代”与“小时代”——韩寒、郭敬明与“80后”写作　◎黄　平

这样的年代，批评何为？——致黄平　◎倪文尖

有关黄平　◎程光炜

刘 春

1974年10月生于广西荔浦。著有系列文学史研究随笔评论集《朦胧诗以后》《一个人的诗歌史》（目前该系列已出版了第一、第二、第三部及台湾繁体字版本），随笔集《让时间说话》《或明或暗的关系》，诗集《幸福像花儿开放》等多部。编选有《当代诗人12家》《70后诗歌档案》等多部诗歌选。在《花城》《名作欣赏》《星星》《读库》上开设过文学评论和文学史研究专栏。曾获首届华文青年诗人奖，第四届、第六届广西人民政府“铜鼓奖”，广西青年文学“独秀奖”，北京市文艺评论奖，广西文联文艺评论奖等等。中国作家协会会员，中国诗歌学会理事。现居桂林。

因为爱，所以写

刘 春

很多年前的一个春天，一群朋友买了很多食物，到郊外野炊。当时大家都是春花烂漫的年纪，加上那是谈情说爱的好时光，到达目的地后，大家都顾着双双对对地窃窃私语了。我当时正好单身，加上小时候常帮家里做饭，便产生了试一试的冲动。于是，我很快就架好锅灶，花了两个小时，把菜全部煮熟了。大家一尝，味道还不错。于是后来很长一段时间，只要出去野炊或者到哪位朋友家里聚会，我都会被“任命”为后勤部长兼主厨。也不知道是被表扬的次数多了还是发现自己在这个方面的确有些天赋，最后，就发展到做菜上瘾，常常在周末请朋友到家里聚餐。可以毫不夸张地说，我所在城市的青年诗友，没吃过我做的菜的还真不多。

写了这些，是想告诉人们：我就是这样从“诗人”逐渐过渡为“批评家”的。我1990年开始比较正式地写诗，2000年开始写诗歌评论，在一些刊物编辑和朋友的鼓励下，就一直坚持到了今天。如同前面说的做菜，当时我只是觉得自己可能有写诗歌之外的文字的潜质，并没有“做一个评论家”的野心。直到今天，我写评论文章，基本上是自己觉得有想写的冲动，不会事先通知评论对象，更不会去想被评论者会有什么反应。我也一直没有把自己当作一个批评家，我只想当一个合格的读者。以读者的视角去体察评论对象的得失，可能比端着架子一本正经地“批评”别人，更容易进入作品内部。李敬泽老师说我“可能是中国最好的诗歌读者”，我把这句话当作我从事写作以来最高的褒扬。

“忠于内心，不谄媚，不极端，不哗众取宠；重细节，干细活，做实在事。”是我对写作的要求。我相信，随着年龄的增长，我还会发现一些年轻时领悟不到的道理。我最近在编一本《我最喜欢的诗歌》，收录了一些诗人朋友推荐的百余首中外现代诗。在编辑这本书的过程中，我再一次清晰地认识到：

年轻时只知道对华美语言的倾慕和对警句的捕捉，年长了才明白，每一首优秀的诗篇的背后都站着一个人；每一个句子都是诗人的心智、生活和整个生命的折射。一篇优秀的诗歌评论，除了分析“怎么写”“写什么”，还必须尽可能地以己之心，感知别人之意。把握住字里行间散落的情感指向，才能说是真正读懂了一首诗、一个人。

有人说，越来越多的诗人提起了评论之笔，是出于对专业批评家的不满意。的确有点道理。现在有的文学批评，学理性很强，很专业，但读起来总觉得少了一些什么。那就是温润的、以己度人的情怀。批评家自以为受过专业训练，掌握了一些先进的文艺理论和学术论文写作规范，就能包治文学百病。更可怕的是，某些操作批评文体的学者，内心其实是极其抗拒自己的工作的，文学批评写作对于他们来说，是八小时之内的职业，他们从事这项研究不是因为发自内心的热爱，而仅仅是为了保住每月能按时领取一定的薪水。他们不关心自己置身的领域发生的任何事情，甚至不知道自己的评论对象是男是女。十年前，一个“著名诗歌评论家”到我所在的城市开会，以一种不知道是豪爽还是居高临下的语气对我说：“刘春，把你的诗拿来，我帮你推荐给《诗刊》的耿林莽。”我笑而不答。一个连林莽和耿林莽的区别都没弄清楚的诗歌评论家，你能跟他说什么呢？

优秀的批评家，不仅应该具有较高的鉴赏力和洞察力，对文坛动态有广泛的了解，还应该是作者的诤友。惟其如此，面对一篇作品，他才知道你写的是什么，知道你怎么写、为什么这样写，更重要的是，他能够感知你写这篇作品时的心境和周围的细微响动。他们是主动投入文学批评的行列的，而不是因为各种外界因素的压力而被动承受。这就是“热爱”与“谋饭碗”的区别。

我想做这样的批评家。

同期声（2011年第4期）：

新世纪诗坛的两次重要论争　◎刘　春

境由心生的批评写作——论刘春的诗歌批评　◎刘　波

你在每个夜晚听到了夜莺——关于刘春的印象与观感　◎霍俊明

胡传吉

历史学学士，文学博士，现供职于中山大学中文系。学术兴趣为文艺思想史研究，兼事当代文学/文化批评等。著有《自由主义文学理想的终结（1945.08～1949.10）》《中国小说的情与罪》。

对文字的某种理解

胡传吉

文字庄重，文字妩媚，文字娇俏，文字戏谑……文字有如生命表情，情态不一，又如存在痕迹，数之不尽、猜之不透。文字虚设故事，文字印证历史，文字抒发见识，文字想象未知及未来，文字与存在互为彼岸，永相隔望。人类每一次搬弄文字，就好像在探察世界的秘密。文字像是生命及存在的密码，既生生不息，又神秘莫测。

就中土而言，相对成熟的文字体系，形成于财产归属权开始产生争议的社会，即俗称的阶级社会。这在一定程度上说明，文字参与了社会秩序的建构。随之，文字逐渐与图画分离（因文生字），文字通行于上层社会。这种变化，是更高物质要求下的文字反应。文字对社会的设置之想、对人的命运的表达，渐渐变得细致。后世俗称的文学，即为其中的细致产物。文字的分化，可看成是内心、精神乃至灵魂对现世有更高要求的结果。但“文”的最初面目，恐怕跟今天所称的文学有所区别，它并非专业、职业或学科。后世并称的文史哲，在文字成型的时代，以混同的姿态并行共存。古者文史哲难分难舍，实因为文字的治世色彩浓厚。墨、法、兵、阴阳诸派的天下之想自不待言；老庄超脱逍遥，但其出世情怀里，亦有治世之辩；诗教之言志维礼刺时，更难与国俗政事脱开干系。因了这一“治”字，文学的缘情审美法则，并非从一开始就显要。诗的情，倒像是顺带被激发出来的本能反应，诗之美，更多地，是被体面、盛大、庄重的国家礼仪训练出来的端庄品质。至于诗文之后在情与美的层面如何大放异彩，此处不提。想象力也并不是古“文”的专有物，古史与古哲（思想），同样具有令今人心悦诚服的丰富想象力。文史哲的分合，是无法展开的庞大话题，但它们之间曾有的亲密无间又剑拔弩张的辩与论，倒是更符合表达本来的自由面目。

世界何其大，文字怎可能穷尽。不妨把文学视为令人着迷的表达方式之一。

从一种表达系统，跳至另一种表达系统，笔涉批评，纯属误打误撞之举，或者说，它更像是谋生及求学之余的意外之获。到了现代，文史哲分离，各自的叙事及修辞手法变得大不一样，但如果能放下门户之见，大致可发现，游学于不同学问，即使学才浅陋，知识难通，但亦能略晓个中趣味。写字撰文，是读书的重要途径，也是看世界的办法之一。文学的魅力，归根到底，要回到文字的魅力这里来。文字的本质功能，离不开描述与表达，从这个层面看，论说与创作，不存在谁依附谁的问题，只不过，两者的思维及表达方式有别。文艺创作的迷人之处，可能一目了然，合大众趣味，但批评及论说的迷人之处，可能劳心耗神些，读写者要越过许多枯燥严肃之言辞，得拐弯抹角甚至是大费周章，方有可能来个恍然大悟。论说与创作之间，不必分高下。述与作之间，无须决胜负。《三国志》未必就见输于《三国演义》。苏格拉底，莎士比亚，各有天才。老聃与曹雪，所处时代有异，但皆为先知。推而广之，文史哲之间，古代与当代之间，不同学问之间，门户之见，等级之隔，大可以休矣。

惜吾辈大多被废去文才武略，“述而不作”之“述”，已是易言难行，更哪敢奢谈“作”。于此书间弄笔，权作痴语妄言了。再者，文字虽堪称是天赐神物，但亦是人生幻觉。如若不懂文字，便有被世界抛弃、隔绝的危险。毫不夸张地说，文字有统治世界、设定秩序甚至是奴役人类的能量。以本土为例，秦统一文字，新文化运动倡白话文及“新文学”，红色革命倡扫盲办识字班，无一不是对文字能量的深刻体悟。从某种意义上来讲，文字就是人类世界的秩序符号。假如没了文字，世界会怎样？文学离了文字，尚能文学否？惠能不识字，闻即悟，其偈曰，“菩提本无树，明镜亦无台，佛性常清净，何处有尘埃”，“身是菩提树，心为明镜台，明镜本清净，何处染尘埃”。“悟即成智”，惠能幸得衣法。上座神秀乃教授师，知书识礼，反失衣法。于此，大胆设一问，搬弄文字，寻求永恒意义，是不是也可以看作是迷与愚的一部分？但有些问题，只适合设问，不适合回答。文字的命运，也是人的命运。姑且这般思量：愚智并存，方成俗世；知愚安愚，是以坦然。

同期声（2011年第5期）：

美的受难　◎胡传吉

批评如何立心——读胡传吉的文学批评所想到的　◎谢有顺

“狐狸的智慧”——关于《中国小说的情与罪》　◎林　岗

谭旭东

湖南安仁人，现任教于北京高校，教授。诗人、作家、评论家。大学时代开始写诗，在《诗刊》《星星》《诗歌月刊》《诗潮》《诗选刊》《中华诗词》《词刊》和《人民日报》《光明日报》等各大报刊，发表诗作1000余首，作品入选多家权威选本。出版诗集、散文集、童话集、小说集、寓言集和文艺论著80多部。应邀出访波兰、德国、韩国、希腊、黎巴嫩和委内瑞拉等国，代表中国诗人、作家参加国际诗歌节和文学论坛，做巡回诗歌与文学理论讲座。作品被译成波兰语、德语、英语、韩语、塞尔维亚语、西班牙语、阿拉伯语和蒙古语在国外发表或出版。2010年10月以理论著作获得第五届鲁迅文学奖。

批评从何处起步

谭旭东

批评界有“学院派、职业派和媒体派”这三派之说。按理说，我应该算是“学院派”，从本科到读硕士、博士，甚至还做了两年的博士后研究，现在又在大学中文系任教。

但我觉得自己不算“学院派”。首先，批评界有一个“学院派”的圈子，他们经常一起参加各种研讨会，也出版过几套学院派批评的著作，我想加入进去，人家还不带我玩呢。其次，一般的学院派从本科、硕士到博士，都是在中文系读的，而且往往是一个专业方向一学到底的。比如说，很多人本科是学中文的，硕士、博士期间要么学的是现当代文学，要么就是做的文艺学研究。而我呢，本科是英语专业，硕士、博士学的是现当代文学，但主要研究的还是被人称为“小儿科”的儿童文学。而博士后研究主要在艺术美学、传播学与文化学之间游览。此外，一般“学院派”是不搞创作的，而我写了不少诗歌、散文、童话，也零星发表过报告文学、小说，不但出版了十多本诗集、散文集和童话集，还有版权输出到我国台湾地区和西班牙、法国等欧美国家。在很多场合，我都是以诗人、作家的身份出现，似乎理论批评还不是我的主要成绩。所以，我绝对不是“学院派”，即使获得了一次鲁迅文学奖的文学理论奖，也不是的。

但我显然也不是“职业批评家”，因为我没在文联与作家协会工作，也不是在体制外以批评为主业的批评家，更不是媒体文化记者和自由批评者。这种无法归类的身份，让我有时候找不到身份认同，也无法树立中心权威意识，但这正给了我研究的空间和批评的张力，使我不受主流批评圈的牵引。这些年来，我一边做儿童文学理论批评，一边关注当代文学与当代文化的走向，写了不少“脚踏两只船”的文章。其中，我对当下文学批评的批评可以说是一惯的，尤其是对当前文学生态的审视，也用力良多。在做理论批评的同时，我还从事一些文学翻译，尤其是参与引进和翻译了几十部欧美儿童小说、童话、传记和绘本。翻译的过程，也是一种新的创造性体验，它扩大了我的视野，也使我直接感受到了西方文学的审美世界。这对我的创作，又是一种促进与提升，也增加了我对西方前沿文艺理论的好奇心与探索性。

现在，很多关心我的师友都很肯定我在儿童文学研究方面的成绩。这其中包括高洪波副主席和束沛德、金波、樊发稼等老一辈儿童文学作家，他们一直鼓励着我，扶持着我，让我深深感动。但在儿童文学圈子里，我又不是那种专心致志的研究者，因为我很少沉浸在那个独特而充满自足的氛围里，总是想方设法摆脱常人的习见，因而即使对儿童文学充满敬畏，但看待儿童文学时，总想摆脱旧有的观念与视角。如当我评述当代儿童文学的发展时，往往是把儿童文学放到当代文化与当代文学之中来考察的，而不是从儿童文学到儿童文学，做“绕圈式批评”，给人“坐井观天”的感觉。儿童文学是一片广阔的天空，也是一个神奇的世界，它需要的正是大气包容的胸怀和不同凡响的凝视与追求。做当代文学批评时，我也尽可能摆脱偏见，超越成规，不会因为偏爱小说，就贬低诗歌；也不会因为偏爱诗歌，就贬低小说；更不会只在当代文学圈子里自说自话。我感觉，有活力的批评首先在视角上是多元的，不能只戴有色眼镜观察事物。在方法上，也可以是多元的，不能只用一种惯有的方法来剖析现象。批评的思维不能僵化，批评的话语不能陈旧，不然会给人捉襟见肘的感觉。单一的视角和传统的方法只会使审美成为教条主义的游戏，而且很容易培养霸权主义的习气。那种“非此即彼”，即“二元论”，其实质就是“一元论”——它只会导致文学创作与批评的末路。

因此有人问我“批评该从何处起步”，我觉得批评就应该是从变革传统思维、视角与方法上迈开脚步。视野打开了，审美感受一定会更丰富；新的话语创造了，离美的核心就更近了。文学批评的最高境界，不是你拥有了批评家的名声，而是你在审美的世界里品尝到了如鱼得水的快乐与自在。

同期声（2011年第6期）：

重估当代儿童文学的价值　◎谭旭东

从消解走向重构：电子媒介时代儿童文学的突围之路——谭旭东的《童年再现与儿童文学重构》及其启示　◎周国清　莫　峥

砌筑生气淋漓的理论高地——谭旭东印象　◎雷　鸣

2012年

房 伟

李东华

黄 轶

郭 艳

杨光祖

刘铁群

房伟

1976年6月出生于山东滨州，祖籍山东济南，文学博士，副教授，硕士生导师，中国现代文学馆首届客座研究员，中国作家协会会员，山东文艺评论家协会常务理事，副秘书长，山东艺术学院特聘教授，曾于《文学评论》《中国现代文学研究丛刊》《南方文坛》《当代作家评论》《人民日报》等刊物发表文艺理论、文艺批评及诗歌、小说计200余万字，有作品曾被《新华文摘》《中华文学选刊》、人大复印资料等刊物转载，有学术著作《革命星空下的坏孩子——王小波传》（三联书店）等5部，报告文学《屠刀下的花季》、长篇历史小说《英雄时代》等，获国家优秀博士学位论文提名奖、“刘勰文艺理论奖”等，曾主持国家社科基金项目1项，省部级社科项目3项，现执教于山东师范大学。

批评的自白书

房 伟

希利斯·米勒在《文学死了吗？》中写道：“文学理论的繁荣标志着文学的死亡。因为对深嵌在你的文化中的某物，只有它退隐到历史的深处，才能看清楚它的死亡。”文学死亡的原因，是文学这个世俗梦境，被电影、电视和网络所替代。文学作为民族国家叙事为公民灌输公民伦理的作用，也已被慢慢地替代。因此，按照米勒的观点，文学批评不过是一些死尸上美丽的野草，虽看着好看，终究也要死去。

对此，我还真不敢苟同。真正的文学并非道德立场，姿态，或概念，而是一种人的内在心灵世界的呈现过程。无论我们写了几十万人的史诗战争，还是一个小保姆晚间的一次春梦，文学都试图将我们从陈词滥调的世界中拯救出来，赋予我们真正的内心生活。就这一点来说，是电影、电视和网络所无法完成的。因为声像传媒和文字传媒最大的区别，也许并不是如亨利米勒所说，文字传媒是低级造梦者，而是文字传媒因符码的间隔，进而具有了“心灵世界”的想象性。昆德拉曾说过：“一种艺术的历史的意义与历史的意义是对立的。一种艺术的历史，通过其自身的特点，是人对于无个性的人类的历史所作的报复。”品评文学是幸福的，这种幸福来自理解一个虚构的“似假还真”的梦境世界。我们不期望受教育，或感动，而是在文字所建造的帝国里，有我们灵魂深处的真相。好的文学批评，也应当成为历史的对立物，而不是俯首帖耳的奴仆。所有对文本的阐释，都应在外在和内在两个维度敞开——内在的维度，在于它揭示了自我的深度，而外在维度，则在于它揭示了自我与世界的关系的深度。

因此，文学批评的本质，在于做一个“美与力的发现者”。所谓发现者，必然要对好的文学作品本身，保持心灵的谦卑，而对一切新鲜有趣，有活力，有意味，有智慧，有想象力，有美，有爱的质素，保持低调的探究和持之以恒的好奇心。这里所说的智慧，不能等同于智力。智力的判断是纯理性的判断，而智慧的判断则包含丰富的人性内涵和美的因素。这些发现者们，命中注定是一些步行主义者。他停停走走，或边走边看，他们善于观察道路两边所有的风景，感受每株小草上露珠的哭泣，抚摸流动的白云和灿烂的夕阳。他们的目的不在行程的尽头，而仅仅在于漂泊的过程。因为对于他们来说，文本永远是一个丰富复杂又单纯可爱的、敞开的梦境世界。所有自以为是的尽头，不过是又一次远行的出发点和新的可能性。

希罗多德的《历史》，曾这样为人们描述“幸福”：“哲人梭伦见到了吕底亚的国王克洛伊索斯，解释了什么是幸福。一是英勇的战死，二是两个兄弟，最后死在一起。幸福就是拥有最多的东西，并保持到临终。”作为一名文学批评者，而不是一名战士，我们的幸福到底又什么呢？我们可能拥有最多的，并能保持到临终的，又是什么呢？也许，死亡不是一个过程。它对个体来说，只不过是一个具体而短暂的事件。而它对文学批评和文学而言，则是一个又一个“短暂的绝望”的积累，我们不能因为这些短暂的绝望，而否认拯救的可能，否认幸福的可能。我想，批评者的幸福，就是将知识与生命相联系，将批评与心灵相联系，将文本与灵魂相联系。我们要看到作家灵魂上的伤，记忆中的耻，欲望的勃发，颓废的绝望，以及不可言状的忧伤。我们要看到这些东西被作家用怎样的强度表现出来，我们要看他精神层面的广度和深度的境界，看他如幽蓝湖水般的宁静，以及雷霆般的愤怒。我们要用心，诚实而谦卑地去体认这些东西，并用自己个性化的语言表达这些东西。这便是我们的宿命。

同期声（2012年第1期）：

穿越的悖论与暧昧的征服——从网络穿越历史小说谈起 ◎房 伟

面向人心的挑战——房伟的批说兼及当代批评伦理的重建问题 ◎吴义勤

送君一把金座椅 ◎王方晨

李东华

山东高密人。1971年重阳节出生，毕业于北京大学中文系。中国作家协会会员。中国作协儿童文学委员会委员。鲁迅文学院第五届高级研讨班（中青年文学理论评论家班）学员。现任职于中国作协创研部。出版有《薇拉的天空》《桃花鱼》《阳光老鼠皮拉》《枫叶女孩》《思无邪——当代儿童文学扫描》《少年的荣耀》等作品20余部。1998年组诗《亲情》获第六届冰心儿童文学新作奖，长篇小说《远方的矢车菊》《左岸精灵》《寄给你一缕书香》曾获冰心儿童文学图书奖，2006年获第十届庄重文文学奖，2010年长篇童话《猪笨笨的幸福时光》获第八届全国优秀儿童文学奖。2013年长篇小说《初夏的橙色时光》入选新闻出版总署第四届“三个一百原创图书工程”。2014年长篇小说《少年的荣耀》获第十三届中宣部“五个一工程”奖。

我的儿童文学批评观

李东华

儿童文学不仅仅是一种文体，它是一种世界观。儿童文学指向一个迷人的乌托邦，在这个世界里，故事主角常常是一只蚂蚁、一头猪，或者是一片落叶、一只老鼠，而不一定是人类。这是一个最没有人类中心主义的盲目与自大，真正实现了众生平等的文学世界。所以，儿童文学的天真不是幼稚，它是一种信仰。在这个商业化的时代里，无论儿童文学被开发出多少新的功能——消遣的娱乐的教育的游戏的.....作为一个创作者和研究者，我都愿意从茫茫书海中淘出那些真正具有儿童文学精神质地的作品，推荐给孩子们。

童年和儿童视角不仅仅是一种叙事策略。巴什拉在《梦想的诗学》中说："童年深藏在我们心中，仍在我们心中，永远在我们心中，它是一种心灵状态。"想一想儿时几乎无书可读的我们，再看一看今天早早被奥数、外语压得喘不过气来的孩子，一代代中国人心理上几乎从未有过完整的童年，儿童文学阅读经验也是相当不充分的，所以才会有那么多成年人视儿童文学为"小儿科"，言辞间对它充满了偏见。

因此，儿童文学不只是对儿童才有意义，真正好的儿童文学同样可以把成年人带入这样一种心灵状态。童年是一辈子的事，它不是一件可以随便丢掉的旧衣服。沈从文说："童心在人类生命中消失时，一切意义即全部失去其意义。"所以，作为一个儿童文学研究者，尤其是中国研究者，你的研究，你的理论，除了要给有限的几个同行看以外，还要做普及性的工作，要关照到那些童年阅读经验缺失的普通成年人，经过一两代人的努力，让早期阅读真正成为童年的生活方式。只有培育了深厚的阅读土壤，儿童文学这个来自西方的舶来品才能在中国大地上扎下越来越强健的根须。

每次看图画书《小蓝和小黄》《母鸡萝丝去散步》的时候，我总是感慨，最简单的是最接近哲学的，最单纯的是最丰富的，最清浅的是最深邃的。这是那些经典的儿童文学所具有的品格。一个从事儿童文学写作的人，必须有四两拨千斤、删繁就简的艺术能力，必须能够直面人类生存的一切困境，敢于亮出自己的立场和态度，这一切又是以最烂漫、稚拙的形式，以孩子们喜爱的方式来传达的，同时，那潜藏在海水深处的冰山将随着孩子的成长慢慢呈现它更深厚的意蕴。卡尔维诺说："一部经典作品是一本每次重读都好像初读那样带来发现的书。"真正好的儿童文学正是这样的书，即使在成年时阅读，仍然会有新的发现，仍然会带来内心的感动，仍然会产生意义。

我愿意和同道们一起努力，向着这个令人神往的目标前进。现代意义上的中国儿童文学才走过了不到100年的路，发生时间的滞后带来了艺术水准和文学积累的较大落差，作为一个研究者，不必过多地争论是中国的月亮圆，还是西方的月亮圆，我们的文化自古有着兼容并蓄的胸怀，有着把外来文化同化为自我精神资源的自信。因此在向孩子们推荐书目的时候，我希望推荐全球范围内最优秀的那些，而不一定为了本土保护主义，把一些差强人意的东西塞给他们，损伤了他们对美的最初的判断力和感受力。

一个评论家应该有这样的独立精神，不为商业、人情所动，不沦为传媒、出版社、作者的同谋，能够发出自己独立的声音。尤其因为你是一个儿童文学评论者。

因为你面对的是孩子。

他们的阅读史就是一张洁白的纸，一片没有踩过的洁净的雪地，你不能在上面留下灰扑扑的印迹和脏兮兮的脚印。

同期声（2012年第2期）：

沸腾的边缘：新世纪的中国儿童文学 ◎李东华

"三内居士"李东华 ◎高洪波

李东华：用清澈的童心怀抱对灵魂的敬意 ◎王泉根

黄铁

河南南阳人。文学博士，博士后。苏州大学文学院教授、博士生导师。曾受聘台湾东吴大学客座教授。教育部“新世纪优秀人才支持计划”入选者，中国现代文学研究会理事，中国作协会员，中华南社研究会理事。学术方向为中国文学现代转型研究、中国乡土–生态小说研究和批评。主持有“中国当代小说的生态批判”等国家级、省部级项目7项；出版专著《现代启蒙语境下的审美开创》《中国当代小说的生态批判》《传承与反叛》《风雨饮冰室》等4部和编著《张炜研究资料汇编》、合著《中国乡土小说的世纪转型研究》（入选“国家社科优秀成果文库”）等；在《文学评论》《文艺研究》等发表学术论文80余篇，多篇被《新华文摘》等转载；在《文汇报》《粤海风》等刊物发表随笔多篇。

内省的力量

黄 轶

陈平原先生将中国文学的传统化约为“史传”和“诗骚”，王德威先生则命之为“史诗”和“抒情”，他们都不约而同地注意到了现代作家对“楚辞”世界的向往。沈从文由“楚辞”出发，“发现”了知识分子的文字表达“本质不过是一种抒情”；在张炜《楚辞笔记》中，屈原不仅是不被信任的臣僚、遭遇放逐的贵族，也并非是史书一再渲染的爱国志士——他更多是一个浪漫主义、理想主义的行吟骚客。在其绚烂华彩背后那份抗拒流俗的苍凉悲壮，那份抵御流言的高迈傲骨，那份对感情的沉醉、依恋与哀伤，那份对民生多艰的长长太息汤汤泪流，那份对末世之哀的无奈和疼惜……是今人面对时代大转型、竭力维护自我精神域地的纯洁时不得不引为共鸣的。

难道，这就是我们与屈子千古遥契的缘分？阅读《楚辞》时千转百回的愁肠只是为了遥应那个至美灵魂孤独的生命体验吗？在一个以粗鄙为时尚、排拒优雅和深刻的时代，英雄主义和理想主义幕落花凋，“七夕”变成了一夜娱情，“中秋”被置换成奢华的月饼，但待“端午”也变成了粽子的时尚言说，你说这是屈原的悲哀还是今人的悲哀？即便“多元”对抗“一体”显示了知识者的批判精神，在网络传媒、影视文化的洪水冲刷出的“天马行空”“自由自在”的背后又隐藏着怎样的政治伦理预谋？我们陷入了“无物之阵”，仓皇错乱。但是，当我们“融入一片时光”、让“时代的一切阻障都在这个时刻里消融”而力显自己的高标独异时，是否也预示着知识分子在挽救不了精神滑落时就只有一条去路了：做个香草美人！这自然是一种轻松自在的选择，但遭忧的心魂怎么可能在沉湎于怀旧、轻绝于时代中安然？所以，对屈子的眷念应该包含对历史和现实荒诞的质疑，尤其是那种对任性自由、桀骜不驯、柔韧旷达的精神的崇仰，这是文人的永恒心结。或许正如闻一多在“敬质”孙次舟时所分析的，屈原的悲哀正在于他本该做好一个“弄臣”，但他忍不住要做一个“文人”而参与到“公共思想领域”。《楚辞》中的诗人“不为邀宠，不计贫贱，从而赋予‘忠’特殊而固定的内容”，以在流浪与行吟中绽放的“沉思”和“内省”抗拒着知识者的心灵蒙难。这是伟大传统中的“史传”内涵还是“诗骚”精神？其实，“史传”也好，“诗骚”也好，总有些相同的美如那些内省和沉思的力量会打动我们。

再思索蔡元培所谓“我国周季文化，可与希腊罗马的文化比拟，也经过一个繁琐的哲学时期，与欧洲中古时代相同，非有一种复兴运动，不能振发起衰”，这有其道理。如今，我们正以退守的姿态、怀旧的快感热议传统文化复兴。但当发现不是文明精粹在新的时空中浴火重生、凤凰涅盘，而是某些沉淀下来的渣滓重焕生机，是只求“活着”的民众重陷祥林嫂捐门槛的蒙昧和华小栓吃人血馒头的悲剧，正如从《药》到《古炉》活生生写着的，我们不由得惊心：对传统文化的叩问和回溯会变成另一场闹剧吗？中华民族何时能以沉思的力量缔造出立足于“现代”的内省意识？文学经典是穿越历史隧道能与后人心灵共震的艺术，《楚辞》悲伤的文字已漫过千古，我们只有鼓起勇气才能面对那份由沉思与内省玉成的高贵与尊严。所以，我有理由尊重路翎、穆旦、萧红、钱钟书……欣赏霍达笔下的韩子奇、石舒清笔下的马子善、阿来笔下的达瑟和晋美、迟子建笔下的老祖母、贾平凹笔下的善人……

“内省亦称‘自省’或‘自反’，也是自我了解、分析、反思，并建构正确的自我知觉和行为的方法。”或许，拥有了内省的力量，文学才能写出大变局时代的崇高与堕落、理性与疯狂，写出在一场场精神的劫难中那些不可复制的心灵搏战，写出人心的抗争与颓灭、呐喊与悲凉？起码，内省意识是一位作家、一部作品应该具备的重要品质。

同期声（2012年第3期）：

由“虐恋”意涵谈《古炉》叙事的内在断裂 ◎黄 轶

让批评在知识和学理的天空滑翔——关于黄轶文学批评风格的一种解读 ◎姚晓雷

黄轶印象 ◎王 尧

郭 艳

笔名简艾，安徽舒城人，评论家，鲁迅文学院研究员，中国社会科学院文学博士。她从宏观视角和文本细读进行当代文学现象研究，探讨中国青年写作的现状与特征，密切关注转型时代与文学新格局的关系，及时评论当下诸多实力派作家的文学创作，在文学刊物推出新锐青年批评专栏文章，参加各类全国性的文学评奖，是当代文学现场活跃的批评家之一。文学创作游走于女性知识分子日常生存经验与精神生活的缝隙之中，在告别尘嚣的姿态中，试图从女性狭窄的一隅之地回到敞开的广阔领域。

从窗帘背后延伸的眼神

郭 艳

少女时代曾经无比同情在窗帘后面瑟瑟发抖的简-爱，也曾无数次在心中默诵那段著名的独白；简-奥斯丁向我展示了傲慢绅士的修养和偏见淑女的优雅；郝思嘉跪在土地上流泪的那一刻，无疑是展示一种成人礼的仪式；福尔摩斯英式的严谨和精密的逻辑，炫技般展示了具象的科学理性；约翰-克里斯朵夫强大的精神性投射到年轻的心灵，并产生了持久的共鸣……这些具备温暖与力量的文字，无比柔软又尖锐地嵌入我的灵魂。一系列经典之作给予了我看世界的勇气和力量，抚摸我心智的同时，播下温暖、光亮、理性和智识的种子。于是，我才有勇气去拉开蒙着双眼的手，一路观看现代、后现代对于世界灰暗色调的涂抹，对于精神完整性的解构。躲在窗帘后面看世界是典型的女性视角，胆怯而好奇地打量着一个和自己异质的世界。文学批评和写作对于我来说，无疑就是这种打量的延伸和继续。

女性视角是我进入当下文学现场的某种方式。女性的肉身与灵魂在被发现的同时也被这个物欲的时代所玩味和展览，于是开始寻找女性自我表达的意义。在这种寻找中逐步进入文学现场，并不断走出女性视角本身，贴近对于文学性自身的认知和理解。不知道从哪一天开始，文学不再是苦读十几年的各类理论术语，学院规范不再以城堡般的威严逼压着我。文学性是每每想到大漠长河、孤烟落日和明月夜短松冈时的哽咽，开始谅解等待戈多的我们，知道我们即便被现代生存幻形成一个个灰暗的甲壳虫，依然有着小桥流水和池塘春草的遥想。在现代城堡中，我们炼狱般体验被审判被异化的生活，却比任何时代都更明确人类因智慧而无限延展的生命与宇宙。人类生命基因层层揭秘，我们却无法参透人类文明最终的法则，于是我们依然笃定地相信天人合一，在一沙一世界中，从容而淡定。穿越了殖民和后殖民文化的尘垢，期待再次走入唐诗宋词意蕴中的我们，依然会在兰亭边曲径流觞，用一种古老而弥新的方块文字镌刻时代与人心。

多媒体时代，人类的苦难和人类的饕餮贪婪比任何时代都更残酷地直击我们的眼球，文学如何面对现实成为一个被不断质疑的问题。“同情之理解”是面对当下与历史的一种姿态，一如钱穆所言：对于以往历史有一种温情与敬意，其国家乃有再向前发展的希望。也如哈罗德-布鲁姆所说：文学经典之所存在是证实了我们的文化焦虑，并给这些焦虑以形式和连贯性。对于时代精神谱系的分析与建构，依然是当下文学批评的题中之义。无论何种思潮与流派的文学批评，在面对不同的现代国家、民族、语言、宗教、文化的时候，势必有着大相径庭的阐释与解读。同质化生存、平面化思想和网络化狂欢的当下，文学一如既往地提供和现代生存异质的文学乡愁，并以此来抵抗人类命运中无可避免的死亡、杀戮与毁灭。文学批评无疑是用理性去梳理文本世界丝丝缕缕的乡愁与焦虑，并赋予这种柔弱涣散的乡愁以某种命名，在命名的过程中彰显文学乡愁的诗意与灵性，并在终极的意义上赋予文学真正的超越与永恒。

同期声（2012年第4期）：

像鸟儿一样轻，而不是羽毛——小说之精神与现代日常经验的书写 ◎郭 艳

访谈：构筑对生活的善意理解 ◎董向慧

文学史·文学评论·小说——郭艳其人其文 ◎王达敏

杨光祖

1969年生，甘肃通渭人。中国作家协会会员，中国文艺评论家协会会员，中国戏剧家协会会员，甘肃省文艺评论家协会副主席。现任中共甘肃省委党校文史部文化室主任，教授。1990年开始文学创作，已发表作品100余篇，有多篇散文多次收入年度散文选。2003年起主要从事当代文学的研究与批评，已经在《人民日报》《中国现代文学研究丛刊》《当代作家评论》等报刊发表学术论文、文学评论200多篇。有多篇论文被《新华文摘》及各种选本转载。有专著《西部文学论稿》《守候文学之门——当代文学批判》。曾荣获甘肃敦煌文艺奖一等奖，甘肃社会科学优秀成果奖三等奖，甘肃首届黄河文学奖文学评论一等奖等。

批评是一种致敬

杨光祖

创作与评论，应该是鸟之双翼，车之两轮，缺哪一个都不行。在艺术家的成长过程中，评论家往往起着一个很大的作用。鲁迅说，最怕的就是一箭射入大海，了无回响。你的作品出来了，有人说好，有人喊骂，都是好事情，总比悄无人声的好。无论肯定，还是批评，都是一种力量，一种支持。而且，严厉的批评，比廉价的吹捧，更有价值。我们的作家，在接受他人表扬方面，一般都表现得很有风度。但在接受他人批评方面，一般都很难有良好的姿态。其实，“恒言其君之恶者为忠臣”，真正严肃地批评你作品的人，才是对你的负责和尊重。我说过，廉价地表扬一个优秀的作家无异于亵渎。面对优秀的艺术家，我们需要肯定，也需要严肃的批评。批评，在某种意义上，是对艺术家的一种致敬。郑板桥说，“隔靴搔痒赞何益，入木三分骂亦精”。这话，也是鲁迅先生所激赏的。

文学批评，是批评家与作家的灵魂交流。面对优秀的杰作，心有灵犀，拈花微笑，那当然是最高境界。但面对一些粗制滥造之作，或者反人性、反人类，价值观错位，低俗无聊之作，也需要当头一棒，禅宗所谓棒喝是也。不过，肯定，或批评，文学批评家都是必须用“心”的，不能胡来，成为圈子批评、哥们批评，或者批评棍子，也不能将文学批评仅作为一种工具，一种谋生的工具。新世纪以来，学院批评的崛起，在强化文学批评理论性的同时，也降低了批评的尺度。学院式批评的最大特点，就是用西方人的一两个“理论”写一本书，或一篇论文，但其实与文学文本没有关系，是一种不及物批评。

当学院派用一套一套的所谓理论“研究”那些文学作品时，“文学”就不存在了，在他们那里“文学”早成了“尸体”。他们指手画脚，说这是“后现代”，这是“后殖民”，这是“新历史主义”，云云，很喜欢分类。这种“文学批评”至少产生两个结果：一、只有“理论”，所谓“文本”随便换一个都无所谓的；二、没有“文学”，也没有“批评”。利维斯说，所谓批评，就是一种差别意识。但在学院派批评家眼里，所有的文本都是一样的，没有什么差别。这种文学批评，其实更像是把“文学”当做了他们驰骋“理论”的“资料”而已。

这种“批评”貌似深刻，很获学术刊物，还有作家的青睐，因为它从来不分高低。面对《狼图腾》《大秦帝国》这样的价值观混乱的小说，他们也能搬来一大堆西方理论论述之、阐释之、研讨之。与面对《战争与和平》《红楼梦》等伟大的文学杰作，没有心态上的差别。这种“富含”“理论”的“文学批评”，真是文学批评的堕落，是中国当代文学的耻辱。我曾说，中华民族是一个非理性的民族，我们的现代化就是从伦理到契约的过程。虽然理性也有很多问题，它应该也有它的边界。但我们目前的状况是还没有反思理性的资格。西方哲学的“being”，是我们缺乏的，我们不太在乎“真”“是”“真理”等等，我们在乎的是伦理，是为尊者讳，为贤者讳，为长者讳。这种所谓的伦理、血亲、面子文化，严重阻碍了中华民族的前进，也阻碍了中国文学批评的成熟。

所以，在这种局面下，严厉的批评，是必须要受到鼓励的，不要用一个“酷评”就否定之、妖魔之。其实，就批评家来说，写一个表扬稿，那是容易的，即使翻翻作品，也可以写上几千字。但要写批评文章，那是非常难的，作品最少也要看两遍的，而且还要自己去买书。从某种意义上说，批评者往往是非常合格的读者，也是作家真正的知音。作为一位批评家，对那些声明赫赫的中青年作家，尤其要有一种批评意识。这是对他们的尊重，对他们的致敬。

文艺家在面对真正的严肃的批评的时候，应该能够有则改之，无则加勉，不要用社会学、交际学的眼光来看待批评。我们既然从事了文学艺术，就都是脱俗之人，应该具有一种超越的心态。批评你，是因为你值得批评，你有批评的价值。很多作家、作品，是没有批评的资格的。真正的作家应该警惕不负责任的吹捧，而欢迎那种严肃的认真的批评。

2012年5月20日于兰州

同期声（2012年第5期）:

雷达论 ◎杨光祖

真正的文学批评——论杨光祖的文学批评 ◎廖四平

杨光祖：文学守门人 ◎杨显惠

刘铁群

1973年出生于黑龙江省铁力县。广西师范大学文学院教授、文学博士。曾发表论文60余篇，出版《市民文学探寻》《现代都市未成型时期的市民文学——〈礼拜六〉杂志研究》《桂林文化城散文研究》《广西现当代散文史》等专著。主要致力于近现代小说研究、女性文学研究、广西文学与文化研究。

慢下来，阅读吧

刘铁群

福柯曾说：“我忍不住梦想一种批评，这种批评不会努力去评判，而是给一部作品，一本书，一个句子，或者一种思想带来生命。”批评家的重要职责就是给作品带来生命。那么，作品的生命在哪里？它就在作品中，在一行行具体可感的文字中。优秀的批评家应该具有一双无形的柔软的灵敏的触角，这双触角能够带着对文学的热爱在作品的文脉和肌质中触摸、游走，去寻觅作家的匠心独运之处，去发现作品独特的审美魅力。

就像每个人的生命都是唯一的、不可重复的，每一部优秀文学作品的生命也是独特的、不可替代的。批评家要把握作品的生命，需要细致地阅读、精准地捕捉、深切地体味，需要与作品进行灵魂的对话。正如李健吾所说，批评家“要独具只眼，一直剔爬到作者和作品的灵魂的深处”。那些能把握住作品生命的批评文字总是令我们怦然心动，悠然神往。沈从文谈到废名的小说时说：“不但那农村少女动人清朗的笑声，那聪明的姿态，小小的一条河，一株孤零零长在菜园一角的葵树，我们可以从作品中接近，就是那略带牛粪气味与略带稻草气味的乡村空气，也是仿佛把书拿来就可以嗅出的。”李健吾这样评价巴金：“他有一个敏于感受的灵魂，这灵魂洋溢着永生的热情，而他的理性犹如一叶扁舟，浮泛在汹涌的波涛。”“热情就是他的风格”，“他生活在热情里面，热情做成他叙述的流畅”。鲁迅在给萧红的《生死场》作序时说：“叙事和写景，胜于人物的描写，然而北方人民的对于生的坚强，对于死的挣扎，却往往已经力透纸背；女性作者的细致的观察和越轨的笔致，又增加了不少明丽和新鲜。”这些批评文字并没有借助什么高深的理论，但它们生动、准确、传神、深刻，抓住了作品的气息和神韵，给作品赋予了生命。在这样的文学批评中，作品活了，作者也活了。

批评家首先应该是一个热爱文学的人，马塞尔·拉尼茨基说：“我们可以不厌其烦地重复：没有对文学的热爱就没有对文学的批评。”而一个热爱文学的批评家应该尊重文学的生命，应该用自己的批评文字寻找文学的生命，彰显文学的生命，守护文学的生命。不可否认，现在仍有一些批评家带着对文学的热爱，执着地书写着能给文学带来生命的批评文字。但与此同时，我们看到更多的文学批评却是忽视甚至扼杀文学的生命。例如，很多研究女作家的文学批评关注的不是女性文学本身，而是对男权文化的反叛。在这样的批评文字中，作家变得面孔模糊，作品也失去了审美个性。张爱玲和苏青似乎没有区别，丁玲和萧红也似乎没有差异。再如，很多研究清末民初小说的文学批评关注的不是小说中一行行具体的文字，而是反复探讨这一时期文学的过渡性，强调它的半新半旧，既传统又现代。但半新半旧以及既传统又现代是否能准确地体现一个个具体的作家和一部部具体的作品？在这些批评文字中，作家在哪里？作品又在哪里？我们看不到研究者的审美激情，感受不到文学的独特魅力，更感受不到文学的生命脉动。

沈从文说，写小说要“贴着人物写”。同样，文学批评也应该贴着作品写。贴着作品写就需要通过精读和细读回到文学本身、回到审美体验。叶圣陶说：“一字未宜忽，语语悟其神。”钱钟书说：“化书卷作吾性灵，与古今中外为无町畦。”今天还有多少人能有这样的阅读境界？在各种压力和各种因素影响之下，很多文学研究者手忙脚乱、无暇细读、匆匆写作。各种论文、专著的数量是越来越多了，但文学却似乎离我们越来越远。远离文学的批评不能给文学带来生命，不能给作品带来生命的批评本身也不具有生命。

在阿尔卑斯山谷中的一条大路上，有一条标语：“慢慢走，欣赏啊！”它提醒旅游者不要因为匆忙赶路而忽略了美丽的风景。旅游如此，文学批评也是如此。“八千里路行得急，误了多少风月”。而当我们匆匆翻书，匆忙写作的时候，又忽略了多少审美体验。所以，慢下来，阅读吧。

同期声（2012年第6期）：

《玉梨魂》与《金锁记》的互文解读 ◎刘铁群

建构独到精准的文学理论批评视角——论刘铁群文学研究及其批评特点 ◎张利群

铁群印象 ◎黄伟林

2013年

夏 烈

王 迅

刘大先

何同彬

何 英

郭冰茹

夏烈

1976年生于浙江杭州。杭州师范大学文化创意产业研究院院长，戏剧影视学硕士生导师，教授，文学创作一级作家。有著述《隔海的缪斯：高阳历史小说综论》《现代中的传统诉求》《裂变与交互：当下文艺生态的直观与反思》等6种。近年尤致力于网络文学、类型文学等新媒体文学研究，以及大众文化与传播学等。主编国内首本类型文学概念读本《MOOK流行阅》及《袈裟扣：70后女作家的小说国》《怀念小龙女：80后女作家的小说国》、"锐角书系"等，主持策划了超级畅销书《后宫·甄嬛传》、"首届西湖类型文学双年奖""华语网络文学双年奖"。兼任浙江省网络作家协会副主席、秘书长。中国现代文学馆第三批客座研究员。

自圆其说——我的批评观

夏 烈

我青少年有一段时间最想做的是和尚，肯定不是什么文学评论家。

那时，我看各式的杂书，对儒释道的精神有内在的体认，对当代文学作品还不知其妙处，接着就高中毕业了，找了个单位工作，不到半年，忽然醍醐灌顶似的明白了鲁迅的世界——对这些领悟我内心是有狂喜的，他们成了我带着感伤的精神能量。前一段时间，在微博上看到央视柴静的视频，她说“深夜没有痛哭过的人，不足以谈人生”，这话一下把我带回了那段瘦骨嶙峋貌似难民的青春后期的岁月，我当时的小身板为了扛住释迦摩尼、孔子、老庄、王阳明和鲁迅，难免是常常要在深夜吞声痛哭的，搞得如狼似犬。——那是1993年前后的事。

后来，我到杭州大学中文系读研究生班的时候，师从吴秀明教授，有了将文学知识系统化的机会，尤其是怎么写论文，我清楚地记得吴老师教我要懂得“逻辑过度”和“理论提升”，导引我慢慢熟悉学院派的方法。遗憾的是，在这方面我一直做得得过且过，最后老师也知道不能勉强我，为了给我自信，他说，“你是有灵气的人”。如果说吴老师教我的是如何把文章写长，那么此后另一位老师李庆西则教我如何把文章写短。我毕业后不久到了浙江文艺出版社，我几乎能如数家珍地说出这家出版社在20世纪80年代至90年代初出版的所有重要的作品（包括搜入了钱理群、陈平原、王晓明、蔡翔、吴亮、程德培、许子东、黄子平、李劼、南帆、赵园、刘纳等人评论集的“新人文论”丛书），连一些书的责编是谁我都记得清清楚楚，所以更不用说对李庆西曾在“寻根文学”、新笔记小说以及现代文学与文艺理论方面的功劳和编辑策划的能力。他指点我写报刊能用的短文——书评或者书话，认为很多人用高头讲章撑开来的论文其实只需一篇随笔、考证即能完成（这和当时陈思和一篇文章说专著不如论文、论文不如学术随笔的意见仿佛），我于是向往这种批评风格，更喜欢在报纸做“豆腐干”——谁晓得今天报纸副刊与高校考评体系离得这么远让自己追赶莫及，而报纸副刊又离作家书商出版社那么近，人情难却。此外，一位不在当代文学界的老师对我也有影响，他做外国文学，喜欢念各种西人的格言或讲述自己的经验给我们听，他跟我说，“学问当抓两头，最古老的和最当下的”，他说得很对，但结果我两头稀松，如今清明冬至想起他来，觉得都不好意思向去了另一世界的老人家说什么学问。——这些是1999年前后的事。

就我个人而言，我最尊崇蒂博代所说的“大师的批评”，他说的主要是作家写作家的评论，我以为就是内行人说内行话并且以心释心——文学的内核是“心”，无心则死。至于蒂博代讲的职业的批评（学院派）我心怀敬畏，自发的批评（媒体和沙龙）我则觉得甚富生趣，生态上都不可偏废。

我个人对有趣味的批评分外看重，觉得他们于更多人的人生有益，并使批评家也不失为一个把自己交给文学的人。比如李庆西、吴亮、李敬泽等几位，我觉得他们都讲究文字，思致新颖，热爱作品也热爱自己。我一直阅读他们的批评。程德培师有一次在酒席上跟说，“夏烈的评论有点敬泽风格。李敬泽写评论如场上踢球，踢得好但就是不进球。你是有时候进有时候不进”。我喏喏，从此知道自己看久了也终于有“趣味”要出来了！相较来说，我不是批评型人格的人，写评论更满足于“寻美”，而非“求真”。

这几年，我在杭州做了大量的文学活动和出版策划，我坚持认为这是评论家的本分，是介入大众（市民、学生）文化生活的重要方式，我认为评论家是有机的，需积极参与时代生活的建设。也是这几年，我开始大谈类型文学，在我关注他们的时候，他们还是所谓“垃圾”，但我服膺金克木先生《说“边”》里的话：“现在的人喜欢讲中心，不大讲边，其实边上大有文章可做。没有边，何来中心？中心是从边上量出来的。”——我的意思是，文学批评或者从实践的建设开始，或者从边缘开始，都可能是正能量。“八十年代”和“五四”都做过的。

2012年要结束了，我已经做不了和尚了。若问我想做什么？也许还不是文学评论家，要不写小说？

同期声（2013年第1期）：

文学未来学：观念再造与想象力重建　◎夏　烈

那些曾经年轻的面孔和同期声——推荐夏烈的理由　◎王　干

夏烈：难以界定的文学身份　◎海　飞

王迅

1975年生，湖北公安人，副编审，现供职于《南方文坛》编辑部。主要从事当代文学研究与批评。学术杂志《中国女性文化》“男评论家眼中的女性文学”栏目主持人，华中师范大学当代文学研究中心特聘研究员，中国文艺评论家协会首届会员。在《文艺研究》《中国现代文学研究丛刊》《民族文学研究》《文艺理论与批评》《南方文坛》《文艺争鸣》《当代作家评论》《小说评论》《人民日报》《中国艺术报》《文艺报》等刊发表文艺评论100余篇。2010年、2012年、2014年获第八、九、十届广西文艺评论奖；2014年获广西第十三次社会科学优秀成果奖。出版有《当代广西小说十家论》《广西当代少数民族文学发展史》（合著）等。

文学批评的生命维度

王 迅

文学批评的首要议题是立场问题。站在什么立场解读文本，是判别文学批评好坏真伪的重要标准。我以为，最本色的文学批评应该站在审美的立场，在此前提下投入丰盈的生命体验。基于美学分析的文学评论，才可能产生颠覆不破的说服力。而这种美学分析在本质上仍是从人性、从生命出发的文本解读。

批评写作是很纯粹的写作。它排除任何世俗功利，只听从于批评家自己内心的声音。批评家应该是一名真诚的审美感受者，他的文字直指内心，是其审美阅读中生命体验的结晶。因此，文学评论容不得半点虚伪和矫情，更不能屈服于来自批评主体之外的任何压迫。哈罗德·布鲁姆告诫我们："清除你头脑里学院的虚伪套话。"他看到当代批评的迂腐虚伪和卑躬屈膝的作风，而这种批评之风正是当前批评界的主流。尽管我反对布鲁姆"为任何意识形态而读等于根本不读"的极端观点，但他对文学阅读的生命投入和专业眼光令我感佩。正是像布鲁姆这样的"边缘"批评家，为文学批评生态注入更多的活力。文学批评不是学术语汇的罗列与组合，而是从生命出发的诗性言说。伟大的文学往往从生命出发，铸就深刻的灵魂。而卓绝的文学批评同样也洋溢着生命的气息，具有灵魂的刻度。那些字字含情、句句生痛的真批评，只能来自灵魂深处的潜对话。这种对话主要在批评家、文本、作家三者之间展开。批评家应该是尖锐的人，他既能窥见文本的细微层次，又能探入作家灵魂的最深处。只有洞悉作家创作中灵魂的裂变历程，批评家才深刻理解了作家，真正把握了文本的核心。所以，只有亲临林白曾生活的那个公园，去感受满地落叶的体温，去聆听那清脆的跑步声，去凝视那天鹅湖面的死水微澜，《亚细亚公园》中老头的死才更加强烈地震撼了我，那种精神毁灭的悲剧才显得那么洞穿心肺。

布鲁姆还奉劝我们，搞文学批评，离学院环境越远越好。我想，远离学院并不等于拒绝科学尺度，尽管文学批评不是学术研究，却也少不了学术研究的头脑。强调生命刻度也并不意味着放弃理性眼光，而是把高贵的理性投注到一种审美体验的张力之中。伟大的艺术作品总是内蕴着精神的撕裂感，而深刻的文学批评常常都建立在对这撕裂感的审美感受之上。这个过程中，作为读者的批评家把全部身心投入戏中充当角色，与作家一同遭遇灵魂挣扎和内心煎熬。通过紧张的阅读，只要你对自身存在感到焦虑，就意味着你走进了文本的深层世界。这种层层旋入的阅读，不仅是对作家创作心路的还原，更重要的，文本中那些被遮蔽的部分在隐约中探出头来。

阅读中的审美发现通常根植于批评家对文本本身的细读，同时伴随着对作家艺术灵魂的跟踪。而作家内心的裂痕与痛点，往往就在这种双向交流中被窥破。阅读《蛙》时，我们看到作家灵魂搏斗的残酷场景。《蛙》的作者是两个莫言叠加而成的叙事者，叠加不是简单的合二为一，其中包含了对峙、交锋、妥协等过程。正如恩格斯对歌德的伟大和渺小的深刻洞察，在对“姑姑”的态度上，我们也发现作者意识中庙堂和民间相交织的矛盾立场。作者灵魂分裂为两个人格，一个是世俗中的莫言，一个是作为艺术家的莫言，正是这两个莫言的纠缠不休产生了这部小说。

同期声（2013年第2期）：

走向虚无的旅程——残雪小说精神机制论略 ◎王 迅

敞亮叙述暗道与探寻精神本源——论王迅的小说批评 ◎晏杰雄

文学批评道路上的苦行僧——王迅印象 ◎钱志富

刘大先

1978年生于安徽省六安市，毕业于北京师范大学，文学博士，曾访学及任教于美国哥伦比亚大学，现为中国社会科学院民族文学研究所副研究员，《民族文学研究》杂志编辑部主任。出版有作品《现代中国与少数民族文学》《文学的共和》《时光的木乃伊》《无情世界的感情》《未眠书》《中华多民族文学史观及相关问题研究》（合著），译著《陈查理传奇：一个中国侦探在美国》，主编有《本土的张力：比较视野下的民族文学研究》等。有两部专著分别被译为日文和英文，多篇论文被翻译成哈萨克文，曾获中国社会科学院优秀科研成果奖、中国作协民族文学年度评论奖、全国青年作家批评家峰会“2013年度青年批评家”、第四届唐弢青年文学研究奖。

规则改变

刘大先

当代社会整体结构性变迁所带来的文学所处位置、所发挥功能的变化，已经引发了批评者的注意。我们已经深切感受到一切坚固的东西都烟消云散了，一切曾经视为理所当然的文学教条都需要重新反思与刷新。一句话，是时候改变规则了。

我说改变规则是拒绝经典的马太效应，让批评的目光投向那些长久被遮蔽却充溢在我们日常中的非经典文学现象和文本。这样的提法有着“文化研究”的背景，但显然不是文学社会学那样的专门化考虑，我想它就如同“反对阐释”类似，只是要对所讨论的话题进行一种反思，提倡某种在特定语境中新近生发出来的美学变革和批评理念。同时，正如一切“新”的总是会随着时间和情势的转移而变为“旧”的，拒绝经典也是一种过程性的、流变不已的提法。

这里所要面临的首要问题是，它可能会给人一种后现代主义式的解构崇高、颠覆既有价值的错觉，但无疑我丝毫没有意愿要在货色杂呈的后现代主义大箩筐中增添一两件鹦鹉学舌的玩意儿。其次的问题是对于既往标准的维护问题，这是个老大难。固然我们日益意识到任何所谓“经典”总是于整体性的生活方式与认知框架中“经典化”的产物，但对于稳定的、有章可循的秩序的渴求根植于批评者的内心深处，遑论陷溺在对于“文学性”没有历史性洞见的迷雾之中的大多数人？

现在需要正面说明的是，拒绝经典是将价值论暂时搁置——价值无涉在我看来是一种虚妄和虚伪——而追求批评的民主生活的来临。因为我们从常识即可以得到这样的经验：任何一个批评者总是局限性的存在，即便是百科全书式的渊博者也不会有勇气声称自己能够掌握人类有史以来的所有文学产品。那么，顺理成章的逻辑推断就是，他的所有批评成果自然都是片面的、局部的、不可能放之四海而皆准的，而批评的行为也是偶然的、机遇性的——他的知识素养、美学品味、评判尺度的形成都受制于他的时代社会环境牵制。

我们赫然发现如今时代的文学是明星式的、作秀式的、景观化的，它交织在人口迁徙、社会流动、信息交换、生活方式和节奏的变化之中，典型的书写文本所需要的时间性、反刍性和沉思性范围不再，而经典与经典化也无法摆脱与殖民体系的建立、民族国家的塑造、新自由主义意识形态形成互为犄角的关系。

这种观察放在马克思主义批评传统中并无新鲜可言，却有着技术和媒体变革时代的新质。我们时代彻底的批评革命者，必须面对前所未有的草根和边缘文学的现状——这个现状是经典马克思主义也不曾预料的，它是高科技、全媒体、景观时代、消费社会中人们的心灵的变迁及文学技术手段发展的结果。

面对这样的处境，是文学概念的再定义——那些打工者的、非异性恋取向的、少数族群的、城乡结合部的、多媒体技术的美学世界的轰然洞开。文学已变，规则也要随之更改，这是批评的开放时代的到来，也是对我们时代的文学袒露出诚实的内心。

同期声（2013年第3期）：

从差异性到再融合：后社会主义时代的各民族文学　◎刘大先

理论的行囊，或在批评的路上——刘大先与他的学术之旅　◎孟庆澍

幸鹈鴂之先鸣——感触刘大先　◎关纪新

何同彬

生于1981年，河北沧州人，后迁至山东德州。现为南京大学中国新文学研究中心讲师，第二届中国现代文学馆客座研究员。研究方向为中国当代文化文学思潮、当代诗歌。已在《当代作家评论》《文艺争鸣》《小说评论》《诗林》《中国诗人》《钟山》《文艺报》《文学报》等报刊发表文论近100篇。兼任《扬子江》评论编辑部主任、“柔刚诗歌奖”评委及秘书长；主持《青春》杂志“青春热评”等。曾两次获得“长江杯”江苏文学评论奖三等奖，第二届江苏省文艺评论奖优秀奖，江苏省紫金山文学奖。

批评的敌意

何同彬

“一切障碍都在摧毁我”，伴随着年华的啃噬，我似乎总是比昨天更明白卡夫卡这句话的“重量”。

我越来越感觉自己是一个思想和文学的病患，被眼前“浮动的盛宴”摧毁之后，就躺在了波德莱尔所说的“人生的医院”里，和所有病人一样，天天“渴望调换床位”。所以，我就常常跟那些问候我的人说：我很忙，我很忙……但为什么这么忙？忙什么？这样的问题最好不要思考，不然会有一股医院消毒水遮掩下的腐尸气味扑面而来。

德勒兹说：“文学似乎是一项健康事业：并不是因为作家一定健康强壮……相反，他的身体不可抗拒地柔弱，这种柔弱来自在对他而言过于强大、令人窒息的事物中的所见、所闻，这些事物的发生带给他某些在强健、占优势的体魄中无法实现的变化，使他筋疲力尽。”我躺在“医院”里最主要的任务就是思考，思考如何面对那些“过于强大、令人窒息的事物”，但除了时光被冰冷地打发掉之外，我一无所获，“柔弱”“筋疲力尽”不过是一个可耻的标签，引发“强健的体魄”恶意的哂笑；失望乃至绝望让我变成一个虚无主义者，对那些自称极具疗效的“药丸”和医术高明的“大夫”越来越充满敌意。

敌意真的不错。本来在这么年轻的时候就沦落为一个和自己职业背道而驰的虚无主义者，简直就是一场灾难，但由此兑换的敌意让我觉得我还活着，或者说，我还不至于病死。敌意让我保留了适度的愤怒，以及由这种愤怒激发的反抗的意志；而懂得反抗让我勉强对得起“青年”二字，让我知道失败和哭泣未必是一桩丑闻。

我经常做勇士或煽动家的梦，在梦里我反复引用海德格尔评价尼采的话：“虚无主义”眼下毋宁就意味着：一种摆脱以往价值的解放，即一种为了重估一切价值的解放。我站在广场的高台上振臂高呼，呼喊我的同龄人组建尼采召唤的“青年之国”：“如果世界被从这些成年和老年那里拯救出来，肯定是对世界更好的拯救！”开战！向一切老于世故的僵尸们开战！

然而，“梦是好的，否则，钱是要紧的”。当我满头大汗醒来的时候，往往面对的都是那张中老年医生和蔼的面孔：小朋友，乖，该吃药了。当我惊慌失措地把“批评”的矛奋力刺出时，发现对面空空如也……

“荷戟独彷徨”是不是有英雄般的悲壮呢？如今，假扮英雄的戏子们如过江之鲫，真的英雄罕见且无助，此时“不如多扔些破铜烂铁/爽性泼你的剩菜残羹”，悲壮固然没有了，但捣乱的趣致却总还会有些吧？

“说话说到有人厌恶，比起毫无动静来，还是一种幸福。天下不舒服的人们多着，而有些人们却一心一意在造专给自己舒服的世界。这是不能如此便宜的，也给他们放一点可恶的东西在眼前，使他有时小不舒服，知道原来自己的世界也不容易十分美满。苍蝇的飞鸣，是不知道人们在憎恶他的；我却明知道，然而只要能飞鸣就偏要飞鸣。”（鲁迅《坟·题记》）

我的理想就是以批评的“敌意”，做这样一只令人厌憎的“苍蝇”，这就好比病人插上了纸糊的翅膀，总是生造了几分逃出病房的幻觉或希望。

同期声（2013年第4期）：

“历史是精神的蒙难”——对当下文学史思维的思考　◎何同彬

激越与沉潜——何同彬的文学批评　◎黄发有

批评杀手——何同彬印象　◎黄　梵

何英

生于1972年，新疆文联文艺理论研究室副主任、副研究员，2005年毕业于鲁迅文学院中青年评论家班，北京师范大学访问学者，第五届鲁迅文学奖评委、首届及二届施耐庵长篇叙事文学奖评委。在《当代作家评论》《文学自由谈》《小说评论》《扬子江评论》《时代文学》《文艺报》《文学报》《中国文化报》《中华读书报》等多家报刊发表约100万字作品。著有评论集《呈现新疆》《深处的秘密》，随笔集《阁楼上的疯女人》，新疆社科基金课题“新疆当代文学研究”优秀成果等。2006年获新疆第二届“天山文艺奖”文学评论奖。2013年获《文学报·新批评》新人奖。有作品被《新华文摘》《中国社会科学文摘》《光明日报》等选摘。

批评的“纯真之眼”

何 英

纯真之眼，这个19世纪美术批评家罗斯金提出的概念，历经阿恩海姆、贡布里希的理论挑战，其概念的真理空间似乎所剩无几了。贡布里希说，不存在纯真之眼，人们在看一个艺术品对象时不可能不带有先入之见。贡布里希当然说了一句大实话，但我猜想，罗斯金在提出纯真之眼的概念时何尝不知道！他只不过想以一个极端的、理想的、带有乌托邦色彩的概念，来绝对化他想象中的艺术创作而已。

在这个失却了整体想象的世界，一切都已支离破碎难以确定，真理的有限性使用成了我们的智慧。在文学批评中何妨重提“纯真之眼”？也许，一个未经知识的定见或偏见污染，不畏世事艰难人情窘迫的孩童，看出来的世界最接近世界的本原。

批评家的纯真之眼，可以规避他人云亦云。说好的时候，都好成一个样儿。说不好的时候，也不好成一个样儿。这不自然，也不真实，更不符合批评家的专业道德；批评家的纯真之眼，可以规避他拉帮结伙、混迹江湖。一个不人云亦云的人，有了独立的意志渴念，是不愿平庸地加入合唱团的，自然也不懂得理会那些江湖恩怨。或有前辈忧心忡忡地告诫：得罪多少人哪，稍不留意惹祸上身。混迹其中也已十余多年，个中得失不及总结，惟幸心中有双力争纯真的眼睛，如此还计什么伤痛；批评家的纯真之眼，可以规避他不懂得美的价值。从20世纪90年代起，批评家们就在找寻、塑形自己的独立文体。在学科化、规范化、学理化之后，是批评情美价值的失落。我们看到的大部分批评难以称其为美，而美是一种价值。在这个铺天盖地的审美日常化进程中，最该有美的品质的批评，反而灰头土脸无态无姿；批评家的纯真之眼，可以规避他自降体格，写出自己都不满意的作品。一个批评家在当今，还有谁管得了他说话的嘴。要说自律，批评家是最该有自律精神的族群。只要保证了每篇作品都在它必然呱呱堕地的时分生产出来，保证它满满浸含着你对它的爱与责任，它是你的体温、气质、精血、智慧的结晶体，而你爱惜羽毛胜于一切，那么，还有什么比一个人的责任心更高贵的呢；批评家的纯真之眼，可以规避他违背爱智求真的批评灵魂。批评家也是在进行艺术创作，这种创作的要求也许更为复杂而精深。不但世俗的是非利害关系不在眼中，心灵神思的更大自由，才是她宛若天真孩童在自己的游戏王国里纵横驰骋的至高享受：至臻至纯的艺术之境，是“非功利”的顶级游戏，彻底地展现个人的禀赋与才华，纵横自己的百伶百俐，既可尖诮幽默又能高雅纯粹……如若能此，人生还有何求。

同期声（2013年第5期）：

作家六十岁——以《带灯》《日夜书》《牛鬼蛇神》为例　◎何　英

职业阅读、边地想象与批评气场　◎黄桂元

何英何许人　◎周　涛

郭冰茹

1974年12月出生，北京大学文学学士，中山大学文学硕士、博士，现为中山大学中文系教授、博士生导师，美国斯坦福大学访问学者，中国现代文学馆兼职研究员。研究领域为20世纪中国小说史及社会性别研究。在《文学评论》《文艺研究》《中国现代文学研究丛刊》《南方文坛》等重要学术刊物上发表论文多篇；出版《十七年（1949—1966）小说的叙事张力》《20世纪中国小说史中的性别建构》等5部专著；主编《中国当代文学批评大系》（卷一1949—1959）、《海外中国现代文化研究文选》。曾获广东省哲学社会优秀成果三等奖。

走笔至此

郭冰茹

“在古典悠悠的清芬里，我是一只低回的蜻蜓”，这是余光中的诗句，专治古典文学的同事将它做了自己的个性签名借以抒怀。我虽不治古典，但迷恋书卷，所以，若将此句中的“古典”二字改为“书卷”，也颇能表达我若干年来埋首案头的感受。

自我以文学为专业、继而为职业以来，我的不少同学、同事和朋友被我戏称为文学行动者。他们写诗、写小说、写剧本、筹建文学社、出版自己编辑的文学刊物；他们热烈地讨论心仪的作家，充满激情地参加诗歌朗诵会，想方设法地把自己改编或创作的剧本搬上大大小小的舞台……然而，我不属此列。我虽兴趣盎然，却喜欢安静地驻足观看，如同翻阅一本书，看一出戏。

我的兴趣在阅读。举凡“杂事”“异闻”“琐语”或是文学专业所要求的理论和文本，我都愿意去涉足，或者手不释卷，或者浅尝辄止。前些日子读林岗老师《口述与案头》，书中一段话于我心有戚戚焉。他说：“对于绝大多数文人士大夫来说，最现实的追求‘不朽’的方式，其实就是埋首案头，摇笔不辍。这种实现人生价值的方式，对于受过良好文化教养的文人士大夫来说，不仅容易做到，而且日益亲切而有味。现实的人生路，越走越拥挤逼仄，越走越艰难险阻，而文字里的人生世界则反其道，越来越宽阔和丰富。虽然这个可以无限驰骋和展开的世界是虚拟的，是不真实的，但正因为这样而越来越对文人士大夫有吸引力。”我虽无意于在书卷中逃避现实人生的琐碎和沉重，也没有追求“立言”以“不朽”的伟大理想，却享受文字世界带给我的那份自足与充实。

我喜欢宁静、心无旁骛的读书的状态，品味文字、玩味史料、沉醉其中。也正因如此，我将自己归入那类很少介入文学批评前沿、深入文学生产第一线的研究者。若果参照一些西方学者的观点，“批评家”不仅仅是及时跟踪当下文学创作并能迅速做出反应的书评人，还接纳更广泛的文学研究者，那么我非常荣幸能被囊括其中。

韦勒克和沃伦在《文学理论》中曾尝试辨析“文学理论”“文学史”和“文学批评”这三个概念，同时也指出这三者之间的互相支撑和密不可分。如果具体到文学批评，一个优秀的批评家总会或多或少地从文学史的角度出发、依据他所信服的文学理论，开展创造性的文学批评工作。换言之，好的文学批评应该既能体现出作者的史家眼光，显示出作者的理论素养，同时又不失锐气、才情和锋芒。

在文学批评日益“学院化”的今天，我钦佩那些能对当下文学创作发言的学人，他们不遗余力地做着披沙拣金、海中采珠的工作。这些及时的批评文字或许不能完全经得起时间的推敲，但也正是因为有了这些艰辛的工作积累，当下的新人新作才得以浮现。但我想，一个好的批评家当不仅仅满足于此。就作家论作家、就作品谈作品并非批评的全部，批评家的工作应当是站在一个更高的角度去发现、揭示并阐释文本与现实、文本与文学史、文本与读者之间或隐或显的“关系”，同时做出判断和引导。

我愿意朝这个方向去努力。

同期声（2013年第6期）：

中国当代小说中的“叙事传统” ◎郭冰茹

“缩小”和“放大”的当代文学研究——关于郭冰茹的学术印象 ◎王 尧

批评的灵性 ◎李凤亮

2014年

傅逸尘

岳 雯

董迎春

柳冬妩

张定浩

张立群

中国人民解放军
总政治部

傅逸尘

本名傅强，1983年生于辽宁鞍山，毕业于解放军艺术学院文学系，文学硕士，现为解放军报社文化部编辑。中国作家协会会员、中国报告文学学会会员、中国当代文学研究会会员、中国现代文学馆客座研究员、解放军军事文学研究中心研究员、鲁迅文学院第二十六届高研班学员。著有文学评论集《重建英雄叙事》（21世纪文学之星丛书2008年卷）、《叙事的嬗变——新世纪军旅小说的写作伦理》、理论专著《英雄话语的涅槃——21世纪初年军旅长篇小说创作论》、长篇纪实文学《远航记》。曾获中国当代文学研究优秀成果奖、“紫金·人民文学之星”文学奖、中国文联文艺评论奖、全军文艺优秀作品奖等。

批评当随时代

傅逸尘

“笔墨当随时代”是清初石涛一段普通画跋中的话，二百余年后却成为中国现当代艺术家奉为圭臬的一种艺术观，以及倡导艺术创新的至理名言。然而，笔墨如何随时代，随什么样的时代？这“笔墨”是指狭义的中国画技法与形式，还是泛指中国画的精神与内涵？不同的解读使得中国画的面貌与走向居然大相径庭。我这里当然不是要谈中国画，而是想把石涛的绘画观念移植到当下的文学批评中来。

文学与时代都是极其复杂的存在，但文学与时代在思想与精神上并不是一种同构与同质的关系。文学既有可能与时代同步，也可能走在时代的前面，还有可能是落后甚至于悖谬。文学有先进与堕落之分，时代亦有光明与黑暗之别，在这种意义上，我觉得不能把石涛的“笔墨当随时代”简单地理解为“跟随”时代，有效地介入时代、表现时代以至于引领时代或许才更接近石涛之本义。因此，文学批评在面对文学与时代的时候，既不能脱离文学而在时代精神上凌空蹈虚，亦不能够囿于文学而置时代精神于不顾，文学批评的艰难与复杂状态由此而生。对20世纪90年代以来中国文学批评我不敢妄下断言，但我的感觉却是食西方20世纪文学理论与批评方法而不化，导致与文学创作严重错位。换言之，没有真正有效地参与到中国文学创作的进程中来。我理解的文学批评是独立于文学理论与文学史的一种更富于文学本体意味的文体，它的位置是在文学创作的最前沿，它的价值在于直接参与文学创作与文学思潮的进程，当然，它会给文学理论与文学史提供最具现实意义的依据与互动的动力。西方20世纪文学理论与批评方法所达到的高度是不容质疑的，但在具体的批评实践中的“生搬硬套”，却让近20余年的中国文学创作没能真正吸收它的非凡成果，不仅仅是水土不服，甚至是水火不融。这样讲并不是排斥西方20世纪文学理论与批评方法的研究与借鉴，而是说，生搬硬套的结果只能使当代文学批评界在缺乏作家关注、没有读者参与的情况下自我狂欢或自娱自乐。亦可谓，批评未随时代。

石涛的另一句话是“夫画者，从于心也”，就是说，思想、精神和情感才是最重要的。文学批评置作家鲜活的创作与时代的发展于不顾，而是囿于学术体制与学术规范，或沉浸在某一套理论批评体系与话语中不能自拔，这样的批评如何称得上“随时代”？比如著名画家黄永玉先生的自传体长篇小说《无愁河上的浪荡汉子》，在2009年第一期的《收获》上连载，至今已三年有余，并未见有太多批评关注。当然可能与神龙见首不见尾有一定因素，但完整的长篇大论可以没有，随笔呢，某一方面的感想啊什么的还是应该有的吧。批评家，除了能够在自己的某一套理论批评体系与话语中自说自话外，对这样一部小说无动于衷，一方面说明中国的批评家已经丧失了对文学的感受力，另一方面也不具备引领文学与时代精神的气质与气象。有作家自谦说自己是码字的，码的是创作方面的字；这样的批评家能否说是码批评方面的字？三年前，我在那一期的杂志上随手写下这样的感想：“这小说写得太地道了，叙述语言、写景状物、人物描写、风俗、俚语等诸多方面都尽得中国古典文学之精神，尤其是人物刻划更见文学功力，只用人物寥寥数语，音容笑貌已现。我觉得，中国近百年之小说达到如此功力者鲜矣。”终于，前不久看到《南方文坛》2013年2期上，周立民在一篇对话中提及此小说，观点与我不谋而同。这里不仅可以窥见文学批评家的艺术敏感与鉴赏力，也体现了文学批评所要承担的责任与义务——在与创作的互动中建构代表着社会前进方向的理想与精神。

哈罗德·布鲁姆说，“想象性的文学处于真理和意义之间”，这就为文学批评提供了广阔的阐释空间。我所谓“文学批评当随时代”的最重要之处在于引领作家与文学，积极参与文学创作与时代精神的建构，要用自己的道德理想影响作家、读者，进而影响时代发展的走向。文学批评不能够与所处的时代相融合，不能够用自己的思想与精神参与时代精神与理想的建构，这样的文学批评肯定不是好的文学批评，遑论伟大的文学批评。莫言已经荣获诺贝尔文学奖了，无论在何种意义上讲，这都表征着中国当代文学创作的成就与高度。可是批评呢？苛刻一点说，恐怕连与世界对话的资格都还不具备。学问可以教书，但很难批评，因为批评必须要“从于心也”。

同期声（2014年第1期）：

没有结局的小说与“漂泊者”的命运及状态——读徐则臣中短篇小说记 ◎傅逸尘

整体视野中的军旅文学批评——傅逸尘理论批评印象 ◎杨庆祥

印象·“穿越”傅逸尘——从一次会议的缺席开始 ◎朱向前

岳雯

湖北枝江人，毕业于北京师范大学。现就职于中国作家协会创研部。发表了些许文章，著有评论集《沉默所在》。获首届“紫金·人民文学之星”青年评论家奖、《南方文坛》年度优秀论文奖（2014）、第四届唐弢青年文学研究奖。

沉默所在

岳 雯

照例，在这篇短文里，我需要谈一谈我是怎样在千回百转之后终于抵达了批评的小径，又是如何树立了批评的“核心”——一种据说是批评家都必须具备的叫作“批评观”的武器，在这个问题面前，我感到困惑，困惑于我的那些只言片语、呓语狂言真的算作“批评”吗，也困惑该到哪里寻找我的“独门秘笈”。

这困惑是真的，就像在那之前长长的沉默也是真的一样。当然也不完全是。一开始，我跟在批评家身后，结结巴巴地鹦鹉学舌，卖弄着我刚从他们那里获得的关于文学的常识或真理，但是我知道，关于文学，内心深处的那个我，仍然是沉默的。

怎么能不沉默？当你很长时间以来苦苦思索不得其解的人生疑难，突然在文学作品里得到灵光闪现的时候；当你以为独属于自己的情感形式，居然在作家的笔下被细细打磨出来，发出璀璨光泽的时候；当你想逃离这个世界，骤然发现理想的生活方式正在文学作品里一一显形，你怎能不强压住内心的狂喜，除了反复阅读，沉浸其中，并无他求。所以，在这个意义上，文学至于我，不是一堆语言材料，它更像是身体发肤，是使“我”成为“我”的那个最要紧的东西。它让我眼前狭小的世界无比阔大，它让我意识到，有无数种真理，它们吵吵嚷嚷，彼此反对，但都能抵达永恒。对于最珍贵的东西，你除了将它珍藏在谁也找不到的地方，假装从来没见过它，还能怎么办？当然，沉默还因为你没有找到合适的谈论文学的语言。你无法以谈论哲学的方式来谈论文学，甚至也无法以谈论文学的通常方式来谈论文学，你必须找到属于你自己的语言。而语言如小兽，得以心血饲养它，且须假以时日。那么，就什么都不说吧。

变化是在我成为母亲之后发生的。面对尚未习得语言的幼儿，沉默被打破了。我开始愿意分享我从文学中习得的东西。经验需要通过文学代代相传，这是人类生生不息的奥秘，这道理粗浅得近乎简陋了。创造本身是为了对话，文学不是活在孤立之中，恰恰相反，文学在人与人之间搭建桥梁，让我们意识到，看似迥异的存在，差别其实没有想象得那么大。批评意味着挑选、界定和敞开，在而立之年，我才意识到人生是如此短暂，光阴转瞬即逝，我愿意为我的孩子，乃至更多的人挑选值得读的书，这也是为什么我愿意以熔铸了我的生活经验的形式谈论文学的原因，说到底，文学是帮助我们真切地理解遥远陌生的他人，理解我们复杂缠绕生活，理解我们所处的瞬息万变的时代，当然最重要的，是理解我们自己。

但是沉默依然在诱惑着我，就像一个老朋友，不时地提醒我：你说得委实太多了，关于文学，过于饶舌，这大概不是什么好事。这提醒很对，因为，语言的冲动并不是永动机，它会耗尽自己。终有一天，我也许会重新发现沉默才是文学的要义所在。或许，我将再度沉默。

那也很好。

同期声（2014年第2期）：

不彻底的改革和理性的抒情——重读《沉重的翅膀》 ◎岳 雯

“起跑线”上的岳雯 ◎金 理

岳雯小记 ◎李敬泽

董迎春

1977年2月生，江苏扬州人，文学博士，硕士生导师，主要从事西方文论、中西诗歌比较、电影美学研究。广西民族大学文学院教授，复旦大学博士后，四川大学符号学-传媒所特约研究员。著有诗集《水书》《漫游者之歌》《象征与超验》。于《上海文学》《西湖》《青春》《诗歌月刊》《星星诗刊》《扬子江诗刊》等刊物发表文学作品若干。译作有《帕斯卡尔葩蒂·诗选》。出版专著《反讽时代的孤寂诗写——当代诗歌话语研究》（2012）、《走向反讽叙事——20世纪80年代诗歌的符号学研究》（2013）等。

语言本体的书写

董迎春

批评是一件难事。批评职业化了，在今天批评变得匠气、俗气。批评远离了书写，远离生命意识的异质同构与写作伦理。批评的喜悦不在于一次次正面、积极的认同与赞赏，而是在于如何保持清醒的判断力，坚持纯粹写作之责任。批评是打破作家与批评家的疆界，在批评中重塑写作者的哲学态度、生命态度。

批评不仅在于说明、阐述，更在于对自我反思与理论建构怀揣热情，从作品中读出世界的眼光。批评不仅意味着批评家的写作良知，也意味着生命发现与哲学建构的能力。文学，在我看来是“失败”之学，它反思了现实矛盾与人的局限。批评同样遭遇这种精神困境与虚无幻相。批评家与作家同属于世界性的写作者，批评不是时代赞歌，而是心灵压缩、生命局限的自我同情。批评的写作，触摸、慰藉人类自身无法逃离的孤独处境。

人是语言的动物，更是修辞的动物。人类诉求语言，进行思考、表达，从混沌、无序的世界中建构文明。但是，当我们试图用语言去表达、思维时，也极易滑入语言自身嵌套的“逻格斯”，批评的写作走向语言的秩序化与中心化。文化与权力必然结合，这就使得文化幽暗之处，在于语言藏有毒性，写作不自觉地被意识形态利用。这种毒性具有隐蔽性、摧毁力。语言，变成意志、长官的产物，被集团、权力占有，遮蔽了个人、个体的价值。语言成为这个时代最明亮而幽暗的文化镜面。我们追逐着吞吃符号，却显出空洞。符号在场，意义全无。现世悖论在于购买这类冰冷而空虚的符号。当下内心被时代、体制忽悠、绑架，只剩下一副瘦骨嶙峋的皮骨，所有肯定的能量被各种社会假相损耗。各种规训目光、奖惩依据本能地诱惑我们，加速与空洞能指的距离。我们习惯用符号遮盖自己脆弱外表以此掩饰慌张，我们遵从习俗与规训以免被识出这空洞与空心。无处不在的谎言，无处不在的妥协。各种诱惑、麻木，也是另一种机器、事实威武地瞄准我们。批评的写作，正是颠覆、解构嵌入语言背后的“逻格斯”。

虚无像一把刀，不仅割裂现代之维。从19世纪西方现代社会传来的虚无意识，在当下被赋予了合法化认同。尼采从怀疑反思中识别自我之路。从这种不确定与否定中我们寻找批评的可能，重塑批评的写作尊严。从时代意识中反思自我、确立主体价值，从批评中发出内心诉求的声音。在政治说教、群氓欢歌的时代，生命的事实、尊严就是从否定自己开始，不是“是”的写作，而是“不是”的批评。批评成为一种情感纽带与思想触媒，建构了写作的生活意义与生存智慧。

批评是写作的产物。批评的写作听从内心，对知识与思想充满天然的向往与冲动。批评的写作，走向人性深处的幽暗观照，走向写作者自我身份的积极认同。追求真诚的学理贯通，让生命激情融入作品细读。从文本出发，从体验出发，从否定出发，在质询与发现中建构当代诗学的可能。

20世纪西方现代哲学家尼采、海德格尔、胡塞尔、德里达、福柯等从语言自身着手首先要破解的便是这种中心化的语言“逻格斯”，通过差异、延异的思维、理念生成批判的、反思的现代哲学——“解构”观念，不断颠覆、消解语言。批评的写作，正是从外部世界的疏离关系走向了内部意识深处的审视与探析。远离跟风、媚俗，保持写作者的风度与智慧，恪守批评的写作身份与责任。与生命为友，与事实、真相为友，把语言、诗学、生命、真相彼此融注，从语言本体的书写中发现自我、确定自我。

同期声（2014年第3期）：

反讽时代的孤寂诗写——再论海子诗歌精神 ◎董迎春

反讽时代的诗歌批评语言——董迎春诗学研究述评 ◎姜永琢 李心释

时代的异乡人与形而上的反抗 ◎杨有庆

柳冬妩

本名刘定富，1973年出生于安徽霍邱。文学创作一级。现任东莞文学艺术院副院长、东莞市文艺评论家协会主席，系中国作家协会会员。独立主持完成国家社科项目、广东社科项目、广东重点文学创作项目等多项。在《读书》《南方文坛》《天涯》《文艺争鸣》《小说评论》《文艺理论与批评》等刊物发表论文近100万字，被《新华文摘》《新华文摘精华本》《读书三十年精粹》等转载和收入30多万字。出版《打工文学的整体观察》《解密〈变形记〉》等专著4部。在《诗刊》《诗选刊》《诗歌月刊》《星星》等刊发表诗歌300多首，出版诗集3部。荣获第五届、第九届中国文联文艺评论奖等奖项。

诚实的批评

柳冬妩

欧美新批评作为批评流派已经成为历史，但它的本体论原测和深入文本内部的批评方法，却留下了无法磨灭的影响。新批评理论家所提出的许多批评要义，需要我们不断重温。托马斯·艾略特提倡："诚实的批评和敏感的鉴赏，并不注意诗人而注意诗。"新批评有关"作者之死"与"意图谬误"的学说都强调作者对文本与读者的控制地位的丧失，文本的独立性得到极大彰显。

新批评派的后期捍卫者韦勒克强调："一个作家的社会出身，在其社会地位、立场和意识形态所引起的各种问题当中，只占一个很次要的部分；因为作家往往会驱使自己去为别的阶级效劳。大多数宫廷诗的作者虽然出生于下层阶级，却采取了他们恩主的意识和情趣。"韦勒克实际上注意到了经验和意图在写作过程中的变化、重组和逆转。因此，任何作者上的材料都不可能改变和影响文学批评中对作品的评价。作家的身份意识与他所有的生存经验只有在文本中才能加以确定。在"打工文学"创作中，一些"打工作家"失去了被社会意识形态和审美意识形态所压抑、遮蔽的"经验作者"的本来面目，他们的精神立场一旦被阉割和篡改，就很难传达自己的声音。从这个意义上看，作者在文本中是"死亡"的。但所谓"作者之死"也只是一种隐喻化的或者形象化的说法，为谈论"经验作者"也留下了余地，作者的经验不可能在文本中完全消失。"作者之死"与"意图谬误"学说，在中国可能被普遍地误解了，其实这些学说并没有直截了当地摒弃作者的意图这个概念，而是强调这种意图的最可靠的证据是作品本身，并不是作者的传记或社会背景。从某种意义上说，对写作而言，经历和遭遇的独特性、奇异性和剧烈程度，并非无关紧要，而且它对于创作的作用也已经被大量的文学作品所证明。

一件优秀的文学作品能够比它的作者活得更长久。文本的这种生存能力，不是作者所能控制的，没有作者能异乎寻常地控制其文本的意义，控制对其文本的阅读。不同的阐释视角、批评方法，会导致阅读者进入文本的不同层面，会解读出文本的不同意义，因此对文本的评价也就会呈现出很大的差异。但不管是哪一种批评方式，合情合理的出发点应该是解释和分析作品本身，认真阅读文本是对批评主体的最起码的要求。脱离了具体的文本，不仅无法研究文学的形式和审美特性，也无法研究外部力量对于文学的影响与渗透。在此意义上，新批评派所倡导的“文本细读”，永远都不会过时。细读文本是评判作品好坏的根据，没有细读就没有可信赖的评判。“不读而论”是文学批评的最大危险，它使对文学的批评无法避免判断的错误。对于那些非常优秀却又默默无闻的作家而言，诚实的细读是发现他们的唯一方式。

诚实的批评和敏感的鉴赏，包含了对批评者与鉴赏者的要求。按照另一位新批评派主将瑞恰兹的话说：“他必须是个善于体验的行家，没有怪僻，心态要和他所评判的艺术作品息息相通。其次，他必须能够着眼于不太表面的特点来区别各种经验。再则，他必须是个合理判断价值的鉴定者。”对文学的评价，就是任何有能力的鉴赏者，对结构性地呈现文学中的审美价值的性质及其关系的经验和认识。文学的多种价值潜在地存在于文学结构之中，文本意图的实现，相当程度上取决于批评家有效的阅读、敏锐的感受和公正的判断。

同期声（2014年第4期）：

打工文学的类型融合　◎柳冬妩

他关注沉默的大多数——柳冬妩和他的《打工文学的整体观察》　◎谢有顺

在场者的见证　◎胡　磊

记译注
记译注
古希腊戏剧选
荷马史诗·伊利亚特

张定浩

1976年生于安徽，《上海文化》杂志社编辑，中国现代文学馆第三届客座研究员。业余写诗和文章，著有《孟子选读》、随笔集《既见君子：过去时代的诗与人》、文论集《批评的准备》，另译有《我：六次非演讲》。获“2013青年批评家年度表现奖”，论文《短篇小说与长篇小说》获第十届《上海文学》理论奖。

过去与现在之间

张定浩

几乎所有的现代批评大家都反复教育读者要先信任作者，先怀抱热爱，才能有所收获；几乎所有现代批评杰作都是对优异的辨识、召唤、理解乃至欲求。但回到当代中国文学的具体境遇中，一个怀揣这样批评教养的阅读者，往往会陷入某种由热忱、焦灼和愤懑所构成的困境中，他尝试怀抱热爱，但每每失望；他企图发掘优异，但触目处皆是平庸；甚至，他沮丧地见到，假想某位当代中国作家及其作品具有多种实际上并不具有的美好，已经成为时下诸多所谓文学批评家和文论写作者的主要工作。

类似这样的困境，我相信有不少人都会有所感知，但除了逃逸到另一个更为喜爱的空间之外，在我想来，作为一个还乐意尝试文学批评的、诚实的写作者，更为切身有益的解决之道，是再度把视线投向自身。

首先也许要改变一些通常的认识，抑或某种奇怪的误解，即预设当代文学批评只能针对当下的文学作品，只能将我们周围这几十年里刚刚出现的新作品作为它的探讨对象；进而认为文学批评只能遵照批评对象的场域来进行划分，遂将之割裂成古代文学批评、当代文学批评、中国文学批评、西方文学批评，等等。正是这种自我预设和割裂，才使得当代中国文学批评始终没有摆脱某种孱弱附庸的角色，这种附庸角色有很多的化名，它们有的好听，比如诤友、牛虻；有的难听，比如判官、苍蝇，但无论何种称谓，它们都不能仅仅归于作者和读者的善意或恶意，它们都首先和批评者的狭窄认知和定位有关。当我们在指责和哀叹当代中国文学的平庸乃至更为深广的文化断裂的时候，我们仿佛是这个星球上热爱文学的族群中唯一的受害者，但倘若我们去读一下诸多批评大家描摹他们当时文学境遇的文章，比如艾略特的文论，或许就会发现，举凡共同的古典教育基础和传统教养的消失、共同的文学认识和历史意识的消失，以及种种所谓文学低劣化倾向，这一切并非唯有百年以来的中国文学乃至这几十年的中国文学才遭际到的特殊困境，这种困境，同样存在于别处；或许，我们就可以进一步意识到，艾略特作为批评家的意义，他所值得人们尊重的地方，并不在于从旁观者的角度泛泛指出一些普遍存在的问题。他没有停留在只作为一个在过去和现在的裂缝边缘评头论足的局外人，通过对诸如十七世纪诗人的重新发现，通过积极地找到古典在当下的生命可能，他纵身于过去与现在之间的永恒裂缝之中，令自身成就为一种填补裂隙的创造物。用自身的存在去尝试联通那些被割裂之物，在一团混乱中努力认识和理清过去、现在乃至未来的关系，这才是一代代批评家最为光荣的任务，也是职责所在。

在这个意义上，我们不妨套用克罗齐的句式，我们不妨说，一切文学批评都是当代文学批评。一切过往的乃至异域的好文学，它对于当下的意义都不仅仅在于作为某个标准参考物，用以蔑视或抬举当下的文学，而是说，透过时间和空间的重重阻隔，它依然有能力在当下发生作用，依然有活力影响我们。过去、现在和未来，如此才成为一条长河，如此才得以处于生生不息的流转当中。因此，我觉得，倘若批评一定要冒犯一些什么人，那么它所致力冒犯的对象，既不是糟糕的作者也不是文雅的观众，而恰恰是那些从事批评写作的同行；批评家要着力改变也有可能改变的生态，不是作为批评对象的文学的生态，而是他身在其中的批评的生态。这或许是批评家最终要承担的重负，它既是沉重的，却也有可能是轻盈的，因为这个承担重负的人，这个有愿望令自己上升的人，始终面对一片比双足所立的方寸之地更为广阔和浩瀚的天空。

同期声（2014年第5期）：

爱和怜悯的小说学——以黄永玉《无愁河的浪荡汉子·朱雀城》为例

◎张定浩

作为诗人的批评者　◎来颖燕

既见君子，云胡不喜——张定浩印象记　◎崔　欣

张立群

生于1973年，辽宁沈阳人。现为辽宁大学文学院教授，文学博士，硕士生导师，山东师范大学文学院博士后流动人员，中国现代文学馆兼职研究员。主要研究方向：中国新诗与新诗理论、中国后现代文学与先锋派文学思潮。曾出版《20世纪中国新诗与政治文化》《阐释的笔记——30年来中国新诗的发展》《中国后现代文学现象研究》《先锋文学的现代性突围》《先锋的魅惑》等专著5部，另有诗集《白马》，在核心期刊发表论文近200篇。

历史的态度

张立群

曾经在一段时期内（2005—2007年），由于进行课题《中国诗歌通史·当代卷》“80至90年代部分”的写作而写过大量的批评；而当初涉批评的冲动渐渐缓释，过量的生产又让我怀疑批评的真实性及至意义和价值，进而渴望向学术研究的层面迈进。上述大致可以称之为从“兴奋”到“困惑”的态度转变，在相当程度上真实地反映了批评的处境：它不仅取决于个体实践过程中对于批评本身的持续的“再认识”，更取决于学界对于批评的态度及其潜在的影响。

无论别人如何看待批评，经历反思后的我都将批评视为未来文学理论建构和文学史写作的基石。正如韦勒克在《文学理论》中指出文学理论与文学史都离不开文学批评，后来，他又在《批评的概念》中援引弗莱的话“文学批评是本身就有存在价值的思想和知识结构”，文学批评对于文学特别是当代文学的研究与发展有着至关重要的作用。如果将批评理解为某位作家某些作品的分析与品评，那么，文学理论和文学史自然要依靠批评实现自己的未来图景。尽管，从当代人评价当代人的角度上看，批评需要的眼光、勇气和知识储备会使“最为简捷”的时评成为一柄“双刃剑”，但若我们真的可以客观、公正地思考20世纪30年代那么多由同代人撰写的作家论，现在已成为研究那个时代作家的权威资料，便不必背负过多的心理负担，而准确、深入和艺术化始终是衡量包括批评在内所有文学研究的重要标准。

《中国诗歌通史·当代卷》于2012年反复修改后出版，标志着我对20世纪80年代以来中国当代诗歌批评的工作已告一段落，我忽然对批评产生了一种强烈的“历史的态度”。批评需要接受历史的检验，同时，也需要见证时代的投影和现实的生活——如果前者最终表明了批评是种理智的认识，那么，后者则表明了批评的责任感和应有的历史的高度。显然，批评，作为一个概念，本身并无高低优劣之分，但若只是将批评停留在肤浅的认识、无原则的褒贬或是简单的自说自话上，我们的批评必将前途黯淡、为人所诟病。

秉持理想主义的情怀，“历史的态度”同样意味着批评具有综合的特征，在具体展开的过程中，批评往往会兼及文学理论和文学史的某些有效资源；“历史的态度”始终指向批评的真善美，真实、良知及审美艺术化构成了批评应有的质地与特征；“历史的态度”还意味着批评像其评价对象一样，需要遣词造句、饱含深情且发挥想象力，从而经得住时间的淘洗。

当然，“历史的态度”也隐含着批评实践过程中需要面对的一些实际问题。结合自身的体验，在一般意义上我们所言的批评在时间上是属于当代的，在专业上更多应当从属于当代文学范畴，其具体针对的对象是批评者感兴趣的作家、作品和时下的文学现象。批评给众多专业人士留下的印象往往是史料、史实和理论的双重匮乏。史料、史实的问题自然可以通过“历史的态度”加以解决，而理论及提炼的观点呢？批评者在很大程度确实不太关注关乎批评自身的理论，但从一个优秀的文学史家、文学理论家首先应当是一位优秀的批评家的逻辑来看，“历史的态度”同样不失为一种有效的应对策略。

应当说，无论在何种语境下，批评都是一项具有挑战性的工作。“历史的态度”虽可表明我的批评立场，但并不代表他者对于我的批评的认可。面对琳琅满目的作品和层出不穷的文学现象，个体的视野、能力甚至体力都会让我感到限制。也许，我已说得太多，而优秀之作从来不需要批评。这样，在无法保持“历史的态度”的前提下，默不作声也是一件很不错的事情。文学需要在沉默中领悟，历史也是如此！

同期声（2014年第6期）：

中国新诗的旗意象　◎张立群

张立群：温文尔雅而又雄心勃勃的70后批评家　◎张丽军

“白马”飞翔的天空——我印象中的张立群　◎房　伟

2015年

黄德海

王 冰

于爱成

李德南

丛治辰

罗小凤

黄德海

1977年出生，山东平度人，2004年复旦大学中文系硕士毕业，现任职于《上海文化》杂志社。研究方向为中国现当代文学。编选有《书读完了》（2006，2007）、《文化三书》（2008）、《野味读书》（2008）等，翻译有《小胡椒成长记》（2004），协助整理有《周易虞氏易象释》（2009）、《道教史丛论》（2012）等，文学评论集《若将飞而未翔》、书评随笔集《个人底本》即将出版。

隐秘的世界

黄德海

有很长一段时间，我的阅读重点是美学，循着朱光潜《西方美学史》开列的书单，每天规定自己读起码多少页数的“原典”。当时的想法是，等有一天把这些美学或文学理论的原典全读过一遍，我必将获得开启文学之门的秘密钥匙，写出不同凡响的文章。

那些原典却并未因一个少年的朦胧梦想就轻易打开自己厚重的大门，文学作品里的珍宝也没有因为我自以为是的努力就让我看到光辉。过了一段时间，滥读原典的副作用发作，我不光没有读懂那些大书，甚至连阅读平常书籍的乐趣都失去了。有一阵，我对自己产生了强烈的质疑，竟有段时间废书不观，就更不用谈写作了。

等我在社会里滚过一遭，远兜远转地回到文学评论的时候，半是因为读过的旧理论多已遗忘，半是因为疏于学习蜂拥而至的新理论，这重新开始的写作试验，让我颇为紧张，以致有不知从何下手的感觉。好在，欧阳修和苏轼的一个相关故事及时鼓励了我。欧阳修在颍州任太守时，作《雪》诗，自注：“玉月梨梅练絮白舞鹅鹤银等字，皆请勿用。”后苏轼效其作《聚星堂雪并叙》，有句言：“当时号令君听取，白战不计持寸铁。”白战，即空手作战。虽不像这对师徒一样有而不用，只是腹内原来草莽，但既然已经忘掉了曾经读过的理论，我也就顺势紧紧胆色，试着白手不持寸铁，与作品素面相对，从其本身发现秀异之处。

这个被迫的选择让我有个不经意的发现，澄清了长期以来的一个误解——美学和文学理论并不是要指导文学创作，也不是要为此后的文学评论提供某种“合法”的理论支撑，而应该恰当地理解为一种有益的写作尝试，用异于文学作品的方式，表达写作者对这个世界的独特认识。与文学创作类似，美学和文学理论要表达的，也是写作者的独特发现。这个发现一旦完整地表述出来，就确立了其在认知史上的地位，应该以独立的姿态存在，不需要简单地重复使用。进而言之，文学理论最终需要建立在写作者自身的生活经验和文化系统中，因此，有关文学的系统理论，在起始意义上就几乎杜绝了被挪用的可能。

在这个意义上，文学评论应该叫到我们置身的当下，在深入、细致阅读具体作品的基础上，获得具体的感受，回应具体的现象，得出具体的结论。这个生成虽与具体的文学作品相关，根柢却是写作者在阅读时，凭借自身的知识和经验储备，有了“发现的惊喜”，并用属己的方式把这个惊喜有效传达出来。这发现跟阅读的作品有关，却绝不是简单的依赖。说得确切一点，好的文学评论应该是一次朝向未知的探索之旅，寻找的是作品中那个作者似意识而未完全意识到的隐秘世界。即使明确了上述的问题，我的写作也并不因此变得轻松起来，甚或说，自此变得更加困难了。每个作品都有具体的语境，无法用同样的方法处理不同的具体，故此每当面对一个新作品的时候，必须试着去摸清这个作品自身的肌理，并用适合这个作品的方式将其表达出来。在这种情形下，几乎每次写作累积的经验，在面对下一部作品时都完全失效，从开头到结尾，都要重新摸索。不断的摸索既迫使我不断回到作品本身，反复体味其中的微妙，却也在很多时候让我三鼓而衰，失去了写作的乐趣。

这个欣慨交心的写作过程，幸赖，是“一个干净明亮的地方”，能给人些许鼓舞——并像有朋友期望的那样，形象，爽利。

同期声（2015年第1期）：

驯养生活——田耳的《天体悬浮》 ◎黄德海

更好的文学，更好的生活——说黄德海的文学批评 ◎郭君臣

记黄德海 ◎张新颖

王 冰

20世纪70年代生于山东，毕业于广西民族大学文学院，现为中国作家协会鲁迅文学院培训部副主任、副研究员。系中国作家协会会员，全国“在场主义”散文奖评委，中国社会科学院《文学蓝皮书：中国文情报告》编委。曾在《南方文坛》《文艺报》《名作欣赏》《当代作家评论》等报刊发表大量文学评论，主编有《才女书:百年百人百篇女性散文经典》，散文理论专著《散文：主体的攀援与表达》为中国作家协会中华文学基金会“21世纪文学之星丛书”之一，散文理论专著《集体的光亮与个体的无名——“现代性”景深中近十年来散文创作图谱》为中国作家协会重点扶持作品。

结结巴巴或硬批评

王 冰

能够说清道理，又不吞吞吐吐，欲言又止，语言不生硬、不结巴，这对当下的文学评论者来说，似乎渐渐成了一大奢望。于是，很多批评家面对作品顾左右而言他的多，假模假样地隔靴搔痒一番的多，做些于人于己于文学似乎都是无利无害之事的多。在这样的情境中，受到潜移默化的影响，做文学批评的，说起话来，作起文来，结结巴巴的人就多起来。

当下，很多评论家的研究基本可以归到一个大的家族中，颇有点同族兄弟同声相应、同气相求的味道，从内心的质地到表达的形式，都散发着同一个家族的味道，连批评的习惯与习俗，甚至是批评的脾气也是大同小异，文学批评的氛围和底气由此形成，最后的局面就是批评的时候，将几句相同的话不断地反过来正过来说，又正过来反过来说，时间长了，文学批评者也就自然结巴了，也就死硬了，然后人们相互之间必然就要巴巴结结，“硬”甚至于死了。

当然结巴有结巴的好处，按理说也不会有太多负面的影响，但是，别人不结巴的时候，他们结巴也算作一种个性吧。而做文学批评，应该提倡灭掉集体主义，提升个人主义，不能将结巴也整齐划一化了，当更多文学批评者都一起结巴，结巴一致的时候，结巴就成了一种文学批评中渐成习惯的病症。

文学批评中结巴的原因有很多，比如文学评论者对于作品基本判断力的缺乏，比如文学评论中推理形式的混乱，比如文学批评者的疆域缺乏文学之内或者之外的想象空间，比如对一些概念仅限于空悬与空转的把握，等等。当然更重要的原因是，不但源于嘴巴吃人嘴短的缺陷，更是源于批评者们知识体系和知识结构的同化，这使得文学批评者因为内心的不自信而难以说出具有独特判断力的话语，即使说出，也难免躲避不了雷同的尴尬，于是一个文学批评者开口的结局就是欲言又止，结结巴巴；还有就是这些文学批评者害怕因为说出一些别样的话，或者评论一个名不见经传的作者，而被一些所谓专家嗤之以鼻，把自己当门外汉对待，于是只能结结巴巴、欲言又止了事，结局就是大家都相安无事。如此的最终结果就是评论者对真实文学和文学真实的哑口无言，不能说出或者不敢说出，即使张嘴，也是口吐白沫、结结巴巴，甚至胡说八道。文学批评值域的缩小和意义价值平均数值的普遍降低就成了一种必然。

于是，分散各地的文学批评者们早不是那种百家争鸣、棱角分明，甚至四分五裂的状态了，而是出现了难得的整齐划一的一致性。家族式的“颂圣”批评散布于大江南北、长城内外。他们虽然各自独立于分离的领域内，却用统一的眼光和视角来观察同一个局部的问题，并得出一个好与坏的简单结论，连为什么好或者为什么坏的原因都是一致的，“趋同化”在结结巴巴的硬表达中，成为文学批评者吹起的那响亮的号角，并成为其对文学作品做出道德价值判断和审美判断的唯一传统，这确实是值得我们警惕的。

文学批评应该允许批评缝隙与写作裂隙的存在，应当有能力、有机会畅所欲言一番，批评者应有点急脾气，竹筒倒豆子般地淋漓一回，结结巴巴和硬批评只能让人失了心气，时间一长，文学会得大病的，再去硬通气，通硬气，那就来不及了。

同期声（2015年第2期）：

散文创作中的集体主义一体化 ◎王 冰

两面王冰 ◎白 烨

文学批评的潜行者 ◎冯秋子

于爱成

1970年11月生于山东。现任深圳市作家协会驻会副主席，兼任广东省作家协会文学评论委员会副主任。中国作家协会会员。迄今已出版《深圳，以小说之名》《新文学与旧传统》《四重变奏》《狂欢季节》等学术专著。在《文艺争鸣》《南方文坛》《文艺理论与批评》《电影艺术》《文艺报》等报刊发表理论与批评文章60多篇。有文章被《新华文摘》等转载。曾获第六届、第九届广东省鲁迅文艺奖，首届广东省青年文学奖等奖项。

我的批评立场

于爱成

总体而言，20世纪90年代至今的文学批评，其功用显然已成为文学创作的评价者和判断者。这造成了文学创作对文学批评的双重疏离。无论作家还是读者，对文学批评普遍采取不太信任的态度。第一重疏离，是对批评家不以为然，认为当代批评家并没有真知灼见，不能真正读懂文学作品。第二重疏离，是对当代批评家职业操守有所疑虑，作协系统的职业批评家被认为接地气却流于油滑，学院批评家被认为专业规范但失于空疏。这种情况的造成，根本原因出在批评和批评家身上。我们的文学批评，如果说，曾经出现过对文学创作理性导引和良好互动的时期，那是在20世纪80年代的启蒙文学时代，一批好的批评家，具备较高文学素养、学术水准、人格魅力的批评家，较好地对同时代出现的作家作品，进行了负责任同时也是具有人文旨归的解读和有目的性的引导，造就了那个时代文学与批评双手联弹或说二重奏。文学的解放，是伴随着思想的解放、方法的解放而出现的。当20世纪80年代登上文坛的那批作家不断沉淀，终于成就为今日的中流砥柱时，同时代及后起的批评家，则更多陷入了迷失，在曾经信以为真、一度可以对外示人安身立命的价值观被冲击后，启蒙主义思想被自身质疑和被社会远离后，他们成了游魂或者说很多成了失魂落魄者，出现了思想的贫困和价值的无特操、无底线，文学批评因此呈现了快餐式的颂歌批评和搏出位的骂派批评两种主要模式，尤其是第一种的颂歌批评贻害至深。

因此，当代文学批评问题的出现，首先还不是理论方法等技术因素的先天不足，主要是源自思想的贫困、价值的贫困、道德的贫困。当一名文学批评家的思想准备、知识准备以及道德准备让人难以信服，其批评就难以有说服力，难以被人接受。托尔斯泰就讥讽批评家是“聪明的傻瓜”，有些作家也声称根本不读文学批评。

问题的症结不在于批评者是作家身份还是职业批评家身份，而在于采取什么样的批评姿态。文学批评在最初发展阶段多以法官和导师的姿态出现，随着文学观念的成熟，现代思想的深化，人们对文学的多义性和复杂性有了深入认知，近现代以来的文学批评家在批评中更多采取一种对话和交流的姿态。如托多罗夫所说的，这种姿态是一种关系平等的对话，是“作家与批评家两种声音的汇合”。以这样的姿态去进行文学批评，自然就会立足于建设性，如李健吾先生所力倡的：“一个批评家，明白他的使命不是摧毁，不是和人作战，而是建设，而是和自己作战。”以建设为宗旨的批评，既“用不着谩骂”，也“用不着誉扬”，而是做到“言必有物”。

现在人们也会谈到文学批评的独立性问题，既立足于作品，又超越作品的阐释性批评话语与理论建构，但无论侧重于常规的评判还是侧重于更独立性的阐释，都很难完全不要价值判断。人们期待批评家的批评要公正，也需要批评家对自己的价值立场保持清醒认识，坚持崇高的文学操守，最大限度摆脱政治权力、经济利益以及人情面子圈子等各种世俗利益对批评的干扰，形成具有独立品格的批评主体。

也许我们当代的文学批评家和文学批评从业者，并不缺乏知识、技术、审美的准备，无论经院学者还是社会批评家，都能写出一手漂亮的文章，都能第一时间学习借鉴国外最新的理论方法并融会贯通，但文学批评的乱象为何迟迟无法逆转，拜物教、拜权教、拜名教为何一直阴魂不散，我想，思想、价值、道德的缺失，应该是亟需补偏救弊的。

当代中国批评界，敢说真话的批评家并不多。为什么?一是中国人喜欢中庸，凡事大而化之，笼而统之，无可无不可，也即鲁迅先生所说的“无特操”；二是人性面子因素，凡事顾忌情面，不能就事论事，不能实事求是，不能“吾爱吾师，吾更爱真理”；三是思维方式，不严谨，不科学，不重细节，不喜较真，缺乏德国学者的重逻辑、英美学者的重方法、俄国学者的重立场、日本学者的重规范。

惟此，文学批评者要疾呼，要力倡：坚守底线，捍卫立场，从文学批评开始，从我做起，一点一滴，做出改变，总有一天，我们可以改变潮水的方向!

同期声（2015年第3期 ）：

从“深圳人”的生存困境到流散者的叙事迷宫

——以《出租车司机》《“村姑”》《流动的房间》为例 ◎于爱成

具有理论目标的文学批评——读于爱成的《深圳：以小说之名》 ◎贺绍俊

鲁“体”粤“用”——于爱成印象 ◎黄树森

李德南

1983年生，先后就读于上海大学哲学系与中山大学文中文系，获哲学硕士、文学博士学位，现为广州文学艺术创作研究院青年学者、专业作家。曾在《南方文坛》《文艺争鸣》《海南师范大学学报》《山花》等发表各类文章约60万字，著有批评集《途中之镜》与长篇小说《遍地伤花》。

批评的愉悦

李德南

斯坦纳在《人文素养》一文中曾这样发问道：“如果能当作家，谁会做批评家？”在他看来，虽然凭着风格之力，批评也可能成为文学，但几率实在太小；而批评家呢，过的是一种二手生活，回望来路时所看见的也不外乎是“太监的身影”。斯威夫特则认为，“批评家是知识界的雄蜂，他们吞噬蜜糖，自己却不劳动”。

这种关于批评或批评家的批评，我多有留意，但是它们并没有对我造成打击，我并不认为从事批评是一件苦差，相反，从中我时常得到层次丰富、汁液饱满的愉悦。虽然有不少朋友觉得我的文章偏于理性，甚少对言说对象作直接而炽热的肯定，但让我能够持续前行的，是对批评的信念——我一度用“隐秘的火焰”这个短语来形容它。我相信创作与批评都有其不可忽略的创造性，同样各有其局限。创作的迷人之处首先在于，你所面对的是一个未知的世界，并且这个世界是你一手创造的。灵感也是愉悦的源泉，一个意象，一次邂逅，一个偶尔捕捉到的眼神，甚至是一句话，一个词语，都可能会让我们产生言说的欲望以及类似于创世的冲动。当那个异于生活世界的想象世界通过文字而显现，变得可感时，那份在心头回旋的愉悦，真是妙不可言，无可替代。斯坦纳对作家之美好人生的极力推崇，并非毫无道理。

可是，写作也有不愉快的一面，从卡夫卡、陀思妥耶夫斯基、波德莱尔以降，现代文学往往重视挖掘人生的负面经验，着力书写现代人内在的幽暗情绪。现代文学又特别讲究策略，不惜以暴制暴，过多地在这种幽暗而激进的情绪中逗留，对生命是有损伤的。现代文学家的面容，也多半显得沉重，忧郁。可是从事批评的工作并不会这样。虽然批评家也需要关注各种社会问题，但是在与这些问题照面时，必须要有整全的、客观的认识，不能只看到黑暗之心，也需要看到微弱的星火；在揭出恶的现实时，也要注重挺立信心与希望。批评家不能只是非理性地宣泄自己的情绪，而必须具备理性地对待问题的能力，这让批评家可以获得一个合理的视距，以中正的立场来面对我们的世界。创作与批评，既互相促进，又互为补充，而我们从这两种精神活动中所得的愉悦，也不尽相同。

对于我个人来说，从批评而来的最为内在的愉悦，在于它可以成为一种精神参悟的方式。我时常把存在论哲学作为分析问题的基本视域，尤其是海德格尔的基础存在论，是我所一再征引的。它最大的特色，在于对个人及其感觉偏差的认知与肯定，视现象学意义上的个我（“此在”）为世界之心，由此，世界显现出一室千灯式的丰饶，个人亦因在广阔世界中展开自我而成为富丽的存在。我的批评实践，也多是尝试沿着这一路线而展开。

受现代学术体制的影响，如今，似乎只有这样一种批评才是正当的：着力追逐全新的学术行话，力求建立严谨的话语体系，批评话语必须能够自我繁衍，具备持续的生产性。我并不排斥这种知识学意义上的自足与完备，却更看重批评在存在论层面的意义：它是探寻智慧之路上的修炼方式。当我写下对他人的作品的看法，在这些文字的背后所活跃的，也不乏我个人的心事与情怀；同样，只有当我意识到我所从事的工作，是为了增进对世界、历史和文学的认识，我才会有书写和言说的冲动。借助批评活动，我希望能从语言与世界的双重馈赠中得滋养，不断地扩展、丰富那原本渺小而单薄的自我。

同期声（2015年第4期）：

生命的亲证——论史铁生的宗教信仰问题 ◎李德南

由“我”步入“世界”的跋涉——李德南的文学批评 ◎王威廉

沉默与发声——李德南的学术印象 ◎谢有顺

丛治辰

1983年生于山东威海。2002年至2013年就读于北京大学中文系，获文学博士学位。2013年起执教于中共中央党校文史教研部，主要从事中国现当代文学与文化研究、城市研究、当代文学批评。中国现代文学馆第三批客座研究员。2012年获教育部博士研究生学术新人奖，2013年获第十届《上海文学》理论奖，2014年获第二届“紫金·人民文学之星”评论佳作奖。

有爱的文学批评

丛治辰

在我生长的外省小城，人们普遍不喜欢奢谈日常生活之外的无用之物，认为有出息的孩子理应学好数理化，然后赚钱，当官，过好日子。至于数理化和赚钱之间有何必然关系，则在讨论之外。考虑到少年时代鄙人的数理化也相当了得，所以我最终选择成为一个文学从业者，乃是异于常人之举。用西方的说法，我是我们家族里的那只黑羊。

如此选择的根本原因当然在于，文学所带给我的快乐远非寻常事情可比。高中是我大量阅读长篇小说的时期，我至今仍记得那些伟大作品所带给我的快感，那是一种与生命深部呼吸振荡的激动，唯有荷尔蒙活跃时期与倾慕的女孩四目相接差可比拟，绝非叉开爪子数钱能够给我的。后来从读者尝试变为作者，写诗，写小说，过文学生活，最终搞研究和作批评，似乎都顺理成章。最近大家似乎格外喜欢讨论文学批评的责任和义务，但实不相瞒，我并不认为此事优先重要。就我个人而言，之所以作批评，乃是因为我无比热衷和人谈论文学。这事虽不能说与学术责任和社会义务毫无关系，但首先得是源于个体生命的强烈诉求。如果一项事业连我自己都满足不了，哪里还有什么对于别人的担当？

如上所述，如果从事文学批评乃出于一种非如此不可的个人选择，那么很多问题就都不成其为问题。比如作家和批评家之间的关系问题：作家为自己高兴而创作，批评家为自己高兴而谈论作家的创作，各自高兴的事，尽管独乐乐不如众乐乐，但谁也不必巴结着谁或看不起谁。再比如真诚的问题：既然是为自己高兴而搞批评，为什么要不真诚？那岂非自己恶心自己？生而为人，如此与自己过不去，真是何必。与此相关的，据说有一个关于表扬与批判的问题，大意是说，现在的文学批评，表扬太多，而说坏话的几乎没有，大概是因为收了红包云云。关于此事我有四点看法：其一，有些流传甚广的说法我总觉得可疑，至少我从未参加过任何一个大家一味谄媚而不提出商榷的作品研讨会。其二，非常惭愧，本人所写批评也大抵以表扬为主，盖浮生若梦，为欢几何，何必花力气去读不值一读的作品？如果不幸读到了，又何必再花力气去批判？有那么多好作品还都读不完说不完哪。其三，在我看来，较之为表扬而表扬的文学批评，那些为骂而骂的所谓“酷评”恐怕对于“营造良好的艺术氛围”有更为恶劣的影响。前者至少可以鼓励孱弱的学步者勉力前行，在文学队伍已七零八落的今天，庶几算是一种正能量；而后者除了宣泄批评者的自得自恋，究有何用？其四，关于红包，我以为文学批评乃是一种脑力劳动，而根据某种广为人知的经济学原理，凡劳动者应有所得，热爱文学的人也需吃饭住房才能活下去继续热爱文学。当然红包应该拿得像鲁迅先生一样硬气：北洋政府发的薪水当然要拿，但是刘和珍君也是要纪念的。

不过，既经“后学”洗礼，以上提及的诸多词汇恐怕都要搁置起来重新审视。比如关于真诚，吾友黄德海就曾经追问：你所说的真诚是什么意义上的真诚？他进而言之：批评能否真诚，并非态度问题，而是能力问题。若循此例，我所说的那种对于文学的热忱当然也应被重新考量。对于文学的最初之爱，通常表征为莫可名状的直观感动；而后逐渐能够玩味文体之美，可以从技术层面理解最初那种感动如何被构造出来；再然后，习得更多关于文学的“知识”，开始懂得文学绝非纯然审美的对象，而能够将作品放置在不同的意识形态、理论框架与社会位置中去详加考察。很多人以为这样从普通读者到专业读者的转变，会造成文学的祛魅，令当初的纯然感动变得索然寡味；在我看来却恰恰相反：文学正是因为不断附丽的“知识”而能持续幻化出令人惊异的新鲜的美。若非如此，我对于文学如此长久的热忱也未免过于廉价了。20世纪80年代以降，随着诸多理论涌入，人们关于文学的认识所发生的变化，大致和我在个人成长中所经历的变化相仿佛。推演至今，据说出现了一种学院派的文学批评，饱受争议。很多人表示这种批评术语太多，看不太懂，这让我想起曾经也有人这样诟病朦胧诗。我想，那时朦胧诗的追随者们，如今一定已然拥有一个不同于此前诗歌阅读者的审美结构。

所以，尽管本文标题有媚俗之嫌，我想表达的意思却比心灵鸡汤要严肃一些。爱是宝贵的，也是困难的。我所说的“有爱”，当然是文学批评的基本前提，却也有着可供不断开掘丰富的深层空间。

同期声（2015年第5期）：

小说的可能性与小说家的世界观——论贾平凹《老生》 ◎丛治辰

批评家之“我”与昆德拉与空间——关于从治辰 ◎李敬泽

我有C君，鼓瑟吹笙 ◎彭　敏

荐读
玫瑰女作家
散文集
《底色》
《透透散文三题》
《洗澡》
《六嫂》
《山路弯弯》
底色
玫瑰女作家
诗集
《空心人》
博览奥运
博览奥运
美军海外征战记
糖果

罗小凤

笔名罗雨，1980年出生，湖南武冈人，文学博士，广西师范学院文学院教授；南宁市作家协会副主席。研究方向为中国现当代文学。100余篇论文发表于《文学评论》《中国现代文学研究丛刊》《南方文坛》《文艺争鸣》等；多篇被《新华文摘》《中国社会科学文摘》、人大复印资料转载；数百篇（首）作品发表于《诗刊》《诗选刊》等报刊，并入选各种权威选本。出版专著《新世纪广西诗歌观察》《空心人》，专著《1930年代新诗对古典诗传统的再发现》《晚唐诗热现象研究——以"再发现"派为例》即将出版，分别获"广西重点学术著作出版资助"和中国文联出版资助。主持国家社会科学基金项目、教育部人文社会科学项目等省部级课题多项；获广西第十二次、第十三次社会科学优秀成果奖二等奖等奖项。

入乎其内　出乎其外——我的批评观

罗小凤

20世纪90年代以来及至当下，文学批评生态不容乐观，批评家们或被经济利益与人情绑架，大多书写“红包批评”“人情批评”，或加入传媒的合谋之中，成为“捧角”的经纪人、吹鼓手或各类造势运动的骨干力量，或沦为网络“酷评家”“骂杀家”“捧杀家”，甚至有些批评家自己也被“明星化”，频繁“出场”于各种文学活动，获取高额“出场费”，使批评陷入失效、沦落甚至“死亡”“终结”的质疑之中，危机四伏，困境重重。

“批评家何为？”这或许是当下文学批评生态中每一个批评家需要扪心自问的问题。

20世纪心理学美学代表人物布洛曾喻举过海上遇雾的著名例子，即海上行船时遇见了大雾，当大家都烦闷、焦虑、紧张、恐惧时，而“你”却摆脱上述情境发现了海雾奇异的美。布洛举例所要说明的是审美过程中保持“心理距离”的重要性，他强调在审美活动中要注重“距离”的介入、“距离极限”的保持、不能失之于“距离太近”或“距离太远”等原则，在他看来，距离太近容易使审美主体产生功利欲望，破坏审美的非功利性质，从而使审美变质；而距离太远则主客体之间因缺乏理解与情感的契合，无法达到审美共鸣，从而难以建立起审美关系。文学批评亦是一种审美活动，“心理距离”的保持对于文学批评独立性、客观性的建构非常重要。其实，中国的王国维早就主张“诗人对宇宙人生须入乎其内，又须出乎其外。入乎其内，故能写之，出乎其外，故能观之”，与布洛的“审美距离说”异言同义。这一原则对文学批评同样适用，只不过一直以来被身陷人情、红包与名利中的批评家们长期遗忘了。在当下的批评困境中，文学批评家对于文学现场应该保持一定的“心理距离”，不能失之于“距离太远”，也不能“距离太近”，既要“入乎其内”，深潜地

“介入”文学现场，有利于更好地体验作者、作品的脉动，沾染文学现场的“地气”，又要“出乎其外”，与文学现场保持一定距离，冷静、客观地审视文学现场内外、分析作者作品，只有真正将二者结合起来，或许文学批评才能突破危机和困境，真正找到属于自己的位置和效用。

李健吾曾指出：“一个批评家，要明白他的使命不是摧毁，不是和人作战，而是建设，而是和自己作战。”确实，批评家在文学批评场域中，需要不断和自己作战，战胜那些名利的诱惑对自己内心的扰乱，战胜人情与红包对批评标准的束缚，战胜各种理论话语对批评家自我的捆绑，入乎其内，出乎其外，清醒地与文学现场保持一定距离，坚持自己的批评立场、批评标准、批评原则和审美志趣，从而保持批评的独立性、客观性，发出真正属于批评家自己的声音。

同期声（2015年第6期）：

跨界诗歌：新世纪诗歌的新范式　◎罗小凤

“罗雨”与“罗小凤”——作为一种现象的女性诗人批评家　◎霍俊明

寂寞诗坛的守望者——序《新世纪广西诗歌观察》　◎容本镇

张燕玲

1963年生，广西贺州人。《南方文坛》杂志主编，编审，中国作协理论批评委员会委员，中国文艺评论家协会理事。在国内外报刊发表文论及散文约100万字，一批散文作品选入20余种中国年度选、优秀散文选和《大学语文》读本，并译成韩文在韩国出版。出版著作《玛拉沁夫论》《感觉与立论》《批评的本色》《静默世界》《此岸，彼岸》等7部；主编《南方批评书系》等20余部。曾获中国女性文学奖，独秀文学奖，全国少数民族文学研究优秀成果奖，广西文艺创作"铜鼓奖"等；获广西"有突出贡献科技人员"称号，享受国务院特殊津贴。

与“今日批评家”结缘

张燕玲

一代的文学，有一代的作家，必然也有一代的批评家。

“今日”不仅仅是年龄概念，更是时态，现在进行时，当下的。1998年起，《南方文坛》以“今日批评家”为头条栏目，一期一人，至今已有96名青年批评家从此栏目走过。推介彼时中国最年轻的批评新锐，即“凝聚批评新力量，互启文学新思想”这一编辑理念是在十几年的工作中不断形成的理性自觉，而且还在完善中。

这个过程历经18年，脚步蹒跚却屐履声声。

1998年第1期开栏，我写道：“新年里，本栏将陆续把中国当下年轻的、活跃的、富有思想和学术品质的青年批评家以专辑形式推介给读者。此辑包括批评家的批评观（以卷首方式）、最新论文、对批评家的评介、个人学术小档案、近照等，以期汇集并学术地表现中国今日的批评家，他们是中国文坛批评界的希望和未来。”

如此五年，好评如潮。而建议声也鹊起：前沿批评家差不多了，下去是否会滥竽充数？的确，批评家本来就比作家晚熟，于是，该栏目停了两年。而此间要求读此栏目的呼声此起彼伏，一浪高过一浪。因此2005年第2期便续上，我在“编者按”如是说：

> “今日批评家”栏目从1998年开始，五年里以头条推介了实力派青年批评家：南帆、陈晓明、郜元宝、王干、孟繁华、李洁非、张新颖、旷新年、李敬泽、洪治纲、谢有顺、王彬彬、张柠、吴义勤、程文超、吴俊、戴锦华、罗岗、施战军、杨扬、葛红兵、何向阳、汪政、晓华、黄伟林 、王光

东、李建军、张闳、张清华、王宏图、林舟等。通过批评家对自己批评观的言说及其他批评家对他的再批评，批评家不仅展示了自己的最新成果，同时通过再批评，形成批评家相互间文学观念的交流，文化精神的对话，从而体现文学精神。《文艺报》曾赞誉“今日批评家栏目催生了90年代青年批评家的成熟”。在栏目暂停两年后的今天，我们将一如既往，以推介更年轻的批评家为己任。

于是，推介彼时更年轻的新一代批评家成为自觉；“60后”“70后”乃至“80后”，意气风发，敏锐丰盈；才情思力，深长弥坚。他们以学术新知支撑了《南方文坛》。

我们知道，一个文论刊物有一种潜在的文艺领衔的职责，它会成为未来的文艺史在形成期的良种库。那么，在全媒时代，进行文学经典化工作的文论期刊，如何为文学史的良种库提供文学良种，为当代文坛提供学术而鲜活的文学现场，催生一代又一代的作家与批评家，为学术生态和社会文化生态做出有效的建设，成了今日文论期刊面临的难题。而《南方文坛》身处岭南边陲，要想使整个中国文学批评版图，少些遗珠之憾，是艰难而永无止境的。我们唯有尽可能以多种渠道发掘新锐，寻找那些活跃在文学现场、颇具潜质的才俊文章，哪怕泼辣新鲜的批评文字出自在读博士，只要他面对文学现场有足够的真诚和个性，足够的敏感和活力，即使修为和学理有所欠缺，我们也愿意推介；而栏目的包容性也须有足够的宽度与敏锐度，并因真切的爱心与支持而散发温度。那么我们所进行的经典化工作，就有了一份相对系统的关于文学批评的当下描述，并留给文学的未来。这份当下描述尽管不那么有力，毕竟也为文学批评这棵灰色之树，添生了几分绿意。也许可以说，在这个时代尽了自己的努力。

可见，编辑的过程便是编者与作者与读者相互成就的过程，任何创意在实践中都有一个不断完善、不断成熟的进境，最重要的当然是坚持，尤其在当下的全媒时代，坚持更显珍贵。因此断了两年，终又续上；而且面向当下的、全国意义的、相对年轻的批评家，我们不敢言说“培养”“推出”之类，只能说是在做“催生”的努力而已。因为这个群体，大多都是呼之即出的人物，浩浩荡荡，生气勃勃。是他们赋予了《南方文坛》“中国文坛批评重镇”的美誉，更激活了《南方文坛》的创造力。18年来，我们共同成长，共同记忆，不仅仅批评文字，还有诸如与《人民文学》历时十余年的中国青年作家批评家论坛与峰会、与中国现代文学馆历经五届的“今日批评家论坛”、以“今日批评家”为蓝本和命名的中国作家网·批评栏目与网页等等，还有难以忘却的一次次相会。会上会下，个性与个性相汇，才情与义气相照，针尖与麦芒相对，对话与锋芒相应，感性与理性相生，思想与友谊相映，那些如血液般流动其中并充满淋漓生气的朗声欢笑和歌唱，乃至开心游戏般的深夜来电，成为我们共同的记忆……许多时候，许多批评家来到南宁，不约而同说得最多的便是：《南方文坛》是我的娘家，我是探亲来的。是的，文学批评使我们结缘，并成为了亲人，一种志同道合的文学亲人。

于是，批评界赞誉“今日批评家”“催生了90年代青年批评家的成熟”，“集结起中国一支有生气的批评力量”。2001年底近30名批评家相聚广西。会上，著名学者陈思和教授如此解读：“‘今日批评家’年龄从南帆到李洁非往下挪，已经挪到年纪比较轻的一批批评家，他们正是我们90年代——一个正值文坛变动时期涌现出来的很优秀的年轻批评家。‘今日批评家’实际上是90年代文学批评的一条道路、一个规则的清楚展现。它集结起一支如此生气的批评力量，这不是一个一般栏目的问题。”

“这个栏目体现了《南方文坛》的爱心，这个爱心非常重要，现在作家层出不穷，可批评家的出现非常难，需要我们的爱护。”谢冕教授深情款款。

中国当代文学研究会会长白烨的解读则重于当下性：“‘今日批评家’栏目推出的批评家有朝气又有实力，他们已经成为当代文学批评领域的中坚力量。他们的出现与成长至少有两个显见的意义：第一，它表明随着文学创作的不断发展，批评新人正在健康成长；第二，新一代批评家更能适应多元格局的文化时代，更能理解层出不穷的文化现象，在解读市场经济下的文化，多元文化下的文学，可能发挥更为有利的作用。”

从1998年至2015年，已有96名优秀批评家从这里走过，并留下一篇篇华章，尤其不同个性的批评家以其敏锐犀利、才情思力、灵动丰盈地言说着“我的批评观”，近百篇文章累积形成了一种敏感鲜活、富有生气才情的批评文风。真的是百花齐放，百家争鸣，颇具1986年海南文学批评会议结集《我的批评观》的精神质地，令人爱不释手。

于是，便想把这些当期的千字文，以《我的批评观》为名编辑成书，一人一文一新简历，附上同期声（此乃当期其他同道再批评的标题），照片一旧一新，企望美文美图；试图还原历史，更在于描述和激励当下，还期待能通、续、连、接中国文学批评的文脉，以及对海南会议和所有前辈的致敬。

感谢广西师范大学出版社多年来的精神契合。

是为记。

张燕玲

乙未年·小满